U0540756

湘西故事集

沈从文 著

THE STORY COLLECTION
OF
XIANGXI

· 长沙 ·

只 为 优 质 阅 读

好
读
Goodreads

目录

边城	001
萧萧	107
三三	123
柏子	155
贵生	164
雨后	191
丈夫	198
龙朱	220
主妇	245
月下小景	261
媚金·豹子·与那羊	278

边城

题 记

对于农人与兵士,怀了不可言说的温爱,这点感情在我一切作品中,随处都可以看出。我从不隐讳这点感情。我生长于作品中所写到的那类小乡城,我的祖父、父亲,以及兄弟,全列身军籍;死去的莫不在职务上死去,不死的也必然地将在职务上终其一生。就我所接触的世界一面,来叙述他们的爱憎与哀乐，即或这支笔如何笨拙，或尚不至于离题太远。因为他们是正直的，诚实的，生活有些方面极其伟大，有些方面又极其平凡，性情有些方面极其美丽，有些方面又极其琐碎——我动手写他们时，为了使其更有人性，更近人情，自然便老老实实地写下去。但因此一来，这作品或者便不免成为一种无益之业了。因为它对于在都市中生长教育的读书人说来，似乎相去太远了。他们的需要应当是另外一种作品，我知道的。

照目前风气说来，文学理论家、批评家及大多数读者，对于这种作品是极容易引起不愉快的感情的。前者表示"不落伍"，告给人中国不需要这类作品，后者"太担心落伍"，目前也不愿意读这类作品。这自然是真事。"落伍"是什么？一个有点理性的人，也许就永远无法明白，但多数人谁不害怕"落伍"？我有句话想说："我这本书不是为这种多数人而写的。"大凡念了三五本关于文学理论、文学批评问题的洋装书籍，或同时还念过一大堆古典与近代世界名作的人，他们生活的经验，却常常不许可他们在"博学"之外，还知道一点点中国另外一个地方另外一种事情。因此这个作品即或与当前某种文学理论相符合，批评家便加以各种赞美，这种批评其实仍然不免成为作者的侮辱。他们既并不想明白这个民族真正的爱憎与哀乐，便无法说明这个作品的得失——这本书不是为他们而写的。至于文艺爱好者呢，或是大学生，或是中学生，分布于国内人口较密的都市中，常常很诚实天真地把一部分极可宝贵的时间，来阅读国内新近出版的文学书籍。他们为一些理论家、批评家、聪明出版家，以及习惯于说谎造谣的文坛消息家，同力协作造成一种习气所控制，所支配，他们的生活，同时又实在与这个作品所提到的世界相去太远了。——他们不需要这种作品，这本书也就并不希望得到他们。理论家有各国出版物中的文学理论可以参证，不愁无话可说；批评家有他们欠了点儿小恩小怨的作家与作品，够他们去毁誉一世。大多数的读者，不问趣味如何，信仰如何，皆有作品可读。正因为关心读者大众，不是便有许多人，据说为读者大众，永远如陀螺在那里转变吗？这本书的出版，即或并不为领导多数的理论家与批评家所弃，被领导的多数读者又并不完全放弃它，但本书作者，却早已存心把这个"多数"放弃了。

我这本书只预备给一些"本身已离开了学校，或始终就无从接近学校，还认识些中国文字，置身于文学理论、文学批评，以及说谎造谣消息所达不到的那种职务上，在那个社会里生活，而且极关心全个民族在空间与时间下所有的好处与坏处"的人去看。他们真知道当前农村是什么，想知道过去农村有什么，他们必也愿意从这本书上同时还知道点世界一小角隅的农村与军人。我所写到的世界，即或在他们全然是一个陌生的世界，然而他们的宽容，他们向一本书去求取安慰与知识的热忱,却一定使他们能够把这本书很从容读下去的。我并不即此而止,还预备给他们一种对照的机会,将在另外一个作品里,来提到二十年来的内战,使一些首当其冲的农民,性格灵魂被大力所压,失去了原来的朴质、勤俭、和平、正直的型范以后,成了一个什么样子的新东西。他们受横征暴敛以及鸦片烟的毒害,变成了如何穷困与懒惰!我将把这个民族为历史所带走向一个不可知的命运中前进时,一些小人物在变动中的忧患,与由于营养不足所产生的"活下去"以及"怎样活下去"的观念和欲望,来作朴素的叙述。我的读者应是有理性,而这点理性便基于对中国现社会变动有所关心,认识这个民族的过去伟大处与目前堕落处,各在那里很寂寞地从事于民族复兴大业的人。这作品或者只能给他们一点怀古的幽情,或者只能给他们一次苦笑,或者又将给他们一个噩梦,但同时说不定,也许尚能给他们一种勇气同信心!

二十三年四月二十四日记

新题记

  民十随部队入川,由茶峒过路,住宿二日,曾从有马粪城门口至城中二次,驻防一小庙中,至河街小船上玩数次。开拔日微雨,约四里始过渡,闻杜鹃极悲哀。是日翻上棉花坡,约高上二十五里,半路见路劫致死者数人。山顶堡砦已焚毁多日。民二十二至青岛崂山北九水路上,见村中有死者家人"报庙"行列,一小女孩奉灵幡引路。因与兆和约,将写一故事引入所见。九月至平结婚,即在达子营住处小院中,用小方桌在树荫下写第一章。在《国闻周报》发表。入冬返湘看望母亲,来回四十天,在家乡三天,回到北平续写。二十三年母亲死去,书出版时心中充满悲伤。二十年来生者多已成尘成土,死者在生人记忆中亦淡如烟雾,唯书中人与个人生命成一稀奇结合,俨若可以不死,其实作品能不死,当为其中有几个人在个人生命中影响,和几种印象在个人生命中影响。

从文　卅七年(北平)

一

　　由四川过湖南去，靠东有一条官路。这官路将近湘西边境到了一个地方名为"茶峒"的小山城时，有一小溪，溪边有座白色小塔，塔下住了一户单独的人家。这人家只一个老人，一个女孩子，一只黄狗。

　　小溪流下去，绕山岨流，约三里便汇入茶峒大河。人若过溪越小山走去，则只一里路就到了茶峒城边。溪流如弓背，山路如弓弦，故远近有了小小差异。小溪宽约廿丈，河床为大片石头做成。静静的河水即或深到一篙不能落底，却依然清澈透明，河中游鱼来去皆可以计数。小溪既为川湘来往孔道，限于财力不能搭桥，就安排了一只方头渡船。这渡船一次连人带马，约可以载二十位搭客过河，人数多时则反复来去。渡船头竖了一支小小竹竿，挂着一个可以活动的铁环，溪岸两端水面横牵了一段废缆，有人过渡时，把铁环挂在废缆上，船上人就引手攀缘那条缆索，慢慢地牵船过对岸去。船将拢岸时，管理这渡船的，一面口中嚷着"慢点慢点"，自己霍地跃上了岸，拉着铁环，于是人货牛马全上了岸，翻过小山不见了。渡头为公家所有，故过渡人不必出钱。有人心中不安，抓了一把钱掷到船板上时，管渡船的必为一一拾起，依然塞到那人手心里去，俨然吵嘴时的认真神气："我有了口粮，三斗米，七百钱，够了。谁要这个！"

但不成，凡事求个心安理得，出气力不受酬谁好意思，不管如何还是有人要把钱的。管船人却情不过，也为了心安起见，便把这些钱托人到茶峒去买茶叶和草烟，将茶峒出产的上等草烟，一扎一扎挂在自己腰带边，过渡的谁需要这东西必慷慨奉赠。有时从神气上估计那远路人对于身边草烟引起了相当的注意时，这弄渡船的便把一小束草烟扎到那人包袱上去，一面说："大哥，不吸这个吗？这好的，这妙的，看样子不成材，巴掌大叶子，味道蛮好，送人也很合适！"茶叶则在六月里放进大缸里去，用开水泡好，给过路人随意解渴。

管理这渡船的，就是住在塔下的那个老人。活了七十年，从二十岁起便守在这小溪边，五十年来不知把船来去渡了若干人。年纪虽那么老了，骨头硬硬的，本来应当休息了，但天不许他休息，他仿佛便不能够同这一份生活离开。他从不思索自己职务对于本人的意义，只是静静地、很忠实地在那里活下去。代替了天，使他在日头升起时，感到生活的力量，当日头落下时，又不至于思量与日头同时死去的，是那个伴在他身旁的女孩子。他唯一的朋友是一只渡船和一只黄狗，唯一的亲人便只那个女孩子。

女孩子的母亲，老船夫的独生女，十五年前同一个茶峒军人唱歌相熟后，很秘密地背着那忠厚爸爸发生了暧昧关系。有了小孩子后，这屯戍兵士便想约了她一同向下游逃去。但从逃走的行为上看来，一个违背了军人的责任，一个却必得离开孤独的父亲。经过一番考虑后，屯戍兵见她无远走勇气，自己也不便毁去做军人的名誉，就心想：一同去生既无法聚首，一同去死应当无人可以阻拦，首先服了毒。女的却关心腹中的一块肉，不忍心，拿不出主张。事情业已为做渡船夫的父亲知道，父亲却不加上一个有分量的字眼儿，只作为并不听到过这事情一样，仍然把日子很平静地过下去。女儿一面怀了羞惭，一面却怀了怜悯，依旧守在父亲身边。待到腹中小孩生下后，却到溪边故意吃了许多冷水死去了。在一种奇迹中，这遗孤居然已长大成人，一转眼间便十三岁了。为了住处两山多篁竹，翠色逼人而来，老船夫随便给这个可怜的孤雏拾取了一个近身的名字，叫作"翠翠"。

翠翠在风日里长养着，故把皮肤变得黑黑的，触目为青山绿水，故眸子清明如水晶。自然既长养她且教育她，为人天真活泼，处处俨然如一只小兽物。人又那么乖，如山头黄麂一样，从不想到残忍事情，从不发愁，从不动气。平时在渡船上遇陌生人对她有所注意时，便把光光的眼睛瞅着那陌生人，作成随时皆可举步逃入深山的神气，但明白了面前的人无机心后，就又从从容容地在水边玩耍了。

老船夫不论晴雨，必守在船头。有人过渡时，便略弯着腰，两手缘引了竹缆，把船横渡过小溪。有时疲倦了，躺在临溪大石上睡着了，人在隔岸招手喊过渡，翠翠不让祖父起身，就跳下船去，很敏捷地替祖父把路人渡过溪，一切皆溜刷在行，从不误事。有时又与祖父黄狗一同在船上，过渡时与祖父一同动手牵缆索。船将近岸边，祖父正向客人招呼"慢点，慢点"时，那只黄狗便口衔绳子,最先一跃而上,且俨然懂得如何方为尽职似的,把船绳紧衔着拖船拢岸。

风日清和的天气,无人过渡,镇日长闲,祖父同翠翠便坐在门前大岩石上晒太阳。或把一段木头从高处向水中抛去,嗾使身边黄狗从岩石高处跃下,把木头衔回来。或翠翠与黄狗皆张着耳朵,听祖父说些城中多年以前的战争故事。或祖父同翠翠两人,各把小竹做成的竖笛,逗在嘴边吹着迎亲送女的曲子。过渡人来了,老船夫放下了竹管,独自跟到船边去,横溪渡人,在岩上的一个,见船开动时,于是锐声喊着:

"爷爷,爷爷,你听我吹——你唱!"

爷爷到溪中央便很快乐地唱起来,哑哑的声音同竹管声,震荡在寂静空气里,溪中仿佛也热闹了些。实则歌声的来复,反而使一切更寂静。

有时过渡的是从川东过茶峒的小牛,是羊群,是新娘子的花轿,翠翠必争着做渡船夫,站在船头,懒懒地攀引缆索,让船缓缓地过去。牛羊花轿上岸后,翠翠必跟着走,送队伍上山,站到小山头,目送这些东西走去很远了,方回转船上,把船牵靠近家的岸边。且独自低低地学小羊叫着,学母牛叫着,或采一把野花缚在头上,独自装扮新娘子。

茶峒山城只隔渡头一里路,买油买盐时,逢年过节祖父得喝一杯酒时,祖父不上城,黄狗就伴同翠翠入城里去备办东西。到了卖杂货的铺子里,有大把的粉条、大缸的白糖,有炮仗,有红蜡烛，莫不给翠翠一种很深的印象，回到祖父身边，总把这些东西说个半天。那里河边还有许多船，比起渡船来全大得多，有趣味得多，翠翠也不容易忘记。

二

茶峒地方凭水依山筑城，近山一面，城墙俨然如一条长蛇，缘山爬去。临水一面则在城外河边留出余地设码头，湾泊小小篷船。船下行时运桐油、青盐、染色的五倍子。上行则运棉花、棉纱以及布匹、杂货同海味。贯穿各个码头有一条河街，人家房子多一半着陆，一半在水，因为余地有限，那些房子莫不设有吊脚楼。河中涨了春水，到水脚逐渐进街后，河街上人家，便各用长长的梯子，一端搭在自家屋檐口，一端搭在城墙上，人人皆骂着嚷着，带了包袱、铺盖、米缸，从梯子上进城里去，等待水退时，方又从城门口出城。某一年水若来得特别猛一些，沿河吊脚楼，必有一处两处为大水冲去，大家皆在城上头呆望。受损失的也同样呆望着，对于所受的损失仿佛无话可说，与在自然安排下，眼见其他无可挽救的不幸来时相似。涨水时在城上还可望着骤然展宽的河面，流水浩浩荡荡，随同山水从上游浮沉而来的有房子、牛、羊、大树。于是在水势较缓处，税关趸船前面，便常常有人驾了小舢板，一见河心浮沉而来的是一匹牲畜、一段小木，或一只空船，船上有一个妇人或一个小孩哭喊的声音，便急急地把船桨去，在下游一些迎着了那个目的物，把它用长绳系定，再向岸边桨去。这些勇敢的人，也爱利，也仗义，同一般当地人相似。不拘救人救物，却同样在一种愉快冒险行为中，做得十分敏捷勇敢，使人见及不能不为之喝彩。

那条河水便是历史上知名的酉水，新名字叫作白河。白河到辰州与沅水汇流后，便略显浑浊，有出山泉水的意思。若溯流而上，则三丈五丈的深潭皆清澈见底。深潭中为白日所映照，河底小小白石子，有花纹的玛瑙石子，全看得明明白白。水中游鱼来去，皆如浮在空气里。两岸多高山，山中多可以造纸的细竹，长年作深翠颜色，迫人眼目。近水人家多在桃杏花里，春天时只须注意，凡有桃花处必有人家，凡有人家处必可沽酒。夏天则晒晾在日光下耀目的紫花布衣裤，可以作为人家所在的旗帜。秋冬来时，人家房屋在悬崖上的、滨水的，无不朗然入目。黄泥的墙，乌黑的瓦，位置却永远那么妥帖，且与四围环境极其调和，使人迎面得到的印象，实在非常愉快。一个对于诗歌图画稍有兴味的旅客，在这小河中，蜷伏于一只小船上，做三十天的旅行，必不至于感到厌烦。正因为处处有奇迹可以发现，自然的大胆处与精巧处，无一地无一时不使人神往倾心。

白河的源流，从四川边境而来，从白河上行的小船，春水发时可以直达川属的秀山。但属于湖南境界的，茶峒算是最后一个水码头。这条河水的河面，在茶峒时虽宽约半里，当秋冬之际水落时，河床流水处还不到二十丈，其余只是一滩青石。小船到此后，既无从上行，故凡川东的进出口货物，皆从这地方落水起岸。出口货物俱由脚夫用桑木扁担压在肩膊上挑抬而来，入口货物莫不从这地方成束成担地用人力搬去。

这地方城中只驻扎一营由昔年绿营屯丁改编而成的戍兵，及五百家左右的住户。（这些住户中，除了一部分拥有了些山田同油坊，或放账屯油、屯米、屯棉纱的小资本家外，其余多数皆为当年屯戍来此有军籍的人家。）地方还有个厘金局，办事机关在城外河街下面小庙里，局长则长住城中。一营兵士驻扎老参将衙门，除了号兵每天上城吹号玩，使人知道这里还驻有军队以外，兵士皆仿佛并不存在。冬天的白日里，到城里去，便只见各处人家门前皆晾晒有衣服同青菜。红薯多带藤悬挂在屋檐下。用棕衣做成的口袋，装满了栗子、榛子和其他硬壳果，也多悬挂在檐口下。屋角隅各处有大小鸡叫着玩着。间或有什么男子，占据在自己屋前门限上锯木，或用斧头劈树，把劈好的柴堆到敞坪里去如一座一座宝塔。又或可以见到几个中年妇人，穿了浆洗得极硬的蓝布衣裳，胸前挂有白布扣花围裙，躬着腰在日光下一面说话一面做事。一切总永远那么静寂，所有人民每个日子皆在这种不可形容的单纯寂寞里过去。一份安静增加了人对于"人事"的思索力，增加了梦。在这小城中生存的，各人自然也一定皆各在分定一份日子里，怀了对于人事爱憎必然的期待。但这些人想些什么？谁知道。住在城中较高处，门前一站便可以眺望对河以及河中的景致，船来时，远远地就从对河滩上看着无数纤夫。那些纤夫也有从下游地方，带了细点心洋糖之类，拢岸时却拿进城中来换钱的。船来时，小孩子的想象，应当在那些拉船人一方面。大人呢，孵一窠小鸡，养两只猪，托下行船夫打副金耳环，带两丈官青布，或一坛好酱油，一个双料的美孚灯罩回来，便占去了大部分做主妇的心了。

这小城里虽那么安静和平，但地方既为川东商业交易接头处，故城外小小河街，情形却不同了一点。也有商人落脚的客店，坐镇不动的理发馆。此外饭店、杂货铺、油行、盐栈、花衣庄，莫不各有一种地位，装点了这条河街。还有卖船上檀木活车、竹缆与锅罐铺子，介绍水手职业吃码头饭的人家。小饭店门前长案上，常有煎得焦黄的鲤鱼豆腐，身上装饰了红辣椒丝，卧在浅口钵头里。钵旁大竹筒中插着大把朱红筷子，不拘谁个愿意花点钱，这人就可以傍了门前长案坐下来，抽出一双筷子捏到手上，那边一个眉毛扯得极细脸上擦了白粉的妇人，就走过来问："大哥，副爷，要甜酒？要烧酒？"男子火焰高一点的，谐趣的，对内掌柜有点意思的，必故意装成生气似的说："吃甜酒？又不是小孩子，还问人吃甜酒！"那么，酽洌的烧酒，从大瓮里用木滤子舀出，倒进土碗里，即刻就来到身边案桌上了。这烧酒自然是浓而且香的，能醉倒一个汉子的，所以照例也不会多吃。杂货铺卖美孚油，及点美孚油的洋灯与香烛纸张。油行屯桐油。盐栈堆四川火井出的青盐。花衣庄则有白棉纱、大布、棉花以及包头的黑绉绸出卖。卖船上用物的，百物罗列，无所不备，且间或有重至百斤以外的铁锚，搁在门外路旁，等候主顾问价的。专以介绍水手为事业，吃水码头饭的，在河街的家中，终日大门必敞开着，常有穿青羽缎马褂的船主与毛手毛脚的水手进出，地方像茶馆却不卖茶，不是烟馆又可以抽烟。来到这里的，虽说所谈的是船上生意经，然而船只的上下，划船拉纤人大都有个一定规矩，不必作数目上的讨论。他们来到这里大多数倒是在"联欢"。以"龙头管事"做中心，谈论点本地时事、两省商务上情形，以及下游的"新闻"。邀会的，集款时大多数皆在此地；扒骰子看点数多少轮做会首时，也常常在此举行。真真成为他们生意经的，有两件事：买卖船只，买卖媳妇。

大都市随了商务发达而产生的某种寄食者，因为商人的需要，水手的需要，这小小边城的河街，也居然有那么一群人，聚集在一些有吊脚楼的人家。这种小妇人不是从附近乡下弄来，便是随同川军来湘流落后的妇人。穿了假洋绸的衣服，印花标布的裤子，把眉毛扯得成一条细线，大大的发髻上敷了香味极浓俗的油类。白日里无事，就坐在门口小凳子上做鞋子，在鞋尖上用红绿丝线挑绣双凤，一面看过往行人，消磨长日。或靠在临河窗口上看水手起货，听水手爬桅子唱歌。到了晚间，却轮流地接待商人同水手，切切实实尽一个妓女应尽的义务。

由于边地的风俗淳朴，便是做妓女，也永远那么浑厚，遇不相熟的主顾，做生意时得先交钱，数目弄清楚后，再关门撒野。人既相熟后，钱便在可有可无之间了。妓女多靠四川商人维持生活，但恩情所结，却多在水手方面。感情好的，别离时互相咬着嘴唇咬着颈脖发了誓，约好了"分手后各人皆不许胡闹"；四十天或五十天，在船上浮着的那一个，同在岸上蹲着的这一个，便皆待着打发这一堆日子，尽把自己的心紧紧缚定远远的一个人。尤其是妇人，情感真挚痴到无可形容，男子过了约定时间不回来，做梦时，就总常常梦船拢了岸，那一个人摇摇荡荡地从船跳板到了岸上，直向身边跑来。或日中有了疑心，则梦里必见那个男子在桅子上向另一方面唱歌，却不理会自己。性格弱一点儿的，接着就在梦里投河吞鸦片烟，性格强一点儿的，便手执菜刀，直向那水手奔去。他们生活虽那么同一般社会疏远，但是眼泪与欢乐，在一种爱憎得失间，揉进了这些人生活里时，也便同另外一片土地另外一些人相似，全个身心为那点爱憎所浸透，见寒作热，忘了一切。若有多少不同处，不过是这些人更真切一点，也更于糊涂一点罢了。短期的包定，长期的嫁娶，一时间的关门，这些关于一个女人身体上的交易，由于民情的淳朴，身当其事的不觉得如何下流可耻，旁观者也就从不用读书人的观念，加以指摘与轻视。这些人既重义轻利，又能守信自约，即便是娼妓，也常常较之知羞耻的城市中人还更可信任。

掌水码头的名叫顺顺，一个前清时便在营伍中混过日子来的人物，革命时在著名的陆军四十九标做个什长。同样做什长的，有因革命成了伟人名人的，有杀头碎尸的，他却带着少年喜事得来的脚疯痛，回到了家乡，把所积蓄的一点钱，买了一条六桨白木船，租给一个穷船主，代人装货在茶峒与辰州之间来往。气运好，半年之内船不坏事，于是他从所赚的钱上，又讨了一个略有产业的白脸黑发小寡妇。因此一来，数年后，在这条河上，他就有了八只船，一个妻子，两个儿子了。

　　但这个大方洒脱的人，事业虽十分顺手，却因欢喜交朋结友，慷慨而又能济人之急，便不能同贩油商人一样大大发作起来。自己既在粮子里混过日子，明白出门人的甘苦，理解失意人的心情，故凡船只失事破产的船家，过路的退伍兵士，游学文墨人，凡到了这个地方，闻名求助的，莫不尽力帮助。一面从水上赚来钱，一面就这样洒脱散去。这人虽然脚上有点小毛病，还能泅水；走路难得其平，为人却那么公正无私。水面上各事原本极其简单，一切都为一个习惯所支配，谁个船碰了头，谁个船妨害了别一人别一只船的利益，照例有习惯方法来解决。唯运用这种习惯规矩排调一切的，必须一个高年硕德的中心人物。某年秋天，那原来执事的人死去了，顺顺做了这样一个代替者。那时他还只五十岁，为人既明事明理，正直和平，又不爱财，故无人对他年龄怀疑。

　　到如今，他的儿子大的已十六岁，小的已十四岁。两个年轻人皆结实如小公牛，能驾船，能泅水，能走长路。凡从小乡城里出身的年轻人所能够做的事，他们无一不做，做去无一不精。年纪较长的，性情如他们爸爸一样，豪放豁达，不拘常套小节。年幼的则气质近于那个白脸黑发的母亲，不爱说话，眼眉却秀拔出群，一望即知其为人聪明而又富于感情。

两兄弟既年已长大，必须在各一种生活上来训练他们的人格，做父亲的就轮流派遣两个小孩子各处旅行。向下行船时，多随了自己的船只充伙计，甘苦与人相共。荡桨时选最重的一把，背纤时拉头纤二纤，吃的是干鱼、辣子、臭酸菜。睡的是硬邦邦的舱板。向上行从旱路走去，则跟了川东客货，过秀山、龙潭、酉阳做生意，不论寒暑雨雪，必穿了草鞋按站赶路。且佩了短刀，遇不得已必须动手，便霍地把刀抽出，站到空阔处去，等候对面的一个，继着就同这个人用肉搏来解决。帮里的风气，既为"对付仇敌必须用刀，联结朋友也必须用刀"，故需要刀时，他们也就从不让它失去那点机会。学贸易，学应酬，学习到一个新地方去生活，且学习用刀保护身体同名誉，教育的目的，似乎在使两个孩子学得做人的勇气与义气。一份教育的结果，弄得两个人皆结实如老虎，却又和气亲人，不骄惰，不浮华，不依势凌人。故父子三人在茶峒边境上为人所提及时，人人对这个名姓无不加以一种尊敬。

做父亲的当两个儿子很小时，就明白大儿子一切与自己相似，却稍稍见得溺爱那第二个儿子。由于这点不自觉的私心，他把长子取名天保，次子取名傩送。天保佑的在人事上或不免有龃龉处，至于傩神所送来的，照当地习气，人便不能稍加轻视了。傩送美丽得很。茶峒船家人拙于赞扬这种美丽，只知道为他取出一个诨名为"岳云"。虽无什么人亲眼看到过岳云，一般的印象，却从戏台上小生岳云，得来一个相近的神气。

三

  两省接壤处，十余年来主持地方军事的，注重在安辑保守，处置极其得法，并无变故发生。水陆商务既不至于受战争停顿，也不至于为土匪影响，一切莫不极有秩序，人民也莫不安分乐生。这些人，除了家中死了牛，翻了船，或发生别的死亡大变，为一种不幸所绊倒，觉得十分伤心外，中国其他地方正在如何不幸挣扎中的情形，似乎就永远不曾为这边城人民所感到。

  边城所在一年中最热闹的日子，是端午、中秋与过年。三个节日过去三五十年前，如何兴奋了这地方人，直到现在，还毫无什么变化，仍是那地方居民最有意义的几个日子。

  端午日，当地妇女小孩子，莫不穿了新衣，额角上用雄黄蘸酒画了个王字。任何人家到了这天必可以吃鱼吃肉。大约上午十一点钟左右，全茶峒人就吃了午饭，把饭吃过后，在城里住家的，莫不倒锁了门，全家出城到河边看划船。河街有熟人的，可到河街吊脚楼门口边看，不然就站在税关门口与各个码头上看。河中龙船以长潭某处做起点，税关前做终点，做比赛竞争。因为这一天军官、税官以及当地有身份的人，莫不在税关前看热闹。划船的事各人在数天以前就早有了准备，分组分帮，各自选出了若干身体结实手脚伶俐的小伙子，在潭中练习进退。船只的形式，与平常木船大不相同，形体一律又长又狭，两头高高翘起，船身绘着朱红颜色长线,平常时节多搁在河边干燥洞穴里,要用它时,拖下水去。每只船可坐十二个到十八个桨手,一个带头的,一个鼓手,一个锣手。桨手每人持一支短桨,随了鼓声缓促为节拍,把船向前划去。带头的坐在船头上,头上缠裹着红布包头,手上拿两支小令旗,左右挥动,指挥船只的进退。擂鼓打锣的,多坐在船只的中部,船一划动便即刻嘭嘭铛铛把锣鼓很单纯地敲打起来,为划桨水手调理下桨节拍。一船快慢既不得不靠鼓声,故每当两船竞赛到剧烈时,鼓声如雷鸣,加上两岸人呐喊助威,便使人想起小说故事上梁红玉老鹳河时水战擂鼓。牛皋水擒杨幺时也是水战擂鼓。凡把船划到前面一点的,必可在税关前领赏。一匹红、一块小银牌,不拘缠挂到船上某一个人头上去,皆显出这一船合作的光荣。好事的军人,且当每次某一只船胜利时,必在水边放些表示胜利庆祝的五百响鞭炮。

赛船过后,城中的戍军长官,为了与民同乐,增加这个节日的愉快起见,便把绿头长颈大雄鸭,颈脖上缚了红布条子,放入河中,尽善于泅水的军民人等,下水追赶鸭子。不拘谁把鸭子捉到,谁就成为这鸭子的主人。于是长潭换了新的花样,水面各处是鸭子,同时各处有追赶鸭子的人。

船与船的竞赛,人与鸭子的竞赛,直到天晚方能完事。

掌水码头的龙头大哥顺顺,年轻的时节便是一个泅水的高手,入水中去追逐鸭子,在任何情形下总不落空。但一到次子傩送年过十岁时,已能入水闭气氽着到鸭子身边,再忽然冒水而出,把鸭子捉到，这做爸爸的便解嘲似的向孩子们说："好，这种事你们来做，我不必再下水了。"于是当真就不下水与人来竞争捉鸭子。但下水救人呢，当作别论。凡帮助人远离患难，便是入火，人到八十岁，也还是成为这个人一种不可逃避的责任！

天保傩送两人皆是当地泅水划船的好选手。

端午节快来了，初五划船，河街上初一开会，就决定了，属于河街的那只船当天入水。天保恰好在那天应向上行，随了陆路商人过川东龙潭送节货，故参加的就只傩送。十六个结实如牛犊的小伙子，带了香、烛、鞭炮，同一个用生牛皮蒙好绘有朱红太极图的高脚鼓，到了搁船的河上游山洞边，烧了香烛，把船拖入水后，各人上了船，燃着鞭炮，擂着鼓，这船便如一支箭似的，很迅速地向下游长潭射去。

那时节还是上午，到了午后，对河渔人的龙船也下了水，两只龙船就开始预习种种竞赛的方法。水面上第一次听到了鼓声，许多人从这鼓声中，感到了节日临近的欢悦。住临河吊脚楼对远方人有所等待的，有所盼望的，也莫不因鼓声想到远人。在这个节日里，必然有许多船只可以赶回，也有许多船只只合在半路过节，这之间，便有些眼目所难见的人事哀乐，在这小山城河街间，让一些人嬉喜，也让一些人皱眉。

嘭嘭鼓声掠水越山到了渡船头那里时，最先注意到的是那只黄狗。那黄狗汪汪地吠着，受了惊似的绕屋乱走；有人过渡时，便随船渡过东岸去，且跑到那小山头向城里一方面大吠。

翠翠正坐在门外大石上用棕叶编蚱蜢蜈蚣玩，见黄狗先在太阳下睡着，忽然醒来便发疯似的乱跑，过了河又回来，就问它骂它：

"狗，狗，你做什么！不许这样子！"

可是一会儿，那声音被她发现了，她于是也绕屋跑着，且同黄狗一块儿渡过了小溪，站在小山头听了许久，让那点迷人的鼓声，把自己带到一个过去的节日里去。

四

这是两年前的事。五月端阳，渡船头祖父找人做了替身，便带了黄狗同翠翠进城，到大河边去看划船。河边站满了人，四只朱色长船在潭中划着，龙船水刚刚涨过，河中水皆豆绿色，天气又那么明朗，鼓声嘭嘭响着，翠翠抿着嘴一句话不说，心中充满了不可言说的快乐。河边人太多了一点，各人皆尽张着眼睛望河中，不多久，黄狗还留在身边，祖父却挤得不见了。

翠翠一面注意划船，一面心想"过不久祖父总会找来的"。但过了许久，祖父还不来，翠翠便稍稍有点儿着慌了。先是两人同黄狗进城前一天，祖父就问翠翠："明天城里划船，倘若一个人去看，人多怕不怕？"翠翠就说："人多我不怕，但自己只是一个人可不好玩。"于是祖父想了半天，方想起一个住在城中的老熟人，赶夜里到城里去商量，请那老人来看一天渡船，自己却陪翠翠进城玩一天。且因为那人比渡船老人更孤单,身边无一个亲人,也无一只狗,因此便约好了那人早上过家中来吃饭,喝一杯雄黄酒。第二天那人来了,吃了饭,把职务委托那人以后,翠翠等便进了城。到路上时,祖父想起什么似的,又问翠翠:"翠翠,翠翠,人那么多,好热闹,你一个人敢到河边看龙船吗?"翠翠说:"怎么不敢?可是一个人玩有什么意思。"到了河边后,长潭里的四只红船,把翠翠的注意力完全占去了,身边祖父似乎也可有可无了。祖父心想:"时间还早,到收场时,至少还得三个时刻。溪边的那个朋友,也应当来看看年轻人的热闹,回去一趟,换换地位还赶得及。"因此就告翠翠:"人太多了,站在这里看,不要动,我到别处去有点事情,无论如何总赶得回来伴你回家。"翠翠正在为两只竞速并进的船迷着,祖父说的话毫不思索就答应了。祖父知道黄狗在翠翠身边,也许比他自己在她身边还稳当,于是便回家看船去了。

祖父到了那渡船处时,见代替他的老朋友,正站在白塔下注意听远处鼓声。

祖父喊叫他,请他把船拉过来,两人渡过小溪仍然站到白塔下去。那人问老船夫为什么又跑回来,祖父就说想替他一会儿故把翠翠留在河边,自己赶回来,好让他也过大河边去看看热闹,且说:"看得好,就不必再回来,只须见了翠翠告她一声,翠翠到时自会回家的。小丫头不敢回家,你就伴她走走!"但那替手对于看龙船已无什么兴味,却愿意同老船夫在这溪边大石上各自再喝两杯烧酒。老船夫听说十分高兴,于是把酒葫芦取出,推给城中来的那一个。两人一面谈些端午旧事,一面喝酒,不到一会儿,那人却在岩石上被烧酒醉倒了。

人既醉倒后,无从入城,祖父为了责任又不便与渡船离开,留在河边的翠翠便不能不着急了。

河中划船的决了最后胜负后,城里军官已派人驾小船在潭中放了一群鸭子,祖父还不见来。翠翠恐怕祖父也正在什么地方等着她,因此带了黄狗向各处人丛中挤着去寻找祖父,结果还是不得祖父的踪迹。后来看看天快要黑了,军人扛了长凳出城看热闹的,皆已陆续扛了那凳子回家。潭中的鸭子只剩下三五只,捉鸭人也渐渐地少了。落日向上游翠翠家中那一方落去,黄昏把河面装饰了一层薄雾。翠翠望到这个景致,忽然起了一个怕人的想头,她想:"假若爷爷死了?"

她记起祖父嘱咐她不要离开原来地方那一句话,便又为自己解释这想头的错误,以为祖父不来,必是进城去或到什么熟人处去,被人拉着喝酒,故一时不能来的。正因为这也是可能的事,她又不愿在天未断黑以前,同黄狗赶回家去,只好站在那石码头边等候祖父。

再过一会儿,对河那两只长船已泊到对河小溪里去不见了,看龙船的人也差不多全散了。吊脚楼有娼妓的人家,已上了灯,且有人敲小斑鼓弹月琴唱曲了。另外一些人家,又有猜拳行酒的吵嚷声音。同时停泊在吊脚楼下的一些船只,上面也有人在摆酒炒菜，把青菜萝卜之类，倒进滚热油锅里去时发出"呦——"的声音。河面已朦朦胧胧，看去好像只有一只白鸭在潭中浮着，也只剩一个人追着这只鸭子。

翠翠还是不离开码头，总相信祖父会来找她一起回家。

吊脚楼上唱曲子声音热闹了一些，只听到下面船上有人说话，一个水手说："金亭，你听你那婊子陪川东庄客喝酒唱曲子，我赌个手指，说这是她的声音！"另外一个水手就说："她陪他们喝酒唱曲子，心里可想我。她知道我在船上！"先前那一个又说："身体让别人玩着，心还想着你；你有什么凭据？"另一个说："我有凭据。"于是这水手吹着呼哨，做出一个古怪的记号，一会儿，楼上歌声便停止了，两个水手皆笑了。两人接着便说了些关于那个女人的一切，使用了不少粗鄙字眼，翠翠不很习惯把这种话听下去，但又不能走开。且听水手之一说，楼上妇人的爸爸是在棉花坡被人杀死的，一共杀了十七刀。翠翠心中那个古怪的想头，"爷爷死了呢？"便仍然占据到心里有一忽儿。

两个水手还正在谈话，潭中那只白鸭慢慢地向翠翠所在的码头边游过来，翠翠想："再过来些我就捉住你！"于是静静地等着，但那鸭子将近岸边三丈远近时，却有个人笑着，喊那船上水手。原来水中还有个人，那人已把鸭子捉到手，却慢慢地"踹水"游近岸边的。船上人听到水面的喊声，在隐约里也喊道："二老，二老，你真能干，你今天得了五只吧。"那水上人说："这家伙狡猾得很，现在可归我了。""你这时捉鸭子，将来捉女人，一定有同样的本领。"水上那一个不再说什么,手脚并用地拍着水傍了码头。湿淋淋地爬上岸时,翠翠身旁的黄狗,仿佛警告水中人似的,汪汪地叫了几声,那人方注意到翠翠。码头上已无别的人,那人问:

"是谁人?"

"是翠翠!"

"翠翠又是谁?"

"是碧溪岨撑渡船的孙女。"

"你在这儿做什么?"

"我等我爷爷。我等他来。"

"等他来他可不会来,你爷爷一定到城里军营里喝了酒,醉倒后被人抬回去了!"

"他不会这样子。他答应来找我,他就一定会来的。"

"这里等也不成,到我家里去,到那边点了灯的楼上去,等爷爷来找你好不好?"

翠翠误会了邀他进屋里去那个人的好意,心里记着水手说的妇人丑事,她以为那男子就是要她上有女人唱歌的楼上去,本来从不骂人,这时正因等候祖父太久了,心中焦急得很,听人要他上去,以为欺侮了她,就轻轻地说:

"悖时砍脑壳的!"

话虽轻轻的,那男的却听得出,且从声音上听得出翠翠年纪,便带笑说:"怎么,你骂人!你不愿意上去,要待在这儿,回头水里大鱼来咬了你,可不要叫喊!"

翠翠说:"鱼咬了我也不管你的事。"

那黄狗好像明白翠翠被人欺侮了,又汪汪地吠起来。那男子把手中白鸭举起,向黄狗吓了一下,便走上河街去了。黄狗为了自己被欺侮还想追过去,翠翠便喊:"狗,狗,你叫人也看人叫!"翠翠意思仿佛只在告给狗"那轻薄男子还不值得叫",但男子听去的却是另外一种好意,男的以为是她要狗莫向好人乱叫,放肆地笑着,不见了。

又过了一阵,有人从河街拿了一个废缆做成的火炬,喊叫着翠翠的名字来找寻她,到身边时翠翠却不认识那个人。那人说:老船夫回到家中,不能来接她,故搭了过渡人口信来告翠翠,要她即刻就回去。翠翠听说是祖父派来的,就同那人一起回家,让打火把的在前引路,黄狗时前时后,一同沿了城墙向渡口走去。翠翠一面走一面问那拿火把的人,是谁告他就知道她在河边。那人说是二老告他的,他是二老家里的伙计,送翠翠回家后还得回转河街。

翠翠说:"二老他怎么知道我在河边?"

那人便笑着说:"他从河里捉鸭子回来,在码头上见你,他说好意请你上家里坐坐,等候你爷爷,你还骂过他!你那只狗不识吕洞宾,只是叫!"

翠翠带了点儿惊讶轻轻地问:"二老是谁?"

那人也带了点儿惊讶说:"二老你还不知道?就是我们河街

上的傩送二老！就是岳云！他要我送你回去！"

傩送二老在茶峒地方不是一个生疏的名字！

翠翠想起自己先前骂人那句话，心里又吃惊又害羞，再也不说什么，默默地随了那火把走去。

翻过了小山岨，望得见对溪家中火光时，那一方面也看见了翠翠方面的火把，老船夫即刻把船拉过来，一面拉船一面哑声儿喊问："翠翠，翠翠，是不是你？"翠翠不理会祖父，口中却轻轻地说："不是翠翠，不是翠翠，翠翠早被大河中鲤鱼吃去了。"翠翠上了船，二老派来的人，打着火把走了，祖父牵着船问："翠翠，你怎么不答应我，生我的气了吗？"

翠翠站在船头还是不作声。翠翠对祖父那一点儿埋怨，等到把船拉过了溪，一到了家中，看明白了醉倒的另一个老人后，就完事了。但另一件事，属于自己不关祖父的，却使翠翠沉默了一个夜晚。

五

两年日子过去了。

这两年来两个中秋节，恰好无月亮可看，凡在这边城地方，因看月而起整夜男女唱歌的故事，皆不能如期举行，故两个中秋留给翠翠的印象，极其平淡无奇。两个新年虽照例可以看到军营里与各乡来的狮子龙灯，在小教场迎春，锣鼓喧阗很热闹。到了十五夜晚，城中舞龙耍狮子的镇筸兵士，还各自赤裸着肩膊，往各处去欢迎炮仗烟火。城中军营里、税关局长公馆、河街上一些大字号，莫不头先截老毛竹筒，或镂空棕榈树根株，用洞硝拌和磺炭钢砂，一千槌八百槌把烟火做好。好勇取乐的军士，光赤着个上身，玩着灯打着鼓来了，小鞭炮如落雨的样子，从悬到长竿尖端的空中落到玩灯的肩背上，锣鼓催动急促的拍子，大家皆为这事情十分兴奋。鞭炮放过一阵后，用长凳脚绑着的大筒烟火，在敞坪一端燃起了引线，先是咝咝地流泻白光，慢慢地这白光便吼啸起来，做出如雷如虎惊人的声音，白光向上空冲去，高至二十丈，下落时便洒散着满天花雨。玩灯的兵士，在火花中绕着圈子，俨然毫不在意的样子。翠翠同他的祖父，也看过这样的热闹，留下一个热闹的印象，但这印象不知为什么原因，总不如那个端午所经过的事情甜而美。

翠翠为了不能忘记那件事，上年一个端午又同祖父到城边河街去看了半天船，一切玩得正好时，忽然落了行雨，无人衣衫不被雨湿透。为了避雨，祖孙二人同那只黄狗，走到顺顺吊脚楼上去，挤在一个角隅里。有人扛凳子从身边过去，翠翠认得那人正是去年打了火把送她回家的人，就告给祖父：

"爷爷，那个人去年送我回家，他拿了火把走路时，真像喽啰！"

祖父当时不作声，等到那人回头又走过面前时，就一把抓住那个人，笑嘻嘻说：

"嘿嘿,你这个喽啰!要你到我家喝一杯也不成,还怕酒里有毒,把你这个真命天子毒死!"

那人一看是守渡船的,且看到了翠翠,就笑了。"翠翠,你长大了!二老说你在河边大鱼会吃你,我们这里河中的鱼,现在吞不下你了。"

翠翠一句话不说,只是抿起嘴唇笑着。

这一次虽在这喽啰长年口中听到个"二老"名字,却不曾见及这个人。从祖父与那长年谈话里,翠翠听明白了二老是在下游六百里外青浪滩过端午的。但这次不见二老却认识了大老,且见着了那个一地出名的顺顺。大老把河中的鸭子捉回家里后,因为守渡船的老家伙称赞了那只肥鸭两次,顺顺就要大老把鸭子给翠翠。且知道祖孙二人所过的日子,十分拮据,节日里自己不能包粽子,又送了许多三角粽。

那水上名人同祖父谈话时,翠翠虽装作眺望河中景致,耳朵却把每一句话听得清清楚楚。那人向祖父说翠翠长得很美,问过翠翠年纪,又问有不有人家。祖父则很快乐地夸奖了翠翠不少,且似乎不许别人来关心翠翠的婚事,故一到这件事便闭口不谈。

回家时,祖父抱了那只白鸭子同别的东西,翠翠打火把引路。两人沿城墙脚走去,一面是城,一面是水。祖父说:"顺顺真是个好人,大方得很。大老也很好。这一家人都好!"翠翠说:"一家人都好,你认识他们一家人吗?"祖父不明白这句话的意思所在，因为今天太高兴一点，便笑着说："翠翠，假若大老要你做媳妇，请人来做媒，你答应不答应？"翠翠就说："爷爷，你疯了！再说我就生你的气！"

祖父话虽不再说了，心中却很显然地还转着这些可笑的不好的念头。翠翠着了恼，把火炬向路两旁乱晃着，向前快快地走去了。

"翠翠，莫闹，我摔到河里去，鸭子会走脱的！"

"谁也不稀罕那只鸭子！"

祖父明白翠翠为什么事不高兴，便唱起摇橹人驶船下滩时催橹的歌声，声音虽然哑沙沙的，字眼儿却稳稳当当毫不含糊。翠翠一面听着一面向前走去，忽然停住了发问：

"爷爷，你的船是不是正在下青浪滩呢？"

祖父不说什么，还是唱着，两人皆记起顺顺家二老的船正在青浪滩过节，但谁也不明白另外一个人的记忆所止处。祖孙二人便沉默地一直走还家中。到了渡口，那代理看船的，正把船泊在岸边等候他们。几人渡过溪到了家中，剥粽子吃。到后那人要进城去，翠翠赶即为那人点上火把，让他有火把照路。人过了小溪上小山时，翠翠同祖父在船上望着，翠翠说：

"爷爷，看喽啰上山了啊！"

祖父把手攀引着横缆，注目溪面升起的薄雾，仿佛看到了什么东西，轻轻地吁了一口气。祖父静静地拉船过对岸家边时，要翠翠先上岸去，自己却守在船边，因为过节，明白一定有乡下人从城里看龙船,还得乘黑赶回家乡。

六

白日里,老船夫正在渡船上同个卖皮纸的过渡人有所争持。一个不能接受所给的钱,一个却非把钱送给老人不可。正似乎因为那个过渡人送钱气派,使老船夫受了点压迫,这撑渡船人就俨然生气似的,迫着那人把钱收回,使这人不得不把钱捏在手里。但船拢岸时,那人跳上了码头,一手铜钱向船舱一撒,却笑眯眯地匆匆忙忙走了。老船夫手还得拉着船让别一个人上岸,无法去追赶那个人,就喊小山头的孙女:

"翠翠,翠翠,为我拉着那个卖皮纸的小伙子,不许他走!"

翠翠不知道是怎么回事,当真便同黄狗去拦那第一个下船人。那人笑着说:

"不要拦我!……"

正说着,第二个商人赶来了,就告给翠翠是什么事情。翠翠明白了,更紧拉着卖纸人衣服不放,只说:"不许走!不许走!"黄狗为了表示同主人意见一致,也便在翠翠身边汪汪地吠着。其余商人皆笑着,一时不能走路。祖父气吁吁地赶来了,把钱强迫塞到那人手心里,且搭了一大束草烟到那商人的担子上去,搓着两手笑着说:"走啊!你们上路走!"那些人于是全笑着走了。

翠翠说:"爷爷,我还以为那人偷你东西同你打架!"

祖父就说:

"他送我好些钱,我绝不要这些钱!告他不要钱,他还同我吵,不讲道理!"

翠翠说:"全还给他了吗?"

祖父抿着嘴把头摇摇,闭上一只眼睛,装成狡猾得意神气笑着,把扎在腰带上留下的那枚单铜子取出,送给翠翠。且说:

"他得了我们那把烟叶,可以吃到镇筸城!"

远处鼓声又嘭嘭地响起来了,黄狗张着两个耳朵听着。翠翠问祖父,听不听到什么声音。祖父一注意,知道是什么声音了,便说:

"翠翠,端午又来了。你记不记得去年天保大人送你那只肥鸭子。早上大老同一群人上川东去,过渡时还问你。你一定忘记那次落的行雨。我们这次若去,又得打火把回家;你记不记得我们两人用火把照路回家?"

翠翠还正想起两年前的端午一切事情。但祖父一问,翠翠却微带点儿恼着的神气,把头摇摇,故意说:"我记不得,我记不得。我全记不得!"其实她那意思就是"我怎记不得?"

祖父明白那话里意思,又说:"前年还更有趣,你一个人在河边等我,差点儿不知道回来,天夜了,我还以为大鱼会吃掉你!"

提起旧事,翠翠味地笑了。

"爷爷，你还以为大鱼会吃掉我？是别人家说我，我告给你的！你那天只是恨不得让城中的那个爷爷把装酒的葫芦吃掉！你这种人，好记性！"

"我人老了，记性也坏透了。翠翠，现在你人长大了，一个人一定敢上城去看船不怕鱼吃掉你了。"

"人大了就应当守船呢。"

"人老了才应当守船。"

"人老了应当歇憩！"

"你爷爷还可以打老虎，人不老！"祖父说着，于是，把膀子弯曲起来，努力使筋肉在局束中显得又有力又年轻，且说："翠翠，你不信，你咬。"

翠翠睨着腰背微驼的祖父，不说什么话。远处有吹唢呐的声音。她知道那是什么事情，且知道唢呐方向。要祖父同她下了船，把船拉过家中那边岸旁去。为了想早早地看到那迎婚送亲的喜轿，翠翠还爬到屋后塔下去眺望。过不久，那一伙人来了，两个吹唢呐的，四个强壮乡下汉子，一顶空花轿，一个穿新衣的团总儿子模样的青年，另外还有两只羊，一个牵羊的孩子，一坛酒，一盒糍粑，一个担礼物的人，一伙人上了渡船后，翠翠同祖父也上了渡船，祖父拉船，那翠翠却傍花轿站定，去欣赏每一个人的脸色与花轿上的流苏。拢岸后，团总儿子模样的人，从扣花抱肚里掏出了一个小红纸包封，递给老船夫。这是当地规矩，祖父再不能说不接收了。但得了钱祖父却说话了，问那个人，新娘是什么地方人,明白了,又问姓什么,明白了,又问多大年纪,一起皆弄明白了,吹唢呐的一上岸后,又把唢呐呜呜啦啦吹起来,一行人便翻山走了。祖父同翠翠留在船上,感情仿佛皆追着那唢呐声音走去,走了很远的路方回到自己身边来。

祖父掂着那红纸包封的分量说:"翠翠,宋家堡子里新嫁娘年纪还只十五岁。"

翠翠明白祖父这句话的意思所在,不做理会,静静地把船拉动起来。

到了家边,翠翠跑还家中去取小小竹子做的双管唢呐,请祖父坐在船头吹"娘送女"曲子给她听,她却同黄狗躺到门前大岩石上阴处看天上的云。白日渐长,不知什么时节,祖父睡着了,翠翠同黄狗也睡着了。

七

到了端午。祖父同翠翠在三天前业已预先约好,祖父守船,翠翠同黄狗过顺顺吊脚楼去看热闹。翠翠先不答应,后来答应了。但过了一天,翠翠又翻悔回来,以为要看两人去看,要守船两人守船。祖父明白那个意思,是翠翠玩心与爱心相战争的结果。为了祖父的牵绊,应当玩的也无法去玩,这不成!祖父含笑说:"翠翠,你这是为什么?说定了的又翻悔,同茶峒人平素品德不相称,我们应当说一是一,不许三心二意。我记性并不坏到这样子，把你答应了我的即刻忘掉！"祖父虽那么说，很显然的事，祖父对于翠翠的打算是同意的。但人太乖巧，祖父有点愀然不乐了。见祖父不再说话，翠翠就说："我走了，谁陪你？"

祖父说："你走了，船陪我。"

翠翠把一对眉毛皱拢去苦笑着："船陪你，嗨，嗨，船陪你。"

祖父心想："你总有一天会要走的！"但不敢提起这件事。祖父一时无话可说，于是走过屋后塔下小圃里去看葱，翠翠跟过去。

"爷爷，我决定不去，要去让船去，我替船陪你！"

"好，翠翠，你不去我去，我还得戴了朵红花，装老太婆去见世面！"

两人皆为这句话笑了许久。所争持的事，不求结论了。

祖父理葱，翠翠却摘了一根大葱吹着，有人在东岸喊过渡，翠翠不让祖父占先，便忙着跑下去，跳上了渡船，援着横溪缆子拉船过溪去接人。一面拉船一面喊祖父：

"爷爷，你唱，你唱！"

祖父不唱，却只站在高岩上望翠翠，把手摇着，一句话不说。

祖父有点心事。

翠翠一天比一天大了，无意中提到什么时，会红脸了。时间在成长她，似乎正催促她，使她在另外一件事情上负点儿责。她欢喜看扑粉满脸的新嫁娘，欢喜述说关于新嫁娘的故事，欢喜把野花戴到头上去,还欢喜听人唱歌。茶峒人的歌声,缠绵处她已领略得出。她有时仿佛孤独了一点,爱坐在岩石上去,向天空一片云一颗星凝眸。祖父若问:"翠翠,想什么?"她便带着点儿害羞情绪,轻轻地说:"翠翠不想什么。"但在心里却同时又自问:"翠翠,你想什么?"同是自己也就在心里答着:"我想得很远,很多。可是我不知想些什么。"她的确在想,又的确连自己也不知在想些什么。这女孩子身体既发育得很完全,在本身上因年龄自然而来的一种"奇事",到月就来,也使她多了些思索。

祖父明白这类事情对于一个女子的影响,祖父心情也变了些。祖父是一个在自然里活了七十年的人,但在人事上的自然现象,就有了些不能安排处。因为翠翠的长成,使祖父记起了些旧事,从掩埋在一大堆时间里的故事中重新找回了些东西。

翠翠的母亲,某一时节原同翠翠一个样子,眉毛长,眼睛大,皮肤红红的,也乖得使人怜爱——也懂在一些小处,起眼动眉毛,机灵懂事,使家中长辈快乐。也仿佛永远不会同家中这一个分开。但一点不幸来了,她认识了那个兵。到末了丢开老的和小的,却陪了那个兵死了。这些事从老船夫说来谁也无罪过,只应"天"去负责。翠翠的祖父口中不怨天,心中却不能完全同意这种不幸的安排。到底还像年轻人,说是放下了,也正是不能放下的莫可奈何容忍到的一件事。

并且那时有个翠翠。如今假如翠翠又同妈妈一样,老船夫的年龄，还能把小雏儿再抚育下去吗？人愿意的事神却不同意！人太老了，应当休息了，凡是一个良善的中国乡下人，一生中生活下来所应得到的劳苦与不幸，业已全得到了。假若另外高处有一个上帝，这上帝且有一双手支配一切，很明显的事，十分公道的办法，是应当把祖父先收回去，再来让那个年轻的在新的生活上得到应分接受那一份的。

可是祖父并不那么想。他为翠翠担心。有时便躺到门外岩石上，对着星子想他的心事。他以为死是应当快到了的，正因为翠翠人已长大了，证明自己也真正老了。可是无论如何，得让翠翠有个着落。翠翠既是她那可怜的母亲交把他的，翠翠大了，他也得把翠翠交给一个人，他的事才算完结！翠翠应分交给谁？必须什么样的人方不委屈她？

前几天顺顺家天保大老过溪时，同祖父谈话，这心直口快的青年人，第一句话就说：

"老伯伯，你翠翠长得真标致，像个观音样子。再过两年，若我有闲空能留在茶峒照料事情，不必像老鸦成天到处飞，我一定每夜到这溪边来为翠翠唱歌。"

祖父用微笑奖励这种自白。一面把船拉动，一面把那双小眼睛瞅着大老。意思好像说，你的傻话我全明白，我不生气，你尽管说下去，看你还有什么要说。

于是大老又说：

"翠翠太娇了，我担心她只宜于听点茶峒人的歌声，不能做茶峒女子做媳妇的一切正经事。我要个能听我唱歌的情人,却更不能缺少个照料家务的媳妇。'又要马儿不吃草,又要马儿走得好',唉,这两句话恰是古人为我说的!"

祖父慢条斯理把船转了头,让船尾傍岸,就说:

"大老,也有这种事儿!你瞧着吧。"

那青年走去后,祖父温习着那些出于一个男子口中的真话,实在又愁又喜。翠翠若应当交把一个人,这个人是不是适宜于照料翠翠?当真交把了他,翠翠是不是愿意?

八

初五大清早落了点毛毛雨,河上游且涨点了"龙船水",河水已变作豆绿色。祖父上城买办过节的东西,戴了个粽粑叶"斗篷",携带了一个篮子,一个装酒的大葫芦,肩头上挂了个褡裢,其中放了一吊六百制钱,就走了。因为是节日,这一天从小村小寨带了铜钱担了货物上城去办货掉货的极多,这些人起身也极早,故祖父走后,黄狗就伴同翠翠守船。翠翠头上戴了一个崭新的斗篷,把过渡人一趟一趟地送来送去。黄狗坐在船头,每当船拢岸时必先跳上岸边去衔绳头,引起每个过渡人的兴味。有些过渡乡下人也携了狗上城,照例如俗话说的,"狗离不得屋",这些狗一离了自己的家,即或傍着主人,也变得非常老实了。到过渡时,翠翠的狗必走过去嗅嗅,从翠翠方面讨取了一个眼色,似乎明白翠翠的意思的就不敢有什么举动。直到上岸后，把拉绳子的事情做完，眼见到那只陌生的狗上小山去了，也必跟着追去。或者向狗主人轻轻吠着，或者逐着那陌生的狗，必得翠翠带点儿嗔恼地嚷着："狗，狗，你狂什么？还有事情做，你就跑呀！"于是这黄狗赶快跑回船上来，且依然满船闻嗅不已。翠翠说："这算什么轻狂举动！跟谁学得的！还不好好蹲到那边去！"狗俨然极其懂事，便即刻到它自己原来地方去，只间或又像想起什么心事似的，轻轻地吠几声。

雨落个不止，溪面一片烟。翠翠在船上无事可做时，便算着老船夫的行程。她知道他这一去应在什么地方碰到什么人，谈些什么话，这一天城门边应当是些什么情形，河街上应当是些什么情形，"心中一本册"，她完全如同亲眼见到的那么明明白白。她又知道祖父的脾气，一见城中相熟粮子上人物，不管是马夫伙夫，总会把过节时应有的颂祝说出。这边说："副爷，你过节吃饱喝饱！"那一个便也将说："划船的，你吃饱喝饱！"这边如果说着如上的话，那边人说："有什么可以吃饱喝饱？四两肉，两碗酒，既不会饱也不会醉！"那么，祖父必很诚实邀请这熟人过碧溪岨喝个够量。倘若有人当时就想喝一口祖父葫芦中的酒，这老船夫也从不吝啬，必很快地就把葫芦递过去。酒喝过后，那兵营中人卷舌子舔着嘴唇，称赞酒好，于是又必被勒迫着喝第二口。酒在这种情形下少起来了，就又跑到原来铺上去，加满为止。翠翠且知道祖父还会到码头上去同刚拢岸一天两天的上水船水手谈谈话，问问下河的米价盐价，有时且弯着腰钻进那带有海带鱿鱼味，以及其他油味、醋味、柴烟味的船舱里去，水手们从小坛中抓出一把红枣，递给老船夫，过一阵，等到祖父回家被翠翠埋怨时，这红枣便成为祖父与翠翠和解的工具。祖父一到河街上，且一定有许多铺子上商人送他粽子与其他东西，作为对这个忠于职守的划船人一点敬意，祖父虽嚷着"我带了那么一大堆，回去会把老骨头压断"，可是不管如何，这些东西多少总得领点情。走到卖肉案桌边去，他想买肉，人家却照例不愿接钱。屠户若不接钱，他却宁可到另外一家去，决不想沾那点便宜。那屠户说："爷爷，你为人那么硬算什么？又不是要你去做犁口耕田！"但不行，他以为这是血钱，不比别的事情，你不收钱他会把钱预先算好，猛地把钱掷到大而长的钱筒里去，攫了肉就走去的。卖肉的明白他那种性情，到他称肉时总选取最好的一处，且把分量故意加多，他见及时却将说："喂喂，大老板，我不要你那些好处！腿上的肉是城里人炒鱿鱼肉丝用的肉，莫同我开玩笑！我要夹项肉，我要浓的，糯的，我是个划船人，我要拿去炖胡萝卜喝酒的！"得了肉，把钱交过手时，自己先数一次，又嘱咐屠户再数，屠户却照例不理会他，把一手钱哗地向长竹筒口丢去，他于是简直是妩媚地微笑着走了。屠户与其他买肉人，见到他这种神气，必笑个不止……

翠翠还知道祖父必到河街上顺顺家里去。

翠翠温习着两次过节两个日子所见所闻的一切，心中很快乐，好像目前有一个东西，同早间在床上闭了眼睛所看到那种捉摸不定的黄葵花一样，这东西仿佛很明朗地在眼前，却看不准，抓不住。

翠翠想："白鸡关真出老虎吗？"她不知道为什么忽然想起白鸡关。白鸡关是酉水中部一个地名，离茶峒两百多里路！

于是又想："三十二个人摇六匹橹，上水走风时张起个大篷，一百幅白布拼成的一片东西，坐在这样大船上过洞庭湖，多可笑……"她不明白洞庭湖有多大，也就从不见过这种大船。更可笑的，还是她自己也不知道为什么却想起这个问题。

一群过渡人来了，有担子，有送公事跑差模样的人物，另外还有母女二人。母亲穿了新浆洗得硬朗的蓝布衣服，女孩子脸上涂着两饼红色，穿了不甚称身的新衣，上城到亲戚家中去拜节看龙船的。等待众人上船稳定后，翠翠一面望着那小女孩，一面把船拉过溪去。那小孩从翠翠估来年纪也将十二岁了，神气却很娇，似乎从不曾离开过母亲。脚下穿的是一双尖尖头新油过的钉鞋，上面沾污了些黄泥。裤子是那种翻紫的葱绿布做的。见翠翠尽是望她，她也便看着翠翠，眼睛光光的如同两粒水晶球。神气中有点害羞，有点不自在，同时也有点不可言说的爱娇。那母亲模样的妇人便问翠翠，年纪有几岁。翠翠笑着，不高兴答应，却反问小女孩今年几岁，听那母亲说十三岁时，翠翠忍不住笑了。那母女显然是财主人家的妻女，从神气上就可看出的。翠翠注视那女孩，发现了女孩子手上还戴有一副麻花铰的银手镯，闪着白白的亮光，心中有点儿歆羡。船傍岸后，人陆续上了岸，妇人从身上摸出一把铜子，塞到翠翠手中，就走了。翠翠当时竟忘了祖父的规矩，也不说道谢，也不把钱退还，只望着这一行人中那个女孩子身后发痴。一行人正将翻过小山时，翠翠忽又忙匆匆地追上去，在山头上把钱还给那妇人。那妇人说："这是送你的！"翠翠不说什么，只微笑把头尽摇，表示不能接受，且不等妇人来得及说第二句话，就很快地向自己渡船边跑去了。

到了渡船上，溪那边又有人喊过渡，翠翠把船又拉回去。第二次过渡是七个人，又有两个女孩子，也同样因为看龙船特意换了干净衣服，相貌却并不如何美观，因此使翠翠更不能忘记先前那一个。

今天过渡的人特别多，其中女孩子比平时更多。翠翠既在船上拉缆子摆渡，故见到什么好看的，极古怪的，人乖的，眼睛眶子红红的，莫不在记忆中留下个印象。无人过渡时，等着祖父祖父又不来，便尽只反复温习这些女孩子的神气。且轻轻地无所谓地唱着：

"白鸡关出老虎咬人，不咬别人，团总的小姐派第一……大姐戴副金簪子，二姐戴副银钏子，只有我三妹莫得什么戴，耳朵上长年戴条豆芽菜。"

城中有人下乡的，在河街上一个酒店前面，曾见及那个撑渡船的老头子，把葫芦嘴推让给一个年轻水手，请水手喝他新买的白烧酒。翠翠问及时,那城中人就告给她所见到的事情。翠翠笑祖父的慷慨不是时候,不是地方。过渡人走了,翠翠就在船上又轻轻地哼着巫师迎神的歌玩:

你大仙,你大神,睁眼看看我们这里人!
他们既诚实,又年轻,又身无疾病。
他们大人会喝酒,会做事,会睡觉;
他们孩子能长大,能耐饥,能耐冷;
他们牯牛肯耕田,山羊肯生仔,鸡鸭肯孵卵;
他们女人会养儿子,会唱歌,会找她心中欢喜的情人!

你大神,你大仙,排驾前来站两边。
关夫子身跨赤兔马,
尉迟公手拿大铁鞭。

你大仙,你大神,云端下降慢慢行!
张果老驴上得坐稳,
铁拐李脚下要小心!

福禄绵绵是神恩,
和风和雨神好心,
好酒好饭当前陈,

肥猪肥羊火上烹!

洪秀全,李鸿章,
你们在生是霸王,
杀人放火尽节全忠各有道,
今来坐席又何妨!

慢慢吃,慢慢喝,
月白风清好过河。
醉时携手同归去,
我当为你再唱歌。

　　那首歌声音既极柔和,快乐中又微带忧郁。唱完了这歌,翠翠心上觉得有一丝儿凄凉。她想起秋末酬神还愿时田坪中的火燎同鼓角。

　　远处鼓声已起来了,她知道绘有朱红长线的龙船这时节已下河了,细雨还依然落个不止,溪面一片烟。

九

　　祖父回家时,大约已将近平常吃早饭时节了。肩上手上全是东西,一上小山头便喊翠翠,要翠翠拉船过小溪来迎接他。翠翠眼看到多少人皆进了城,正在船上急得莫可奈何,听到祖父的声音,精神旺了,锐声答着:"爷爷,爷爷,我来了!"老船夫从码头边上了渡船后,把肩上手上的东西搁到船头上,一面帮着翠翠拉船,一面向翠翠笑着,如同一个小孩子,神气充满了谦虚与羞怯。"翠翠,你急坏了,是不是?"翠翠本应埋怨祖父的,但她却回答说:"爷爷,我知道你在河街上劝人喝酒,好玩得很。"翠翠还知道祖父极高兴到河街上去玩,但如此说来,将更使祖父害羞乱嚷了,故不提出。

翠翠把搁在船头的东西一一估记在眼里,不见了酒葫芦。翠翠哧地笑了。

"爷爷,你倒大方,请副爷同船上人吃酒,连葫芦也让他们吃到肚里去了!"

祖父笑着忙作说明:

"哪里,哪里,我那葫芦被顺顺大哥扣下了,他见我在河街上请人喝酒,就说:'喂,喂,摆渡的张横,这不成的。你不开糟坊,如何这样子!你要做仁义大哥梁山好汉,把你那个放下来,请我全喝了吧。'他当真那么说,'请我全喝了吧。'我把葫芦放下了。但我猜想他是同我闹着玩的。他家里还少烧酒吗?翠翠,你说,是不是?……"

"爷爷,你以为人家不是真想喝你的酒,便是同你开玩笑吗?"

"那是怎么的?"

"你放心,人家一定因为你请客不是地方,所以扣下你的葫芦，不让你请人把酒喝完。等等就会派毛伙为你送来的，你还不明白，真是！——"

"唉，当真会是这样的！"

说着船已拢了岸，翠翠抢先帮祖父搬东西回家，但结果却只拿了那尾鱼，那个花褡裢；褡裢中钱已用光了，却有一包白糖、一包芝麻小饼子。

两人刚把新买的东西搬运到家中，对溪就有人喊过渡，祖父要翠翠看着肉菜免得被野猫拖去，争先下溪去做事，一会儿，便同那个过渡人嚷着到家中来了。原来这人便是送酒葫芦的。只听到祖父说："翠翠，你猜对了。人家当真把酒葫芦送来了！"

翠翠来不及向灶边走去，祖父同一个年纪轻轻的脸黑肩膊宽的人物，便进到屋里了。

翠翠同客人皆笑着，让祖父把话说下去。客人又望着翠翠笑，翠翠仿佛明白为什么被人望着，有点不好意思起来，走到灶边烧火去了。溪边又有人喊过渡，翠翠赶忙跑出门外船上去，把人渡过了溪。恰好又有人过溪。天虽落小雨，过渡人却分外多，一连三次。翠翠在船上一面做事一面想起祖父的趣处。不知怎么的，从城里被人打发来送酒葫芦的，她觉得好像是个熟人。可是眼睛里像是熟人，却不明白在什么地方见过面。但也正像是不肯把这人想到某方面去，方猜不着这来人的身份。

祖父在岩坎上边喊："翠翠，翠翠，你上来歇歇，陪陪客！"本来无人过渡便想上岸去烧火，但经祖父一喊，反而不上岸了。

来客问祖父"进不进城看船",老渡船夫就说:"应当看守渡船。"两人又谈了些别的话。到后来客方言归正传:

"伯伯,你翠翠像个大人了,长得很好看!"

撑渡船的笑了。"口气同哥哥一样,倒爽快呢。"这样想着,却那么说:"二老,这地方配受人称赞的只有你,人家都说你好看!'八面山的豹子,地地溪的锦鸡',全是特为颂扬你这个人好处的警句!"

"但是,这很不公平。"

"很公平的!我听着船上人说,你上次押船,船到三门下面白鸡关滩口出了事,从急浪中你援救过三个人。你们在滩上过夜,被村子里女人见着了,人家在你棚子边唱歌一整夜,是不是真有其事?"

"不是女人唱歌一夜,是狼嗥。那地方著名多狼,只想得机会吃我们!我们烧了一大堆火,吓住了它们,才不被吃!"

老船夫笑了:"那更妙!人家说的话还是很对的。狼是只吃姑娘,吃小孩,吃十八岁标致青年的,像我这种老骨头,它不要吃,只嗅一嗅就会走开的!"

那二老说:"伯伯,你到这里见过两万个日头,别人家全说我们这个地方风水好,出大人,不知为什么原因,如今还不出大人?"

"你是不是说风水好应出有大名头的人?我以为,这种人不生在我们这个小地方也不碍事。我们有聪明、正直、勇敢、耐劳的年轻人,就够了。像你们父子兄弟,为本地方增光彩已经很多很多!"

"伯伯,你说得好,我也是那么想。地方不出坏人出好人,如伯伯那么样子,人虽老了,还硬朗得同棵楠木树一样,稳稳当当地活到这块地面,又正经,又大方,难得的咧。"

"我是老骨头了,还说什么。日头,雨水,走长路,挑分量沉重的担子,大吃大喝,挨饿受寒,自己分上的都拿过了,不久就会躺到这冰冷土地上喂蛆吃的。这世界有的是你们小伙子分上的一切,应当好好地干,日头不辜负你们,你们也莫辜负日头!"

"伯伯,看你那么勤快,我们年轻人不敢辜负日头。"

说了一阵,二老想走了,老船夫便站到门口去喊叫翠翠,要她到屋里来烧水煮饭,调换他自己看船。翠翠不肯上岸,客人却已下船了,翠翠把船拉动时,祖父故意装作埋怨神气说:

"翠翠,你不上来,难道要我在家里做媳妇煮饭吗?"

翠翠斜睨了客人一眼,见客人正盯着她,便把脸背过去,抿着嘴儿,很自负地拉着那条横缆,船慢慢拉过对岸了。客人站在船头同翠翠说话:

"翠翠,吃了饭,同你爷爷到我家吊脚楼上去看划船吧?"

翠翠不好意思不说话,便说:"爷爷说不去,去了无人守这个船!"

"你呢?"

"爷爷不去我也不去。"

"你也守船吗?"

"我陪我爷爷。"

"我要一个人来替你们守渡船,好不好?"

嘭的一下船已撞到岸边土坎上了,船拢了岸。二老向岸上一跃,站在斜坡上说:

"翠翠,难为你!……我回去就要人来替你们,你们赶快吃饭,一同到我家里去看船,今天人多咧,热闹咧。"

翠翠不明白这陌生人的好意,不懂得为什么一定要到他家中去看船,抿着小嘴笑笑,就把船拉回去了。到了家中一边溪岸后,只见那个年轻人还正在对溪小山上。好像等待什么,不即走开。翠翠回转家中,到灶口边去烧火,一面把带点湿气的草塞进灶里去,一面向正在把客人带回的那一葫芦酒试着的祖父询问:

"爷爷,那人说回去就要人来替你,要我们两人去看船,你去不去?"

"你高兴去吗?"

"两人同去我高兴。那个人很好,我像认得他,他是谁?"

祖父心想:"这倒对了,人家也觉得你好!"祖父笑着说:"翠翠,你不记得你前年在大河边时,有个人说要让大鱼咬你吗?"

翠翠明白了,却仍然装不明白问:"他是谁?"

"你想想看，猜猜看。"

"我猜不着他是张三李四。"

"顺顺船总家的二老，他认识你你不认识他啊！"他抿了一口酒，像赞美这个酒又赞美另一个人，低低地说，"好的，妙的，这是难得的。"

过渡的人在门外坎下叫唤着，老祖父口中还是"好的，妙的……"匆匆地下船做事去了。

一〇

吃饭时隔溪有人喊过渡，翠翠抢着下船，到了那边，方知道原来过渡的人，便是船总顺顺家派来做替手的水手。这人一见翠翠就说道："二老要你们一吃了饭就去，他已下河了。"见了祖父又说："二老要你们吃了饭就去，他已下河了。"

张耳听听，便可听出远处鼓声已较繁密，从鼓声里使人想到那些极狭的船，在长潭中笔直前进时，水面上画着如何美丽的长长的线路！

新来的人茶也不吃，便在船头站妥了，翠翠同祖父吃饭时，邀他喝一杯，只是摇头推辞。祖父说：

"翠翠，我不去，你同小狗去好不好？"

"要不去，我也不想去！"

"我去呢？"

"我本来也不想去，但我愿意陪你去。"

祖父微笑着："翠翠，翠翠，你陪我去，好的，你就陪我去！"

……………

祖父同翠翠到城里大河边时，河边早站满了人。细雨已经停止，地面还是湿湿的。祖父要翠翠过河街船总家吊脚楼上去看船，翠翠却似乎有心事怕到那边去，以为站在河边较好。两人虽在河边站定，不多久，顺顺便派人来把他们请去了。吊脚楼上已有了很多的人。早上过渡时，为翠翠所注意的乡绅妻女，受顺顺家的款待，占据了两个最好窗口。一见到翠翠，那女孩子就说："你来，你来！"翠翠带着点儿羞怯走去，坐在他们身后边条凳上，祖父便走开了。

祖父并不看龙船竞渡，却为一个熟人拉到河上游半里路远近，过一个新碾坊看水碾子去了。老船夫对于水碾子原来就极有兴味的。倚山滨水来一座小小茅屋，屋中有那么一个圆石片子，固定在一个横轴上，斜斜地搁在石槽里。当水闸门抽去时，流水冲激地下的暗轮，上面的圆石片便飞转起来。做主人的管理这个东西，把毛谷倒进石槽中去，把碾好的米弄出放在屋角隅长方箩筛里，再筛去糠灰。地下全是糠灰，自己头上包着块白布帕子，头上肩上也全是糠灰。天气好时就在碾坊前后隙地里种些萝卜、青菜、大蒜、四季葱。水沟坏了，就把裤子脱去，到河里去堆砌石头，修理泄水处。水碾坝若修筑得好，还可装个小小鱼梁，涨小水时就自会有鱼上梁来，不劳而获！在河边管理一个碾坊比管理一只渡船多变化,有趣味,情形一看也就明白了。但一个撑渡船的若想有座碾坊,那简直是不可能的妄想。凡碾坊照例是属于当地小财主的产业。那熟人把老船夫带到碾坊边时,就告给他这碾坊业主为谁。两人一面各处视察一面说话。

那熟人用脚踢着新碾盘说:

"中寨人自己坐在高山砦子上,却欢喜来到这大河边置产业;这是中寨王团总的,值大钱七百吊!"

老船夫转着那双小眼睛,很羡慕地去欣赏一切,估计一切,把头点着,且对于碾坊中物件一一加以很得体的批评。后来两人就坐到那还未完工的白木条凳上去。熟人又说到这碾坊的将来,似乎是团总女儿陪嫁的妆奁。那人于是想起了翠翠,且记起大老过去一时托过他的事情来了。便问道:

"伯伯,你翠翠今年十几岁?"

"满十四岁进十五岁。"老船夫说过这句话后,便接着在心中计算过去的年月。

"十四岁多能干!将来谁得她真有福气!"

"有什么福气?又无碾坊陪嫁,一个光人。"

"别说一个光人,一个有用的人,两只手敌得五座碾坊!洛阳桥也是鲁班两只手造成的!……"这样那样地说着,表示对老船夫的抗议,说到后来那人自然笑了。

老船夫也笑了,心想:"翠翠有两只手,将来也去造洛阳桥吧,新鲜事!"

那人过了一会儿又说：

"茶峒人年轻男子眼睛光，选媳妇也极在行。伯伯，你若不多我的心时，我就说个笑话给你听。"

老船夫问："是什么笑话？"

那人说："伯伯你若不多心时，这笑话也可以当真话去听咧。"

接着说下去的就是顺顺家大老如何在人家面前赞美翠翠，且如何托他来探听老船夫口气那么一件事。末了同老船夫来转述另一回会话的情形。"我问他：'大老，大老，你是说真话还是说笑话？'他就说：'你为我去探听探听那老的，我欢喜翠翠，想要翠翠，是真话呀！'我说：'我这人口钝得很，说出了口收不回，万一老的一巴掌打来呢？'他说：'你怕打，你先当笑话去说，不会挨打的！'所以，伯伯，我就把这件真事情当笑话来同你说了。你试想想，他初九从川东回来见我时，我应当如何回答他？"

老船夫记起前一次大老亲口所说的话，知道大老的意思很真，且知道顺顺也欢喜翠翠，故心里很高兴。但这件事照规矩得这个人带封点心亲自到碧溪岨家中去说，方见得慎重其事。老船夫说："等他来时你说：老家伙听过了笑话后，自己也说了个笑话，他说：'车是车路，马是马路，各有走法。大老走的是车路，应当由大老爹爹做主，请了媒人来正正经经同我说。走的是马路，应当自己做主，站在渡口对溪高崖上，为翠翠唱三年六个月的歌。'"

"伯伯，若唱三年六个月的歌动得了翠翠的心，我赶明天就自己来唱歌了。"

"你以为翠翠肯了我还会不肯吗？"

"不咧，人家以为这件事情你老人家肯了翠翠便无有不肯呢。"

"不能那么说，这是她的事啊！"

"便是她的事情，可是必须老的做主，人家也仍然以为在日头月光下唱三年六个月的歌，还不如得伯伯说一句话好！"

"那么，我说，我们就这样办，等他从川东回来时，要他同顺顺去说个明白。我呢，我也先问问翠翠，若以为听了三年六个月的歌再跟那唱歌人走去有意思些，我就请你劝大老走他那弯弯曲曲的马路。"

"那好的。见了他我就说：'大老，笑话吗，我已经说过了。真话呢，看你自己的命运去了。'当真看他的命运去了，不过我明白他的命运，还是在你老人家手上捏着紧紧的。"

"不是那么说！我若捏得定这件事，我马上就答应了。"

这里两人把话说妥后，就过另一处看一只顺顺新近买来的三舱船去了。河街上顺顺吊脚楼方面，却有了如下事情。

翠翠虽被那乡绅女人喊到身边去坐，地位非常之好，从窗口望出去，河中一切朗然在望，然而心中可不安宁。挤在其他几个窗口看热闹的人，似乎皆常常把眼光从河中景物挪到这边几个人身上来。还有些人故意装成有别的事情样子，从楼这边走过那一边，事实上却全为的是好仔细看看翠翠这方面几个人。翠翠心中老不自在，只想借故跑去。一会儿河下的炮声响了，几只从对河取齐的船只，直向这方面划来。先是四条船皆相去不远，如四支箭在水面射着。到了一半，已有两只船占先了些，再过一会子，那两只船中间便又有一只超过了并进的船只而前。看看船到了税局门前时，第二次炮声又响，那船便胜利了。这时节胜利的已判明属于河街人所划的一只，各处便皆响着庆祝的小鞭炮。那船于是沿了河街吊脚楼划去，鼓声嘭嘭作响，河边与吊脚楼各处，都同时呐喊表示快乐的祝贺。翠翠眼见在船头站定摇动小旗指挥进退头上包着红布的那个年轻人，便是送酒葫芦到碧溪岨的二老，心中便印着两年前的旧事："大鱼吃掉你！""吃掉不吃掉，不用你这个人管！""好的，我就不管！""狗，狗，你也看人叫！"想起狗，翠翠才注意到自己身边那只黄狗，早已不知跑到什么地方去，便离了座位，在楼上各处找寻她的黄狗，把船头人忘掉了。

　　她一面在人丛里找寻黄狗，一面听人家正说些什么话。

　　一个大脸妇人问："是谁家的人，坐到顺顺家当中窗口前的那块好地方？"

　　一个妇人就说："是砦子上王乡绅大姑娘，今天说是自己来看船，其实来看人，同时也让人看！人家命好，有本领坐那好地方！"

　　"看谁人，被谁看？"

　　"嗨，你还不明白，那乡绅想同顺顺打亲家呢。"

　　"那姑娘配什么人？是大老，还是二老呢？"

"是二老呀,等等你们看这岳云,就会上楼来拜他丈母娘的!"

另有一个女人便插嘴说:"事弄妥了,好得很呢!人家在大河边有一座崭新碾坊陪嫁,比十个长年还好一些。"

有人问:"二老怎么样?"

又有人就轻轻地说:"二老已说过了,这不必看。第一件事我就不想做那个碾坊的主人!"

"你听岳云二老说过吗?"

"我听别人说的。还说二老欢喜一个撑渡船的。"

"他又不是傻小二,不要碾坊,要渡船吗?"

"那谁知道。横顺人是'牛肉炒韭菜,各人心里爱'。只看各人心里爱什么就吃什么,渡船不会不如碾坊!"

当时各人眼睛对着河里,口中说着这些闲话,却无一个人回头来注意到身后边的翠翠。

翠翠脸发火烧走到另外一处去,又听有两个人提及这件事。且说:"一切早安排好了,只需要二老一句话。"又说:"只看二老今天那么一股劲儿,就可以猜想得出,这劲儿是岸上一个黄花姑娘给他的!"

谁是激动二老的黄花姑娘?

翠翠人矮了些,在人后背已望不见河中的情形,只听到擂鼓声渐近渐激越,岸上呐喊声自远而近,便知道二老的船恰恰经过楼下。楼上人也大喊着,杂夹叫着二老的名字,乡绅太太那方面,且有人放小百子鞭炮。忽然又用另外一种惊讶声音喊着,且同时便见许多人出门向河下走去。翠翠不知出了什么事，心中有点迷乱，正不知走回原来座位边去好，还是依然站在人背后好。只见那边正有人拿了个托盘，装了一大盘粽子同细点心，在请乡绅太太小姐用点心，不好意思再过那边去，便想也挤出大门外到河下去看看。从河街一个盐店旁边甬道下河时，正在一排吊脚楼的梁柱间，迎面碰头一群人，拥着那个头包红布的二老来了。原来二老因失足落水，已从水中爬起来了。路太窄了一些，翠翠虽闪过一旁，与迎面来的人仍然得肘子触着肘子。二老一见翠翠就说：

"翠翠，你来了，爷爷也来了吗？"

翠翠脸还发着烧不便作声，心想："黄狗跑到什么地方去了呢？"

二老又说：

"怎不到我家楼上去看呢？我已要人替你弄了个好位子。"

翠翠心想："碾坊陪嫁，稀奇事情咧。"

二老不能逼迫翠翠回去，到后便各自走开了。翠翠到河下时，小小心腔中充满了一种说不分明的东西。是烦恼吧，不是！是忧愁吧，不是！是快乐吧，不，有什么事情使这个女孩子快乐呢？是生气了吧——是的，她当真仿佛觉得自己是在生一个人的气，又像是在生自己的气。河边人太多了，码头边浅水中，船桅船篷上，以至于吊脚楼的柱子上，无不挤满了人，翠翠自言自语说："人那么多，有什么三脚猫好看？"先还以为可以在什么船上发现她的祖父，但各处搜寻了一阵，却无祖父的影子。她挤到水边去，一眼便看到了自己家中那条黄狗，同顺顺家一个长年，正在去岸数丈一只空船上看热闹。翠翠锐声叫喊了两声，黄狗张着耳叶昂头四面一望，便猛地扑下水中，向翠翠方面泅来了。到了身边时狗身上已全是水，把水抖着且跳跃不已，翠翠便说："得了，狗，装什么疯。你又不翻船，谁要你落水呢？"

翠翠同黄狗各处找祖父去，在河街上一个木行前恰好遇着了祖父。

老船夫说："翠翠，我看了个好碾坊，碾盘是新的，水车是新的，屋上稻草也是新的！水坝管着一绺水，急溜溜的，抽水闸板时水车转得如陀螺。"

翠翠带着点做作问："是什么人的？"

"是什么人的？住在山上的员外王团总的。我听人说是那中寨人为女儿做嫁妆的东西，好不阔气，包工就是七百吊大制钱，还不管风车，不管家私！"

"谁讨那个人家的女儿？"

祖父望着翠翠干笑着："翠翠，大鱼咬你，大鱼咬你。"

翠翠因为对于这件事心中有了个数目，便仍然装着全不明白，只询问祖父："爷爷，什么人得到那个碾坊？"

"岳云二老！"祖父说了又自言自语地说，"有人羡慕二老得到碾坊，也有人羡慕碾坊得到二老！"

"谁羡慕呢，爷爷？"

"我羡慕。"祖父说着便又笑了。

翠翠说:"爷爷,你喝醉了。"

"可是二老还称赞你长得美呢。"

翠翠:"爷爷,你疯了。"

祖父说:"爷爷不醉不疯……去,我们到河边看他们放鸭子去。可惜我老了,不能下水里去捉只鸭子回家焖姜吃。"他还想说:"二老捉得鸭子,一定又会送给我们的。"话不及说,二老来了,站在翠翠面前微笑着。翠翠也笑着。

于是三个人回到吊脚楼上去。

一一

有人带了礼物到碧溪岨。掌水码头的顺顺,当真请了媒人为儿子向渡船的攀亲戚来了。老船夫慌慌张张把这个人渡过溪口,一同到家里去。翠翠正在屋门前剥豌豆,来了客并不如何注意。但一听到客人进门说"贺喜贺喜",心中有事,不敢再蹲在屋门边,就装作追赶菜园地的鸡,拿了竹响篙唰唰地摇着,一面口中轻轻喝着,向屋后白塔跑去了。

来人说了些闲话,言归正传转述到顺顺的意见时,老船夫不知如何回答,只是很惊惶地搓着两只茧结的大手,好像这不会真有其事,而且神气中只像在说"那好的,那妙的",其实这老头子却不曾说过一句话。

来人把话说完后，就问做祖父的意见怎么样。老船夫笑着把头点着说："大老想走车路，这个很好。可是我得问问翠翠，看她自己主张怎么样。"来人被打发走后，祖父在船头叫翠翠下河边来说话。

翠翠拿了一簸箕豌豆下到溪边，上了船，娇娇地问她的祖父："爷爷，你有什么事？"祖父笑着不说什么，只偏着个白发盈颠的头看着翠翠，看了许久。翠翠坐到船头，有点不好意思，低下头去剥豌豆，耳中听着远处竹篁里的黄鸟叫。翠翠想："日子长咧，爷爷话也长了。"翠翠心轻轻地跳着。

过了一会儿祖父说："翠翠，翠翠，先前那个人来做什么，你知道不知道？"

翠翠说："我不知道。"说后脸同颈脖全红了。

祖父看看那种情景，明白翠翠的心事了，便把眼睛向远处望去，在空雾里望见了十六年前翠翠的母亲，老船夫心中异常柔和了。轻轻地自言自语说："每一只船总要有个码头，每一只雀儿得有个窠。"他同时想起那个可怜的母亲过去的事情，心中有了一点隐痛，却勉强笑着。

翠翠呢，正从山中黄鸟杜鹃叫声里，以及山谷中伐竹人一下一下的砍伐竹子声音里，想到许多事情。老虎咬人的故事，与人对骂时四句头的山歌，造纸作坊中的方坑，铁工场熔铁炉里泄出的铁汁，耳朵听来的，眼睛看到的，她似乎都要去温习温习。她所以这样做，又似乎全只为了希望忘掉眼前的一桩事而起。但她实在有点误会了。

祖父说："翠翠，船总顺顺家里请人来做媒，想讨你做媳妇，问我愿不愿。我呢，人老了，再过三年两载会过去的，我没有不愿意的事情。这是你自己的事，你自己想想，自己来说。愿意，就成了；不愿意，也好。"

翠翠不知如何处理这个问题，装作从容，怯怯地望着老祖父。又不便问什么，当然也不好回答。

祖父又说："大老是个有出息的人，为人又正直，又慷慨，你嫁了他，算是命好！"

翠翠弄明白了，人来做媒的是大老！不曾把头抬起，心忡忡地跳着，脸烧得厉害，仍然剥她的豌豆，且随手把空豆荚抛到水中去，望着它们在流水中从从容容地流去，自己也俨然从容了许多。

见翠翠总不作声，祖父于是笑了，且说："翠翠，想几天不碍事。洛阳桥不是一个晚上造得好的，要日子啰。前次那个人来就向我说起这件事，我已经就告过他：车是车路，马是马路，各有规矩。想爸爸做主，请媒人正正经经来说是车路；要自己做主，站到对溪高崖竹林里为你唱三年六个月的歌是马路——你若欢喜走马路，我相信人家会为你在日头下唱热情的歌，在月光下唱温柔的歌，像只洋鹊一样一直唱到吐血喉咙烂！"

翠翠不作声，心中只想哭，可是也无理由可哭。祖父还是再说下去，便引到死过了的母亲来了。老人话说了一阵，沉默了。

翠翠悄悄把头撂过一些，见祖父眼中业已酿了一汪眼泪。翠翠又惊又怕，怯生生地说："爷爷，你怎么的？"祖父不作声，用大手掌擦着眼睛，小孩子似的咕咕笑着，跳上岸跑回家中去了。

翠翠心中乱乱的，想赶去却不赶去。

雨后放晴的天气，日头炙到人肩上背上已有了点儿力量。溪边芦苇水杨柳，菜园中菜蔬，莫不繁荣滋茂，带着一分有野性的生气。草丛里绿色蚱蜢各处飞着，翅膀搏动空气时皆喈喈作声。枝头新蝉声音虽不成腔却已渐渐洪大。两山深翠逼人的竹篁中，有黄鸟与竹雀杜鹃交递鸣叫。翠翠感觉着，望着，听着，同时也思索着：

"爷爷今年七十岁……三年六个月的歌——谁送那只白鸭子呢……得碾子的好运气，碾子得谁更是好运气……"

痴着，忽地站起，半簸箕豌豆便倾倒到水中去了。伸手把那簸箕从水中捞起时，隔溪有人喊过渡。

一二

翠翠第二天第二次在白塔下菜园地里，被祖父询问到自己主张时，仍然心儿砰砰地跳着，把头低下不做理会，只顾用手去掐葱。祖父笑着，心想："还是等等看，再说下去，这一坪葱会全掐掉了。"同时似乎又觉得这其间有点古怪处，不好再说下去，便自己按捺住言语，用一个做作的笑话，把问题引到另外一件事情上去了。

　　天气渐渐地越来越热了。近六月时，天气热了些。老船夫把一个满是灰尘的黑陶缸子，从屋角隅里搬出，自己还匀出些闲工夫，拼了几方木板，做成一个圆盖。又锯木头做成一个三脚架子，且削刮了个大竹筒，用葛藤系定，放在缸边作为舀茶的家具。自从这茶缸移到屋门溪边后，每早上翠翠就烧一大锅开水，倒进那缸子里去。有时缸里加些茶叶，有时却只放下一些用火烧焦的锅巴，乘那东西还燃着时便抛进缸里去。老船夫且照例准备了些发痧肚痛治疱疮疡子的草根木皮，把这些药搁在家中当眼处，一见过渡人神气不对，就忙匆匆地把药取来，善意地勒迫这过路人使用他的药方，且告给人这许多救急丹方的来源（这些丹方自然全是他从城中军医同巫师学来的）。他终日裸着两只膀子，在溪中方头船上站定，头上还常常是光光的，一头短短白发，在日光下如银子。翠翠依然是个快乐人，屋前屋后跑着唱着，不走动时就坐在门前高崖树荫下，吹小竹管儿玩。爷爷仿佛把大老提婚的事早已忘掉，翠翠自然也似乎忘掉这件事情了。

　　可是那做媒的不久又来探口气了，依然同从前一样，祖父把事情成否全推到翠翠身上去，打发了媒人上路。回头又同翠翠谈了一次，也依然不得结果。

　　老船夫猜不透这事情在这什么方面有个疙瘩，解除不去，夜里躺在床上便常常陷入一种沉思里去，隐隐约约体会到一件事情

（指体会到翠翠爱二老不爱大老）。再想下去便是……想到了这里时，他笑了，为了害怕而勉强笑了。其实他有点忧愁，因为他忽然觉得翠翠一切全像那个母亲，而且隐隐约约便感觉到这母女二人共通的命运。一堆过去的事情蜂拥而来，不能再睡下去了，一个人便跑出门外，到那临溪高崖上去，望天上的星辰，听河边纺织娘和一切虫类如雨的声音，许久许久还不睡觉。

这件事翠翠自然是注意不及的，这小女孩子日子里尽管玩着，工作着，也同时为一些很神秘的东西驰骋她那颗小小的心，但一到夜里，却甜甜地睡眠了。

不过一切皆得在一份时间中变化。这一家安静平凡的生活，也因了一堆接连而来的日子，在人事上把那安静空气完全打破了。

船总顺顺家中一方面，则天保大老的事已被二老知道了，傩送二老同时也让他哥哥知道了弟弟的心事。这一对难兄难弟原来同时都爱上了那个撑渡船的外孙女。这事情在本地人说来并不稀奇，边地俗话说："火是各处可烧的，水是各处可流的，日月是各处可照的，爱情是各处可到的。"有钱船总儿子，爱上一个弄渡船的穷人家女儿，不能成为稀罕的新闻。有一点困难处，只是这两兄弟到了谁应取得这个女人做媳妇时，是不是也还得照茶峒人规矩，来一次流血的挣扎？

兄弟两人在这方面是不至于动刀的，但也不作兴有"情人奉让"，如大都市懦怯男子爱与仇对面时做出的可笑行为。

那哥哥同弟弟在河上游一个造船的地方，看他家中那一只新船，在新船旁把一切心事全告给了弟弟，且附带说明，这点念头还是两年前植下根基的。弟弟微笑着，把话听下去。两人从造船处沿了河岸又走到王乡绅新碾坊去，那大哥就说：

"二老，你运气倒好，做了王团总女婿，有座碾坊；我呢，若把事情弄好了，我应当接那个老的手来划渡船了。我欢喜这个事情。我还想把碧溪岨两个山头买过来，在界线上种一片大南竹，围着这一条小溪作为我的砦子！"

那二老仍然默默地听着，把手中拿的一把弯月形镰刀随意斫削路旁的草木，到了碾坊时，却站住了向他哥哥说：

"大老，你信不信这女子心上早已有了个人？"

"我不信。"

"大老，你信不信这碾坊将来归我？"

"我不信。"

两人于是进了碾坊。

二老又说："你不必——大老，我再问你，假若我不想得到这座碾坊，却打量要那只渡船，而且这念头也是两年前的事，你信不信呢？"

那大哥听来真着了一惊，望了一下坐在碾盘横轴上的傩送二老，知道二老不是说谎，于是站近了一点，伸手在二老肩上打了一下，且想把二老拉下来。他明白了这件事，他笑了。他说："我相信的，你说的全是真话！"

二老把眼睛望着他的哥哥,很诚实地说:

"大老,相信我,这是真事。我早就那么打算到了。家中不答应,那边若答应了,我当真预备去弄渡船的!——你告我,你呢?"

"爸爸已听了我的话,为我要城里的杨马兵做保山,向划渡船说亲去了!"大老说到这个求亲手续时,好像知道二老要笑他,又解释要保山去的用意,"只是因为老的说车有车路,马有马路,我就走了车路。"

"结果呢?"

"得不到什么结果。老的口上含李子,说不明白。"

"马路呢?"

"马路呢,那老的说若走马路,我得在碧溪岨对溪高崖上唱三年六个月的歌。把翠翠心子唱软,翠翠就归我了。"

"这并不是个坏主张!"

"是呀,一个结巴人话说不出还唱得出。可是这件事轮不到我了。我不是竹雀,不会唱歌。鬼知道那老人家存心是要把孙女儿嫁个会唱歌的水车,还是预备规规矩矩嫁个人!"

"那你怎么样?"

"我想告那老的,要他说句实在话。只一句话。不成,我跟船下桃源去了;成呢,便是要我撑渡船,我也答应了他。"

"唱歌呢?"

"二老,这是你的拿手好戏,你要去做竹雀你就赶快去吧,我不会捡马粪塞你嘴巴的。"

二老看到哥哥那种样子，便知道为这件事哥哥感到的是一种如何烦恼了。他明白他哥哥的性情，代表了茶峒人粗鲁爽直一面，弄得好，掏出心子来给人也很慷慨做去，弄不好，亲舅舅也必一是一二是二。大老何尝不想在车路上失败时走马路；但他一听到二老的坦白陈述后，他就知道马路只二老有份，他自己的事不能提了。因此他有点气恼，有点愤慨，自然是无从掩饰的。

二老想出了个主意，就是两兄弟月夜里同过碧溪岨去唱歌，莫让人知道是弟兄两个，两人轮流唱下去，谁得到回答，谁便继续用那张唱歌胜利的嘴唇，服侍那划渡船的外孙女。大老不善于唱歌，轮到大老时也仍然由二老代替。两人凭命运来决定自己的幸福，这么办可说是极公平了。提议时，那大老还以为他自己不会唱，也不想请二老替他做竹雀。但二老那种诗人性格，却使他很固执地要哥哥实行这个办法。二老说必须这样做，一切方公平一点。

大老把弟弟提议想想，做了一个苦笑。"×娘的，自己不是竹雀，还请老弟做竹雀！好，就是这样子，我们各人轮流唱，我也不要你帮忙，一切我自己来吧。树林子里的猫头鹰，声音不动听，要老婆时，也仍然是自己叫下去，不请人帮忙的！"

两人把事情说妥当后，算算日子，今天十四，明天十五，后天十六，接连而来的三个日子，正是有大月亮天气。气候既到了中夏，半夜里不冷不热，穿了白家机布汗褂，到那些月光照及的高崖上去，遵照当地的习惯，很诚实与坦白去为一个"初生之犊"的黄花女唱歌。露水降了，歌声涩了，到应当回家了时，就趁残月赶回家去。或过那些熟识的整夜工作不息的碾坊里去，躺到温暖的谷仓里小睡，等候天明。一切安排皆极其自然，结果是什么，两人虽不明白，但也看得极其自然。两人便决定了从当夜起始，来作这种为当地习惯所认可的竞争。

一三

黄昏来时翠翠坐在家中屋后白塔下，看天空被夕阳烘成桃花色的薄云，十四中寨逢场，城中生意人过中寨收买山货的很多，过渡人也特别多，祖父在溪中渡船上忙个不息。天已快夜，别的雀子似乎都要休息了，只杜鹃叫个不息。石头泥土为白日晒了一整天，草木为白日晒了一整天，到这时节皆放散一种热气。空气中有泥土气味，有草木气味，且有甲虫类气味。翠翠看着天上的红云，听着渡口飘乡生意人的杂乱声音，心中有些儿薄薄的凄凉。

黄昏照样地温柔，美丽和平静。但一个人若体念到这个当前一切时，也就照样地在这黄昏中会有点儿薄薄的凄凉。于是，这日子成为痛苦的东西了。翠翠觉得好像缺少了什么。好像眼见到这个日子过去了，想要在一件新的人事上攀住它，但不成。好像生活太平凡了，忍受不住。

"我要坐船下桃源县过洞庭湖，让爷爷满城打锣去叫我，点了灯笼火把去找我。"

她便同祖父故意生气似的，很放肆地去想到这样一件不可能事情，她且想象她出走后，祖父用各种方法寻觅她皆无结果，到后如何躺在渡船上。

人家喊："过渡，过渡，老伯伯，你怎么的！不管事！""怎么的！翠翠走了，下桃源县了！""那你怎样办？""那怎么办吗？拿了把刀，放在包袱里，搭下水船去杀了她！"……

翠翠仿佛当真听着这种对话，吓怕起来了，一面锐声喊着她的祖父，一面从坎上跑向溪边渡口去。见到了祖父正把船拉在溪中，船上人嗫嗫说着话，小小心子还依然跳跃不已。

"爷爷，爷爷，你把船拉回来呀！"

那老船夫不明白她的意思，还以为是翠翠要为他代劳了，就说：

"翠翠，等一等，我就回来！"

"你不拉回来了吗？"

"我就回来！"

翠翠坐在溪边，望着溪面为暮色所笼罩的一切，且望到那只渡船上一群过渡人，其中有个吸旱烟的打着火镰吸烟，把烟杆在船边剥剥地敲着烟灰，就忽然哭起来了。

祖父把船拉回来时，见翠翠痴痴地坐在岸边，问她是什么事，翠翠不作声。祖父要她去烧火煮饭，想了一会儿，觉得自己哭得可笑，一个人便回到屋中去，坐在黑黝黝的灶边把火烧燃后，她又走到门外高崖上去，喊叫她的祖父，要他回家里来。在职务上毫不儿戏的老船夫，因为明白过渡人皆是赶回城中吃晚饭的人，来一个就渡一个，不便要人站在那岸边呆等，故不上岸来。只站在船头告翠翠，不要叫他，且让他做点事，把人渡完事后，就会回家里来吃饭。

翠翠第二次请求祖父，祖父不理会，她坐在悬崖上，很觉得悲伤。

天夜了，有一只大萤火虫尾上闪着蓝光，很迅速地从翠翠身旁飞过去，翠翠想："看你飞得多远！"便把眼睛随着那萤火虫的明光追去。杜鹃又叫了。

"爷爷，为什么不上来？我要你！"

在船上的祖父听到这种带着娇有点儿埋怨的声音，一面粗声粗气地答道："翠翠，我就来，我就来！"一面心中却自言自语："翠翠，爷爷不在了，你将怎么样？"

老船夫回到家中时，见家中还黑黝黝的，只灶间有火光，见翠翠坐在灶边矮条凳上，用手蒙住眼睛。

走过去才晓得翠翠已哭了许久。祖父一个下半天来，皆弯着个腰在船上拉来拉去，歇歇时手也酸了，腰也酸了，照规矩，一到家里就会嗅到锅中所焖瓜菜的味道，且可看见翠翠安排晚饭在灯光下跑来跑去的影子。今天情形竟不同了一点。

祖父说："翠翠，我来慢了，你就哭，这还成吗？我死了呢？"

翠翠不作声。

祖父又说:"不许哭,做一个大人,不管有什么事都不许哭。要硬扎一点,结实一点,方配活到这块土地上!"

翠翠把手从眼睛边移开,靠近了祖父身边去。"我不哭了。"

两人做饭时,祖父为翠翠述说起一些有趣味的故事。因此提到了死去了的翠翠的母亲。两人在豆油灯下把饭吃过后,老船夫因为工作疲倦,喝了半碗白酒,因此饭后兴致极好,又同翠翠到门外高崖上月光下去说故事。说了些那个可怜母亲的乖巧处,同时且说到那可怜母亲性格强硬处,使翠翠听来神往倾心。

翠翠抱膝坐在月光下,傍着祖父身边,问了许多关于那个可怜母亲的故事。间或吁一口气,似乎心中压上了些分量沉重的东西,想挪移得远一点,才吁着这种气,可是却无从把那种东西挪开。

月光如银子,无处不可照及,山上篁竹在月光下皆成为黑色。身边草丛中虫声繁密如落雨。间或不知道从什么地方,忽然会有一只草莺"嗒嗒嗒嗒嘘!"啭着它的喉咙,不久之间,这小鸟儿又好像明白这是半夜,不应当那么吵闹,便仍然闭着那小小眼儿安睡了。

祖父夜来兴致很好,为翠翠把故事说下去,就提到了本城人二十年前唱歌的风气,如何驰名于川黔边地。翠翠的父亲,便是当地唱歌的第一手,能用各种比喻解释爱与憎的结子,这些事也说到了。翠翠母亲如何爱唱歌,且如何同父亲在未认识以前在白日里对歌,一个在半山上竹篁里砍竹子,一个在溪面渡船上拉船,这些事也说到了。

翠翠问:"后来怎么样?"

祖父说:"后来的事当然长得很,最重要的事情,就是这种歌唱出了你。"

祖父于是沉默了,不曾说"唱出了你后也就死去了你的父亲和母亲"。

一四

老船夫做事累了睡了,翠翠哭倦了也睡了。翠翠不能忘记祖父所说的事情,梦中灵魂为一种美妙歌声浮起来了,仿佛轻轻地各处飘着,上了白塔,下了菜园,到了船上,又复飞蹿过悬崖半腰——去做什么呢?摘虎耳草!白日里拉船时,她仰头望着崖上那些肥大虎耳草已极熟悉。崖壁三五丈高,平时攀折不到手,这时节却可以选顶大的叶子做伞。

一切皆像是祖父说的故事,翠翠只迷迷糊糊地躺在粗麻布帐子里草荐上,以为这梦做得顶美顶甜。祖父却在床上醒着,张起个耳朵听对溪高崖上的人唱了半夜的歌。他知道那是谁唱的,他知道是河街上天保大老走马路的第一着,因此又忧愁又快乐地听下去。翠翠因为日里哭倦了,睡得正好,他就不去惊动她。

第二天天一亮，翠翠同祖父起身了，用溪水洗了脸，把早上说梦的忌讳去掉了，翠翠赶忙同祖父去说昨晚上所梦的事情。

"爷爷，你说唱歌，我昨天就在梦里听到一种顶好听的歌声，又软又缠绵，我像跟了这声音各处飞，飞到对溪悬崖半腰，摘了一大把虎耳草，得到了虎耳草，我可不知道把这个东西交给谁去了。我睡得真好，梦得真有趣！"

祖父温和悲悯地笑着，并不告给翠翠昨晚上的事实。

祖父心里想："做梦一辈子更好，还有人在梦里做宰相咧。"

昨晚上唱歌的，老船夫还以为是天保大老，日来便要翠翠守船，借故到城里去送药，探探情形。在河街见到了大老，就一把拉住那小伙子，很快乐地说：

"大老，你这个人，又走车路又走马路，是怎样一个狡猾东西！"

但老船夫却做错了一件事情，把昨晚唱歌人"张冠李戴"了。这两兄弟昨晚上同时到碧溪岨去，为了做哥哥的走车路占了先，无论如何也不肯先开腔唱歌，一定得让那弟弟先唱。弟弟一开口，哥哥却因为明知不是敌手，更不能开口了。翠翠同她祖父晚上听到的歌声，便全是那个傩送二老所唱的。大老伴弟弟回家时，就决定了同茶峒地方离开，驾家中那只新油船下驶，好忘却了上面的一切。这时正想下河去看新油船装货。老船夫见他神情冷冷的，不明白他的意思，就用眉眼做了一个可笑的记号，表示他明白大老的冷淡处是装成的，表示他有好消息可以奉告。他拍了大老一下，跷起一个大拇指，轻轻地说：

"你唱得很好，别人在梦里听着你那个歌，为那个歌带得很远，走了不少的路！你是第一号，是我们地方唱歌第一号。"

大老望着弄渡船的老船夫涎皮的老脸，轻轻地说：

"算了吧，你把宝贝孙女儿送给会唱歌的竹雀吧。"

这句话使老船夫完全弄不明白它的意思。大老从一个吊脚楼甬道走下河去了，老船夫也跟着下去。到了河边，见那只新船正在装货，许多油篓子搁在河岸边。一个水手正用茅草扎成长束，备做船舷上挡浪用的茅把。还有人坐在河边石头上，用脂油擦抹桨板。老船夫问那个水手，这船什么日子下行，谁押船，那水手把手指着大老。老船夫搓着手说：

"大老，听我说句正经话，你那件事走车路，不对；走马路，你有份的！"

那大老把手指着窗口说："伯伯，你看那边，你要竹雀做孙女婿，竹雀在那里啊！"

老船夫抬头望见二老，正在窗口整理一个渔网。

回碧溪岨到渡船上时，翠翠问：

"爷爷，你同谁吵了架，面色那样难看！"

祖父莞尔而笑，他到城里的事情，不告给翠翠一个字。

一五

　　大老坐了那只新油船向下河走去了,留下傩送二老在家。老船夫方面还以为上次歌声既归二老唱的,在此后几个日子里,自然还会听到那种歌声。一到了晚间就故意从别样事情上,促翠翠注意夜晚的歌声。两人吃完饭坐在屋里,因屋前滨水,长脚蚊子一到黄昏就嗡嗡地叫着,翠翠便把蒿艾束成的烟包点燃,向屋中角隅各处晃着驱逐蚊子。晃了一阵,估计全屋子里已为蒿艾烟气熏透了,方把烟包搁到床前地上去,再坐在小板凳上来听祖父说话。从一些故事上慢慢地谈到了唱歌,祖父话说得很妙;祖父到后发问道:

　　"翠翠,梦里的歌可以使你爬上高崖去摘虎耳草,若当真有谁来在对溪高崖上为你唱歌,你预备怎么样?"祖父把话当笑话说着的。

　　翠翠便也当笑话答道:"有人唱歌我就听下去,他唱多久我也听多久!"

　　"唱三年六个月呢?"

　　"唱得好听,我听三年六个月。"

　　"这不大公平吧。"

　　"怎么不公平?为我唱歌的人,不是极愿意我长远听他唱歌吗?"

"照理说：炒菜要人吃，唱歌要人听。可是人家为你唱，是要你懂他歌里的意思！"

"爷爷，懂歌里什么意思？"

"自然是他那颗想同你要好的真心！不懂那点心事，不是同听竹雀唱歌一样吗？"

"我懂了他的心又怎么样？"

祖父用拳头把自己腿重重地捶着，且笑着："翠翠，你人乖，爷爷笨得很，话也说得不温柔，莫生气。我信口开河，说个笑话给你听。你应当当笑话听。河街天保大老走车路，请保山来提亲，我告给过你这件事了，你那神气不愿意，是不是？可是，假若那个人还有个兄弟，走马路，为你来唱歌，向你攀交情，你将怎么说？"

翠翠吃了一惊，低下头去。因为她不明白这笑话究竟有几分真，又不清楚这笑话是谁诌的。

祖父说："你试告我，愿意哪一个？"

翠翠便勉强笑着轻轻地带点儿恳求的神气说：

"爷爷莫说这个笑话吧。"翠翠站起身了。

"我说的若是真话呢？"

"爷爷你真是个……"翠翠说着走出去了。

祖父说："我说的是笑话，你生我的气吗？"

翠翠不敢生祖父的气，走近门限边时，就把话引到另外一件事情上去："爷爷看天上的月亮，那么大！"说着，出了屋外，便在那一派清光的露天中站定。站了一忽儿，祖父也从屋中出到外边来了。翠翠于是坐到那白日里为强烈阳光晒热的岩石上去，石头正散发日间所储的余热。祖父就说：

"翠翠，莫坐热石头，免得生坐板疮。"

但自己用手摸摸后，自己也坐到那岩石上了。

月光极其柔和，溪面浮着一层薄薄白雾，这时节对溪若有人唱歌，隔溪应和，实在太美丽了。翠翠还记着先前祖父说的笑话。耳朵又不聋，祖父的话说得极分明，一个兄弟走马路，唱歌来打发这样的晚上，算是怎么一回事？她似乎为了等着这样的歌声，沉默了许久。

她在月光下坐了一阵，心里却当真愿意听一个人来唱歌。久之，对溪除了一片草虫的清音复奏以外别无所有。翠翠走回家里去，在房门边摸着了那个芦管，拿出来在月光下自己吹着。觉吹得不好，又递给祖父要祖父吹。老船夫把那个芦管竖在嘴边，吹了个长长的曲子，翠翠的心被吹柔软了。

翠翠依傍祖父坐着，问祖父：

"爷爷，谁是第一个做这个小管子的人？"

"一定是个最快乐的人做的，因为他分给人的也是许多快乐；可又像是个最不快乐的人做的，因为他同时也可以引起人不快乐！"

"爷爷，你不快乐了吗？生我的气了吗？"

"我不生你的气。你在我身边，我很快乐。"

"我万一跑了呢？"

"你不会离开爷爷的。"

"万一有这种事，爷爷你怎么样？"

"万一有这种事。我就驾了这只渡船去找你。"

翠翠哧地笑了。"凤滩茨滩不为凶，上面还有绕鸡笼；绕鸡笼也容易下，青浪滩浪如屋大。爷爷，你渡船也能下凤滩茨滩青浪滩吗？那些地方的水，你不说过全是像疯子，毫不讲道理？"

祖父说："翠翠，我到那时可真像疯子，还怕大水大浪？"

翠翠俨然极认真地想了一下，就说："爷爷，我一定不走。可是，你会不会走？你会不会被一个人抓到别处去？"

祖父不作声了，他想到不犯王法不怕官，只有被死亡抓走那一类事情。

老船夫打量着自己被死亡抓走以后的情形，痴痴地看望天南角上一颗星子，心想："七月八月天上方有流星，人也会在七月八月死去吧？"又想起白日在河街上同大老谈话的经过，想起中寨人陪嫁的那座碾坊，想起二老，想起一大堆事情，心中有点儿乱。

翠翠忽然说："爷爷，你唱个歌给我听听，好不好？"

祖父唱了十个歌，翠翠傍在祖父身边，闭着眼睛听下去，等到祖父不作声时，翠翠自言自语说："我又摘了一把虎耳草了。"

祖父所唱的歌，原来便是那晚上听来的歌。

一六

二老有机会唱歌却从此不再到碧溪岨唱歌。十五过去了,十六也过去了,到了十七,老船夫忍不住了,进城往河街去找寻那个年轻小伙子,到城门边正预备入河街时,就遇着上次为大老做保山的杨马兵,正牵了一匹骡马预备出城,一见老船夫,就拉住了他:

"伯伯,我正有事情告你,碰巧你就来城里!"

"什么事情?"

"天保大老坐下水船到茨滩出了事,闪不知这个人掉到滩下漩水里就淹坏了。早上顺顺家里得到这个信息,听说二老一早就赶去了。"

这个不吉消息同有力巴掌一样,重重地掴了老船夫那么一下,他不相信这是当真的消息。他故作从容地说:

"天保大老淹坏了吗?从不闻有水鸭子被水淹坏的!"

"可是那只水鸭子仍然有那么一次被淹坏了……我赞成你的卓见,不让那小子走车路十分顺手。"

从马兵言语上,老船夫还十分怀疑这个新闻,但从马兵神气上注意,老船夫却看清楚这是个真的消息了。他惨惨地说:

"我有什么卓见可说?这是天意!一切都有天意……"老船夫说时心中充满了感情。

特为证明那马兵所说的话有多少可靠处，老船夫同马兵分手后，于是匆匆赶到河街上去。到了顺顺家门前，正有人烧纸钱，许多人围在一处说话。掺加进去听听，所说的便是杨马兵提到的那件事。但一到有人发现了身后的老船夫时，大家便把话语转了方向，故意来谈下河油价涨落情形了。老船夫心中很不安，正想找一个比较要好的水手谈谈。

一会儿船总顺顺从外面回来了，样子沉沉的，这豪爽正直的中年人，正似乎为不幸打倒，努力想挣扎爬起的神气，一见到老船夫就说：

"老伯伯，我们谈的那件事情吹了吧。天保大老已经坏了，你知道了吧？"

老船夫两只眼睛红红的，把手搓着："怎么的，这是真事！这不会是真事！是昨天，是前天？"

另一个像是赶路，回来报信的，便插嘴说道："十六中上，船搁到石包子上，船头进了水，大老想把篙撇着，人就弹到水中去了。"

老船夫说："你眼见他下水吗？"

"我还和他同时下水！"

"他说什么？"

"什么都来不及说！这几天来他都不说话！"

老船夫把头摇摇，向顺顺那么怯怯地溜了一眼。船总顺顺像知道他的心中不安处，就说："伯伯，一切是天，算了吧。我这里有大兴场人送来的好烧酒,你拿一点去喝吧。"一个伙计用竹筒子上了一筒酒,用新桐木叶蒙着筒口,交给了老船夫。

老船夫把酒拿走,到了河街后,低头向河码头走去,到河边天保大前天上船处去看看。杨马兵还在那里放马到沙地上打滚,自己坐在柳树荫下乘凉。老船夫就走过去请马兵试试那大兴场的烧酒,两人喝了点酒后,兴致似乎好些了,老船夫就告给杨马兵,十四夜里二老两兄弟过碧溪岨唱歌那件事情。

那马兵听到后便说:

"伯伯,你是不是以为翠翠愿意二老,应该派归二老……"

话不说完,傩送二老却从河街下来了。这年轻人正像要远行的样子,一见了老船夫就回头走去。杨马兵喊他说:"二老,二老,你来,我有话同你说呀!"

二老站定了,很不高兴神气,问马兵"有什么话说"。马兵望望老船夫,就向二老说:"你来,有话说!"

"什么话?"

"我听人说你已经走了——你过来我同你说,我不会吃掉你!你什么时候走?"

那黑脸宽肩膊,样子虎虎有生气的傩送二老,勉强似的笑着,到了柳荫下时,老船夫想把空气缓和下来,指着河上游远处那座新碾坊说:"二老,听人说那碾坊将来是归你的!归了你,派我来守碾子,行不行?"

二老仿佛听不惯这个询问的用意,便不作声。杨马兵看风头有点儿僵,便说:"二老,你怎么的,预备下去吗?"那年轻人把头点点,不再说什么,就走开了。

老船夫讨了个没趣,很懊恼地赶回碧溪岨去,到了渡船上时,就装作把事情看得极随便似的,告给翠翠:

"翠翠,今天城里出了件新鲜事情,天保大老驾油船下辰州,运气不好,掉到茨滩淹坏了。"

翠翠因为听不懂,对于这个报告最先好像全不在意。祖父又说:

"翠翠,这是真事。上次来到这里做保山的那个杨马兵,还说我早不答应亲事,极有见识!"

翠翠瞥了祖父一眼,见他眼睛红红的,知道他喝了酒,且有了点事情不高兴,心中想:"谁撩你生气?"船到家边时,祖父不自然地笑着向家中走去。翠翠守船,半天不闻祖父声息,赶回家去看看,见祖父正坐在门槛上编草鞋耳子。

翠翠见祖父神气极不对,就蹲到他身前去。

"爷爷,你怎么的?"

"天保当真死了!二老生了我们的气,以为他家中出这件事情,是我们分派的!"

有人在溪边大喊渡船过渡,祖父匆匆出去了。翠翠坐在那屋角隅稻草上,心中极乱,等等还不见祖父回来,就哭起来了。

一七

祖父似乎生谁的气,脸上笑容减少了,对于翠翠方面也不大注意了。翠翠像知道祖父已不很疼她,但又像不明白它的真正原因。但这并不是很久的事,日子一过去,也就好了。两人仍然划船过日子,一切依旧,唯对于生活,却仿佛什么地方有了个看不见的缺口,始终无法填补起来。祖父过河街去仍然可以得到船总顺顺的款待,但很明显的事,那船总却并不忘掉死去者死亡的原因。二老出白河下辰州走了六百里,沿河找寻那个可怜哥哥的尸骸,毫无结果,在各处税关上贴下招字,返回茶峒来了。过不久,他又过川东去办货,过渡时见到老船夫。老船夫看看那小伙子,好像已完全忘掉了从前的事情,就同他说话。

"二老,大六月日头毒人,你又上川东去,不怕辛苦!"

"要饭吃,头上是火也得上路!"

"要吃饭!二老家还少饭吃!"

"有饭吃,爹爹说年轻人也不应该在家中白吃不做事!"

"你爹爹好吗?"

"吃得做得,有什么不好。"

"你哥哥坏了,我看你爹爹为这件事情也好像萎悴多了!"

二老听到这句话,不作声了,眼睛望着老船夫屋后那个白塔。他似乎想起了过去那个晚上,那件旧事,心中十分惆怅。

老船夫怯怯地望了年轻人一眼，一个微笑在脸上漾开。

"二老，我家里翠翠说，五月里有天晚上，做了个梦……"说时他又望望二老，见二老并不惊讶，也不厌烦，于是又接着说，"她梦得古怪，说在梦中被一个人的歌声浮起来，上对溪悬岩摘了一把虎耳草！"

二老把头偏过一旁去做了一个苦笑，心中想到"老头子倒会做作"。这点意思在那个苦笑上，仿佛同样泄露出来，仍然被老船夫看到了，老船夫显得有点慌张，就说："二老，你不相信吗？"

那年轻人说："我怎么不相信？因为我做傻子在那边岩上唱过一晚的歌！"

老船夫被一句料想不到的老实话窘住了，口中结结巴巴地说："这是真的……这是假的……"

"怎不是真的？天保大老的死，难道不是真的！"

"可是，可是……"

老船夫的做作处，原意只是想把事情弄明白一点，但一起始自己叙述这段事情时，方法上就有了错处，故反为被二老误会了。他这时正想把那夜的情形好好说出来，船已到了岸边。二老一跃上了岸，就想走去。老船夫在船上显得更加忙乱的样子说：

"二老，二老，你等等，我有话同你说，你先前不是说到那个——你做傻子的事情吗？你并不傻，别人方当真为你那歌弄成傻相！"

那年轻人虽站定了，口中却轻轻地说："得了够了，不要说了。"

老船夫说："二老，我听说你不要碾子要渡船，这是杨马兵说的，不是真的打算吧？"

那年轻人说："要渡船又怎样？"

老船夫看看二老的神气，心中忽然高兴起来了，就情不自禁地高声叫着翠翠，要她下溪边来。可是事不凑巧，不知翠翠是故意不从屋里出来，还是到别处去了，许久还不见到翠翠的影子，也不闻这个女孩子的声音。二老等了一会儿看看老船夫那副神气，一句不说，便微笑着，大踏步同一个挑担粉条白糖货物的脚夫走去了。

过了碧溪岨小山，两人应沿着一条曲曲折折的竹林走去，那个脚夫这时节开了口：

"傩送二老，我看那弄渡船的神气，很欢喜你！"

二老不作声，那人就又说道：

"二老，他问你要碾坊还是要渡船，你当真预备做他的孙女婿，接替他那只破渡船吗？"

二老笑了，那人又说：

"二老若这件事派给我，我要那座碾坊。一座碾坊的出息，每天可收七升米，三斗糠。"

二老说："我回来时和我爹爹去说，为你向中寨人做媒，让你得到那座碾坊吧。至于我呢，我想弄渡船是很好的。只是老的为人弯弯曲曲，不索利，大老是他弄死的。"

老船夫见了二老那么走去了，翠翠还不出来，心中很不快乐。走回家中看看，原来翠翠并不在家。过一会儿，翠翠提了个篮子从小山后回来，方知道大清早翠翠已出门掘竹鞭笋去了。

"翠翠，我喊了你好久，你不听到！"

"做什么喊我？"

"一个人过渡……一个熟人，我们谈起你……我喊你你可不答应！"

"是谁？"

"你猜，翠翠。不是陌生人……你认识他！"

翠翠想起适间从竹林里无意中听来的话，脸红了，半天不说话。

老船夫问："翠翠，你得了多少鞭笋？"

翠翠把竹篮向地下一倒，除了十来根小小鞭笋外，只是一大把虎耳草。

老船夫望了翠翠一眼，翠翠两颊绯红跑了。

一八

日子平平地过了一个月，一切人心上的病痛，似乎皆在那么份长长的白日下医治好了。天气特别热，各人皆只忙着流汗，用凉水淘江米酒吃，不用什么心事，心事在人生活中，也就留不住了。翠翠每天皆到白塔下背太阳的一面去午睡，高处既极凉快，两山竹篁里叫得使人发松的竹雀；与其他鸟类，又如此之多，致使她在睡梦里尽为山鸟歌声所浮着，做的梦便常是顶荒唐的梦。

这不是人生罪过。诗人们会在一件小事上写出一整本整部的诗，雕刻家在一块石头上雕得出的骨血如生的人像，画家一撇儿绿，一撇儿红，一撇儿灰，画得出一幅一幅带有魔力的彩画，谁不是为了惦着一个微笑的影子，或是一个皱眉的记号，方弄出那么些古怪成绩？翠翠不能用文字，不能用石头，不能用颜色，把那点心头上的爱憎移到别一件东西上去，却只让她的心，在一切顶荒唐事情上驰骋。她从这分隐秘里，便常常得到又惊又喜的兴奋。一点儿不可知的未来，摇撼她的情感极厉害，她无从完全把那种痴处不让祖父知道。

祖父呢，可以说一切都知道了的。但事实上他又却是个一无所知的人。他明白翠翠不讨厌那个二老，却不明白那小伙子二老近来怎么样。他从船总处与二老处，皆碰过了钉子，但他并不灰心。

"要安排得对一点，方合道理，一切有个命！"他那么想着，就更显得好事多磨起来了。睁着眼睛时，他做的梦比那个外孙女翠翠便更荒唐更寥廓。

他向各个过渡本地人打听二老父子的生活，关切他们如同自己家中人一样。但也古怪，因此他却怕见到那个船总同二老了。

一见他们他就不知说些什么,只是老脾气把两只手搓来搓去,从容处完全失去了。二老父子方面皆明白他的意思,但那个死去的人,却用一个凄凉的印象,镶嵌到父子心中,两人便对于老船夫的意思,俨然全不明白似的,一同把日子打发下去。

明明白白夜来并不做梦,早晨同翠翠说话时,那做祖父的会说:

"翠翠,翠翠,我昨晚上做了个好不怕人的梦!"

翠翠问:"什么怕人的梦?"

就装作思索梦境似的,一面细看翠翠小脸长眉毛,一面说出他另一时张着眼睛所做的好梦。不消说,那些梦原来都不是当真怎样使人吓怕的。

一切河流皆得归海,话起始说得纵极远,到头来总仍然是归到使翠翠红脸那件事情上去。待到翠翠显得不大高兴,神气上露出受了点小窘时,这老船夫又才像有了一点儿吓怕,忙着解释,用闲话来遮掩自己所说到那问题的原意。

"翠翠,我不是那么说,我不是那么说。爷爷老了,糊涂了,笑话多咧。"

但有时翠翠却静静地把祖父那些笑话糊涂话听下去,一直听到后来还抿着嘴儿微笑。

翠翠也会忽然说道:

"爷爷,你真是有一点儿糊涂!"

祖父听过了不再作声,他将说"我有一大堆心事",但来不及说,恰好就被过渡人喊走了。

天气热了,过渡人从远处走来,肩上挑的是七十斤担子,到了溪边,贪凉快不即走路,必蹲在岩石下茶缸边喝凉茶,与同伴交换"吹吹棒"烟管,且一面与弄渡船的攀谈。许多天上地下子虚乌有的话皆从此说出口来,给老船夫听到了。过渡人有时还因溪水清洁,就溪边洗脚抹澡的,坐得更久话也就更多。祖父把些话转说给翠翠,翠翠也就学懂了许多事情。货物的价钱涨落呀,坐轿搭船的用费呀,放木筏的人把他那个木筏从滩上流下时,十来把大招子如何活动呀,在小烟船上吃荤烟,大脚婆娘如何烧烟呀……无一不备。

傩送二老从川东押物回到了茶峒。时间已近黄昏了,溪面很寂静,祖父同翠翠在菜园地里看萝卜秧子。翠翠白日中觉睡久了些,觉得有点寂寞,好像听人嘶声喊过渡,就争先走下溪边去。下坎时,见两个人站在码头边,斜阳影里背身看得极分明,正是傩送二老同他家中的长年!翠翠大吃一惊,同小兽物见到猎人一样,回头便向山竹林里跑掉了。但那两个在溪边的人,听到脚步响时,一转身,也就看明白这件事情了。等了一下再也不见人来,那长年又嘶声音喊叫过渡。

老船夫听得清清楚楚,却仍然蹲在萝卜秧地上数菜,心里觉得好笑。他已见到翠翠走去,他知道必是翠翠看明白了过渡人是谁,故意蹲在那高岩上不理会。翠翠人小不管事,过渡人求她不干,奈何她不得,故只好嘶着个喉咙叫过渡了。那长年叫了几声,见没有人来,就停了,同二老说:"这是什么玩意儿,难道老的害病弄翻了,只剩翠翠一个人了吗?"二老说:"等等看,不算什么!"就等了一阵。因为这边在静静地等着,园地上老船夫却在心里说:"难道是二老吗?"他仿佛担心搅恼了翠翠似的,就仍然蹲着不动。

但再过一阵,溪边又喊起过渡来了,声音不同了一点,这才真是二老的声音。生气了吧?等久了吧?吵嘴了吧?老船夫一面胡乱估着,一面连奔带蹿跑到溪边去。到了溪边,见两个人业已上了船,其中之一正是二老。老船夫惊讶地喊叫:

"呀,二老,你回来了!"

年轻人很不高兴似的,"回来了——你们这渡船是怎的,等了半天也不来个人!"

"我以为——"老船夫四处一望,并不见翠翠的影子,只见黄狗从山上竹林里跑来,知道翠翠上山了,便改口说,"我以为你们过了渡。"

"过了渡!不得你上船,谁敢开船?"那长年说着,一只水鸟掠着水面飞去,"翠鸟儿归窠了,我们还得赶回家去吃夜饭!"

"早咧,到河街早咧,"说着,老船夫已跳上了船,且在心中一面说着,"你不是想承继这只渡船吗!"一面把船索拉动,船便离岸了。

"二老,路上累得很!……"

老船夫说着,二老不置可否不动感情听下去。船拢了岸,那年轻小伙子同家中长年话也不说挑担子翻山走了。那点淡漠印象留在老船夫心上，老船夫于是在两个人身后，捏紧拳头威吓了三下，轻轻地吼着，把船拉回去了。

一九

翠翠向竹林里跑去，老船夫半天还不下船，这件事从傩送二老看来，前途显然有点不利。虽老船夫言辞之间，无一句话不在说明"这事有边"，但那畏畏缩缩的说明，极不得体，二老想起他的哥哥，便把这件事曲解了。他有一点愤愤不平，有一点儿气恼。回到家里第三天，中寨有人来探口风，在河街顺顺家中住下，把话问及顺顺，想明白二老的心中，是不是还有意接受那座新碾坊，顺顺就转问二老自己见怎么样。

二老说："爸爸，你以为这事为你，家中多座碾坊多个人，你可以快活，你就答应了。若果为的是我，我要好好去想一下，过些日子再说它吧。我尚不知道我应当得座碾坊，还应当得一只渡船；因为我命里或只许我撑个渡船！"

探口风的人把话记住，回中寨去报命。到碧溪岨过渡时，见到了老船夫，想起二老说的话，不由得不眯眯地笑着。老船夫问明白了他是中寨人，就又问他上城做些什么事。

那心中有分寸的中寨人说：

"什么事也不做，只是过河街船总顺顺家里坐了一会儿。"

"无事不登三宝殿,坐了一定就有话说!"

"话倒说了几句。"

"说了些什么话?"那人不再说了。老船夫却问道:"听说你们中寨人想把河边一座碾坊连同家中闺女送给河街上顺顺,这事情有不有了点眉目?"

那中寨人笑了。"事情成了。我问过顺顺,顺顺很愿意和中寨人结亲家,又问过那小伙子……"

"小伙子意思怎么样?"

"他说:我眼前有座碾坊,有条渡船,我本想要渡船,现在就决定要碾坊吧。渡船是活动的,不如碾坊固定,这小子会打算盘呢。"

中寨人是个米场经纪人,话说得极有斤两,他明知道"渡船"指的是什么意思,但他可并不说穿。他看到老船夫口唇嚅动,想要说话,中寨人便又抢着说道:

"一切皆是命,半点不由人。可怜顺顺家那个大老,相貌一表堂堂,会淹死在水里!"

老船夫被这句话在心上戳了一下,把想问的话咽住了。中寨人上岸走去后,老船夫闷闷地立在船头,痴了许久。又把二老日前过渡时落寞神气温习一番,心中大不快乐。

翠翠在塔下玩得极高兴,走到溪边高岩上想要祖父唱唱歌,见祖父不理会她,一路埋怨赶下溪边去。到了溪边方见到祖父神气十分沮丧,可不明白为什么原因。翠翠来了,祖父看看翠翠的快活黑脸儿，粗鲁地笑笑。对溪有扛货物过渡的，便不说什么，沉默地把船拉过溪南，到了中心却大声唱起歌来了。把人渡了过溪，祖父跳上码头走近翠翠身边来，还是那么粗鲁地笑着，把手抚着头额。

翠翠说：

"爷爷怎么的，你发痧了？你躺到荫下去歇歇，我来管船！"

"你来管船，好的妙的，这只船归你管！"

老船夫似乎当真发了痧，心头发闷，虽当着翠翠还显出硬扎样子，独自走回屋里后，找寻得到一些碎瓷片，在自己臂上腿上扎了几下，放出了些乌血，就躺在床上睡了。

翠翠自己守船，心中却古怪地快乐高兴，心想："爷爷不为我唱歌，我自己会唱！"

她唱了许多歌，老船夫躺在床上闭着眼睛，一句一句听下去，心中极乱。但他知道这不是能够把他打倒的大病，到明天就仍然会爬起来的。他想明天进城，到河街去看看，又想起另外许多旁的事情。

但到了第二天，人虽起了床，头还沉沉的。祖父当真已病了。翠翠显得懂事了些，为祖父煎了一罐大发药，逼着祖父喝，又觅过屋后菜园地里摘取蒜苗泡在米汤里做酸蒜苗。一面照料船只，一面还时时刻刻抽空赶回家来看祖父，问这样那样。祖父可不说什么，只是为一个秘密痛苦着。躺了三天，人居然好了。屋前屋后走动了一下，骨头还硬硬的，心中惦念到一件事情，便预备进城过河街去。翠翠看不出祖父有什么要紧事情，必须当天入城，请求他莫去。

老船夫把手搓着，估量到是不是应说出那个理由。在面前，翠翠一张黑黑的瓜子脸，一双水汪汪的眼睛，使他吁了一口气。

他说："我有要紧事情，得今天去！"

翠翠苦笑着说："有多大要紧事情，还不是……"

老船夫知道翠翠脾气，听翠翠口气已经有点不高兴，不再说要走了，把预备带走的竹筒，同扣花褡裢搁到长几上后，带点儿谄媚笑着说："不去吧，你担心我会把自己摔死，我就不去吧。我以为天气早上不很热，到城里把事办完了就回来——不去也得，我明天去！"

翠翠轻声地温柔地说："你明天去也好，你腿还软！好好地躺一天再起来。"

老船夫似乎心中还不甘服，撒着两手走出去，在门限边一个打草鞋的棒槌，差点儿把他绊了一大跤。稳住了时翠翠苦笑着说："爷爷，你瞧，还不服气！"老船夫拾起那棒槌，向屋角隅摔去，说道："爷爷老了！过几天打豹子给你看！"

到了午后，落了一阵行雨，老船夫却同翠翠好好商量，仍然进了城。翠翠不能陪祖父进城，就要黄狗跟去。老船夫在城里被一个熟人拉着谈了许久盐价米价，又过守备衙门看了一会儿厘金局长新买的骡马，方到河街顺顺家里去。到了那里，见顺顺正同三个人打纸牌，不便谈话，就站在身后看了一阵牌。后来顺顺请他喝酒，借口病刚好点不敢喝酒，推辞了。牌既不散场，老船夫又不想即走，顺顺似乎并不明白他等着有何话说，却只注意手中的牌。后来老船夫的神气倒为另外一个人看出了，就问他是不是有什么事情。老船夫方忸忸怩怩照老方子搓着他那两只大手，说别的事没有，只想同船总说两句话。

那船总方明白在身后看牌半天的理由，回头对老船夫笑将起来。

"怎不早说？你不说，我还以为你在看我牌学张子。"

"没有什么，只是三五句话，我不便扫兴，不敢说出。"

船总把牌向桌上一撒，笑着向后房走去了，老船夫跟在身后。

"什么事？"船总问着，神气似乎先就明白了他来此要说的话，显得略微有点儿怜悯的样子。

"我听一个中寨人说你预备同中寨团总打亲家，是不是真事？"

船总见老船夫的眼睛盯着他的脸，想得一个满意的回答，就说："有这事情。"那么答应，意思却是："有了你怎么样？"

老船夫说："真的吗？"

那一个又很自然地说："真的。"意思却依旧包含了"真的又怎么样？"一个疑问。

老船夫装得很从容地问："二老呢？"

船总说："二老坐船下桃源好些日子了！"

二老下桃源的事，原来还同他爸爸吵了一阵方走的。船总性情虽异常豪爽，可不愿意间接把第一个儿子弄死的女孩子，又来做第二个儿子的媳妇，这是很明白的事情。若照当地风气，这些事认为只是小孩子的事,大人管不着,二老当真欢喜翠翠,翠翠又爱二老,他也并不反对这种爱怨纠缠的婚姻。但不知怎么的,老船夫对于这件事情的关心处,使二老父子对于老船夫反而有了一点误会。船总想起家庭间的近事,以为全与这老而好事的船夫有关,虽不见诸形色,心中却有个疙瘩。

船总不让老船夫再开口了,就语气略粗地说道:

"伯伯,算了吧,我们的口只应当喝酒了,莫再只想替儿女唱歌!你的意思我全明白,你是好意。可是我也求你明白我的意思,我以为我们只应当谈点自己分上的事情,不适宜于想那些年轻人的门路了。"

老船夫被一个闷拳打倒后,还想说两句话,但船总却不让他再有说话的机会,把他拉出到牌桌边去。

老船夫无话可说,看看船总时,船总虽还笑着谈到许多笑话,心中却似乎很沉郁,把牌用力掷到桌上去。老船夫不说什么,戴起他那个斗笠,自己走了。

天气还早,老船夫心中很不高兴,又进城去找杨马兵。那马兵正在喝酒,老船夫虽推病,也免不了喝个三五杯。回到碧溪岨,走得热了一点,又用溪水去抹身子。觉得很疲倦,就要翠翠守船,自己回家睡去了。

黄昏时天气十分郁闷,溪面各处飞着红蜻蜓。天上已起了云,热风把两山竹篁吹得声音极大,看样子到晚上必落大雨。翠翠守在渡船上,看着那些溪面飞来飞去的蜻蜓,心也极乱。看祖父脸上颜色惨惨的，放心不下，便又赶回家中去。先以为祖父一定早睡了，谁知还坐在门限上打草鞋！

"爷爷，你要多少双草鞋，床头上不是还有十四双吗？怎么不好好地躺一躺？"

老船夫不作声，却站起身来昂头向天空望着，轻轻地说："翠翠，今晚上要落大雨响大雷的！回头把我们的船系到岩下去，这雨大哩。"

翠翠说："爷爷，我真吓怕！"翠翠怕的似乎并不是晚上要来的雷雨。

老船夫似乎也懂得那个意思，就说："怕什么？一切要来的都得来，不必怕！"

二〇

夜间果然落了大雨，挟以吓人的雷声。电光从屋脊上掠过时，接着就是訇的一个炸雷。翠翠在暗中抖着。祖父也醒了，知道她害怕，且担心她着凉，还起身来把一条布单搭到她身上去。祖父说：

"翠翠，不要怕！"

翠翠说："我不怕！"说了还想说："爷爷你在这里我不怕！"

訇的一个大雷，接着是一种超越雨声而上的洪大闷重倾圮声。两人皆以为一定是溪岸悬崖崩落了！担心到那只渡船，会早已压在崖石下面去了。

祖孙两人便默默地躺在床上听雨声雷声。

但无论如何大雨,过不久,翠翠却依然就睡着了。醒来时天已亮了,雨不知在何时业已止息,只听到溪两岸山沟里注水入溪的声音。翠翠爬起身来,看看祖父还似乎睡得很好,开了门走出去,门前已成为一个水沟,一股浊流便从塔后哗哗地流来,从前面悬崖直堕而下。并且各处皆是那么一种临时的水道。屋旁菜园地已为山水冲乱了,菜秧皆掩在粗沙泥里了。再走过前面去看看溪里一切,才知道溪中也涨了大水,已漫过了码头,水脚快到茶缸边了。下到码头去的那条路,正同一条小河一样,哗哗地泄着黄泥水。过渡的那一条横溪牵定的缆绳,已被水淹去了。泊在崖下的渡船,已不见了。

翠翠看看屋前悬崖并不崩坍,故当时还不注意渡船的失去。但再过一阵,她上下搜索不到这东西,无意中回头一看,屋后白塔已不见了。一惊非同小可,赶忙向屋后跑去,才知道白塔业已坍倒,大堆砖石极凌乱地摊在那儿。翠翠吓慌得不知所措,只锐声叫她的祖父。祖父不起身,也不答应,就赶回家里去,到得祖父床边摇了祖父许久,祖父还不作声。原来这个老年人在雷雨将息时已死去了。

翠翠于是大哭起来。

过一阵,有从茶峒过川东跑差事的人,到了溪边,隔溪喊过渡,翠翠正在灶边一面哭着一面烧水预备为死去的祖父抹澡。

那人以为老船夫一家还不醒，急于过河，喊叫不应，就抛掷小石头过溪，打到屋顶上。翠翠鼻涕眼泪成一片地走出来，跑到溪边高崖前站定。

"喂，不早了！把船划过来！"

"船跑了！"

"你爷爷做什么事情去了呢？他管船，有责任！"

"他管船，管了五十年的船——他死了啊！"

翠翠一面向隔溪人说着一面大哭起来。那人知道老船夫死了，得进城去报信，就说：

"真死了吗？不要哭吧，我回城去告他们，要他们弄条船带东西来！"

那人回到茶峒城边时，一见熟人就报告这件事，不多久，全茶峒城里外便皆知道这个消息了。河街上船总顺顺，派人找了一只空船，带了副白木匣子，即刻向碧溪岨撑去。城中杨马兵却同一个老军人，赶到碧溪岨去了，砍了几十根大毛竹，用葛藤编作筏子，作为来往过渡的临时渡船。筏子编好后，撑了那个东西，到翠翠家中那一边岸下，留老兵守竹筏来往渡人，自己跑到翠翠家去看那个死者，眼泪湿盈盈的，摸了一会儿躺在床上硬僵僵的老友，又赶忙着做些应做的事情。到后帮忙的人来了，从大河船上运来棺木也来了，住在城中的老道士，还带了许多法器，一件旧麻布道袍，并提了一只大公鸡，来尽义务办理念经起水诸事，也从筏上渡过来了。家中人出出进进，翠翠只坐在灶边矮凳上呜呜地哭着。

到了中午,船总顺顺也来了,还跟着一个人扛了一口袋米、一坛酒、大腿猪肉。见了翠翠就说:

"翠翠,爷爷死了我知道了,老年人是必须死的,不要发愁,一切有我!"

各方面看看,就回去了。到了下午入了殓,一些帮忙的回的回家去了,晚上便只剩下了那老道士、杨马兵同顺顺家派来的两个年轻长年。黄昏以前老道士用红绿纸剪了一些花朵,用黄泥做了一些烛台。天断黑后,棺木前小桌上点起黄色九品蜡,燃了香,棺木周围也点了小蜡烛,老道士披上那件蓝麻布道袍,开始了丧事中绕棺仪式。老道士在前拿着个小小纸幡引路,孝子第二,马兵殿后,绕着那具寂寞棺木慢慢转着圈子。两个长年则站在灶边空处,胡乱地打着锣钹。老道士一面闭了眼睛走去,一面且唱且哼,安慰亡灵。提到关于亡魂所到西方极乐世界花香四季时,老马兵就把木盘里的纸花,向棺木上高高撒去,象征这个西方极乐世界情形。

到了半夜,事情办完了,放过爆竹,蜡烛也快熄灭了,翠翠眼泪婆娑的,赶忙又到灶边去烧火,为帮忙的人办消夜。吃了消夜,老道士歪到死人床上睡着了。剩下几个人还得照规矩在棺木前守夜,老马兵为大家唱丧堂歌取乐,用个空的量米木升子,当作小鼓,把手剥剥剥地一面敲着升底一面唱下去——唱王祥卧冰的事情,唱黄香扇枕的事情。

翠翠哭了一整天,也同时忙了一整天,到这时已倦极,把头靠在棺前迷着了,两个长年同马兵既吃了消夜,喝过两杯酒,精神还虎虎的,便轮流把丧堂歌唱下去。但只一会儿,翠翠又醒了,仿佛梦到什么,惊醒后明白祖父已死,于是又幽幽地干哭起来。

"翠翠,翠翠,不要哭啦,人死了哭不回来的!"

老马兵接着就说了一个做新嫁娘的人哭泣的笑话,话语中夹杂了三五个粗野字眼儿,因此引起两个长年咕咕地笑了许久。黄狗在屋外吠着,翠翠开了大门,到外面去站了一会儿,耳听到各处是虫声,天上月色极好,大星子嵌进透蓝天空里,非常沉静温柔。翠翠想:

"这是真事吗?爷爷当真死了吗?"

老马兵原来跟在她的后边,因为他知道女孩子心门儿窄,说不定一炉火闷在灰里,痕迹不露,见祖父去了,自己一切皆已无望,跳崖悬梁,想跟着祖父一块儿去,也说不定!故随时小心监视到翠翠。

老马兵见翠翠痴痴地站着,时间过了许久还不回头,就打着咳叫翠翠说:

"翠翠,露水落了,不冷吗?"

"不冷。"

"天气好得很!"

"呀……"一颗大流星使翠翠轻轻地喊了一声。

接着南方又是一颗流星划空而下。对溪有猫头鹰叫。

"翠翠,"老马兵业已同翠翠并排一块儿站定了,很温和地说,"你进屋里睡去了吧,不要胡思乱想!"

翠翠默默地回到祖父棺木前,坐在地上又呜咽起来。守在屋中两个长年已睡着了。

那一个马兵便幽幽地说道:"不要哭了!不要哭了!你爷爷也难过咧。眼睛哭胀喉咙哭嘶有什么好处。听我说,爷爷的心事我全都知道,一切有我。我会把一切安排得好好的,对得起你爷爷。我会安排,什么事都会。我要一个爷爷欢喜你也欢喜的人来接收这只渡船!不能如我们的意,我老虽老,还能拿镰刀同他们拼命。翠翠,你放心,一切有我!……"

远处不知什么地方鸡叫了,老道士在那边床上糊糊涂涂地自言自语:"天亮了吗?早咧!"

二一

大清早,帮忙的人从城里拿了绳索杠子赶来了。

老船夫的白木小棺材,为六个人抬着到那个倾圮了的塔后山岨上去埋葬时,船总顺顺、马兵、翠翠、老道士、黄狗,皆跟在后面。到了预先掘就的方阱边,老道士照规矩先跳下去,把一点朱砂颗粒同白米,安置到阱中四隅及中央,又烧了一点纸钱,爬出阱时就要抬棺木的人动手下窆。翠翠哑着喉咙干号,伏在棺木上不起身。经马兵用力把她拉开，方能移动棺木。一会儿，那棺木便下了阱，拉去了绳子，调整了方向，被新土掩盖了，翠翠还坐在地上呜咽。老道士要赶早回城，去替人做斋，过渡走了。船总事多，把这方面一切事托付给老马兵，也赶回城去了。帮忙的皆到溪边去洗手，家中各人还有各人的事，且知道这家人的情形，不便再叨扰，也不再惊动主人，过渡回家去了。于是碧溪岨便只剩下三个人，一个是翠翠，一个是老马兵，一个是由船总家派来暂时帮忙照料渡船的秃头陈四四。黄狗因为被那秃头打了一石头，怀恨在心，对于那秃头仿佛很不高兴，尽是轻轻地吠着。

到了下午，翠翠同老马兵商量，要老马兵回城去把马托给营里人照料，再回碧溪岨来陪她。老马兵回转碧溪岨时，秃头陈四四被打发回城去了。

翠翠仍然自己同黄狗来弄渡船，让老马兵坐在溪岸高崖上玩，或嘶着个老喉咙唱歌给她听。

过三天后船总来商量接翠翠过家里去住，翠翠却想看守祖父的坟山，不愿即刻进城。只请船总过城里衙门去为说句话，许杨马兵暂时同她住住，船总顺顺答应了这件事，就走了。

杨马兵既是个上五十岁了的人，说故事的本领比翠翠祖父高一筹，加之凡事特别关心，做事又勤快又干净，因此同翠翠住下来，使翠翠仿佛去了一个祖父，却新得了一个伯父。过渡时有人问及可怜的祖父，黄昏时想起祖父，皆使翠翠心酸，觉得十分凄凉。但这份凄凉日子过久一点，也就渐渐淡薄些了。两人每日在黄昏中同晚上，坐在门前溪边高崖上，谈点那个躺在湿土里可怜祖父的旧事，有许多是翠翠先前所不知道的，说来便更使翠翠心中柔和。又说到翠翠的父亲，那个又要爱情又惜名誉的军人，在当时按照绿营军勇的装束，如何使女孩子动心。又说到翠翠的母亲，如何善于唱歌，而且所唱的那些歌在当时如何流行。

　　时候变了，一切也自然不同了，皇帝已不再坐江山，平常人还消说！杨马兵想起自己年轻做马夫时，牵了马匹到碧溪岨来对翠翠母亲唱歌，翠翠母亲不理会，到如今自己却成为这孤雏的唯一靠山，唯一信托人，不由得不苦笑。

　　因为两人每个黄昏必谈祖父，以及这一家有关系的事情，后来便说到了老船夫死前的一切，翠翠因此明白了祖父活时所不提到的许多事。二老的唱歌，顺顺大儿子的死，顺顺父子对于祖父的冷淡，中寨人用碾坊做陪嫁妆奁，诱惑傩送二老，二老既记忆着哥哥的死亡，且因得不到翠翠理会，又被家中逼着接受那座碾坊，意思还在渡船，因此斗气下行，祖父的死因，又如何与翠翠有关……凡是翠翠不明白的事，如今可全明白了。翠翠把事情弄明白后，哭了一个夜晚。

　　过了四七，船总顺顺派人来请马兵进城去，商量把翠翠接到他家中去，作为二老的媳妇。但二老人既在辰州，先就莫提这件事，且搬过河街去住，等二老回来时再看看二老意思。马兵以为这件事得问翠翠。回来时，把顺顺的意思向翠翠说过后，又为翠翠出主张，以为名分既不定妥，到一个生人家里去不好，还是不如在碧溪岨等，等到二老驾船回来时，再看二老意思。

这办法决定后，老马兵以为二老不久必可回来的，就依然把马匹托营上人照料，在碧溪岨为翠翠做伴，把一个一个日子过下去。

碧溪岨的白塔，与茶峒风水有关系，塔圮坍了，不重新做一个自然不成。除了城中营管、税局以及各商号各平民捐了些钱以外，各大寨子也有人拿册子去捐钱。为了这塔成就并不是给谁一个人的好处，应尽每一个人来积德造福，尽每个人皆有捐钱的机会，因此在渡船上也放了个两头有节的大竹筒，中部锯了一口，尽过渡人自由把钱投进去，竹筒满了马兵就捎进城中首事人处去，另外又带了个竹筒回来。过渡人一看老船夫不见了，翠翠的辫子上扎了白线，就明白那老的已做完了自己分上的工作，安安静静躺在土坑里给小蛆吃掉了，必一面用同情的眼色瞧着翠翠，一面就摸出钱来塞到竹筒中去。"天保佑你，死了的到西方去，活下的永保平安。"翠翠明白那些捐钱人的怜悯与同情意思，心里酸酸的，忙把身子背过去拉船。

可是到了冬天，那个圮坍了的白塔，又重新修好了。那个在月下唱歌，使翠翠在睡梦里为歌声把灵魂轻轻浮起的青年人还不曾回到茶峒来。

　　…………

　　这个人也许永远不回来了,也许"明天"回来!

萧 萧

乡下人吹唢呐接媳妇,到了十二月是成天有的事情。

唢呐后面一顶花轿,四个佚子平平稳稳地抬着,轿中人被铜锁锁在里面,虽穿了平时不上过身的体面红绿衣裳,也仍然得荷荷大哭。在这些小女人心中,做新娘子,从母亲身边离开,且准备做他人的母亲,从此将有许多事情等待发生。像做梦一样,将同一个陌生男子汉在一个床上睡觉,做着承宗接祖的事情,当然十分害怕,所以照例觉得要哭,就哭了。

也有做媳妇不哭的人。萧萧做媳妇就不哭。这女人没有母亲，从小寄养到伯父种田的庄子上，出嫁只是从这家转到那家。因此到那一天这女人还只是笑。她又不害羞，又不怕，她是什么事也不知道，就做了人家的媳妇了。

萧萧做媳妇时年纪十二岁，有一个小丈夫，年纪三岁。丈夫比她年少九岁，还在吃奶。地方规矩如此，过了门，她喊他做弟弟。她每天应做的事是抱弟弟到村前柳树下去玩，饿了，喂东西吃，哭了，就哄他，摘南瓜花或狗尾草戴到小丈夫头上，或者亲嘴，一面说："弟弟，哪，啵。再来，啵。"在那满是肮脏的小脸上亲了又亲，孩子于是便笑了。孩子一欢喜，会用短短的小手乱抓萧萧的头发。那是平时不大能收拾蓬蓬松松到头上的黄发。有时垂到脑后一条有红绒绳做结的小辫儿被拉，生气了，就挞那弟弟，弟弟自然嘈地哭出声来，萧萧便也装成要哭的样子，用手指着弟弟的哭脸，说："哪，不讲理，这可不行！"

天晴落雨日子混下去，每日抱抱丈夫，也时常到溪沟里去洗衣，搓尿片，一面还捡拾有花纹的田螺给坐到身边的丈夫玩。到了夜里睡觉，便常常做世界上人所做过的梦，梦到后门角落或别的什么地方捡得大把大把铜钱，吃好东西，爬树，自己变成鱼到水中溜扒，或一时仿佛很小很轻，身子飞到天上众星中，没有一个人，只是一片白，一片金光，于是大喊"妈！"人醒了。醒来心还只是跳。吵了隔壁的人，就骂着："疯子，你想什么！"却不作声只是咕咕笑着。也有很好很爽快的梦，为丈夫哭醒的事。那丈夫本来晚上在自己母亲身边睡，吃奶方便，但是吃多了奶，或因另外情形，半夜大哭，起来放水拉稀是常有的事。丈夫哭到婆婆不能处置，于是萧萧轻脚轻手爬起来，眼屎蒙眬，走到床边，把人抱起，给他看灯光，看星光。或者仍然地亲嘴，互相觑着，孩子气地"嗨嗨，看猫呵"那样喊着哄着。于是丈夫笑了。慢慢地合上眼。人睡了，放上床，站在床边看着，听远处一传一递的鸡叫，知道天快到什么时候了。于是仍然蜷到小床上睡去。天亮了，虽不做梦，却可以无意中闭眼开眼，看一阵空中黄金颜色变幻无端的葵花。

萧萧嫁过了门，做了拳头大丈夫的媳妇，一切并不比先前受苦，这只看她半年来身体发育就可明白。风里雨里过日子，像一株长在园角落不为人注意的蓖麻；大叶大枝，日增茂盛。这小女人简直是全不为丈夫设想那么似的长大起来了。

夏夜光景说来如做梦。坐到院心，挥摇蒲扇，看天上的星同屋角的萤，听南瓜棚上纺织娘子咯咯咯拖长声音纺车，禾花风翛翛吹到脸上，正是让人在自己方便中说笑话的时候。

萧萧好高，一个人常常爬到草料堆上去，抱了已经熟睡的丈夫在怀里，轻轻地轻轻地随意唱着那使自己也快要睡去的歌。

在院中，公公婆婆，祖父祖母，另外还有帮工汉子两个，散乱地坐，小板凳无一作空。

祖父身边有烟包，在黑暗中放光。这用艾蒿做成的长火绳，是驱逐长脚蚊东西，蜷在祖父脚边，就如一条黑色长蛇。

想起白天场上的事，那祖父开口说话：

"听三金说前天有女学生过身。"

大家就哄然笑了。

这笑的意义何在？只因为大家都知道女学生没有辫子，像个尼姑，穿的衣服又像洋人，吃的，用的……总而言之一想起来就觉得怪可笑！

萧萧不大明白，她不笑。所以祖父又说话了。他说：

"萧萧，你将来也会做女学生！"

大家于是更哄然大笑起来。

萧萧为人并不愚蠢，觉得这一定是不利于己的一件事情了，所以接口便说：

"我不做女学生！"

"不做可不行。"

"我不做。"

众口一声地说："非做女学生不行！"

女学生这东西，在本乡的确永远是奇闻。每年热天，据说放"水"假日子一到，便有三三五五女学生，由一个荒谬不经的热闹地方来，到另一个远地方去，取道从本地过身，从乡下人眼中看来，这些人皆近于另一世界中活下的人，装扮如怪如神，行为也不可思议。这种人过身时，使一村人皆可以说一整天的笑话。

祖父是当地人物，因为想起所知道的女学生在大城中的生活情形，所以说笑话要萧萧也去做女学生。一面听到这话就感觉一种打哈哈趣味，一面还有那被说的萧萧感觉一种惶恐，说这话的不为无意义了。

女学生由祖父方面所知道的是这样一种人：她们穿衣服不管天气冷暖，吃东西不问饥饱，晚上交到子时才睡觉，白天正经事全不做，只知唱歌打球，读洋书。她们一年用的钱可以买十六只水牛。她们在省里京里想往什么地方去时，不必走路，只要钻进一个大匣子中，那匣子就可以带她到地。她们在学校，男女一处上课，人熟了，就随意同那男子睡觉，也不要媒人，也不要财礼，名叫"自由"。她们也做官；做县官，带家眷上任，男子仍然喊作老爷，小孩子叫少爷。她们自己不养牛，却吃牛奶羊奶，如小牛小羊，买那奶时是用铁罐子盛的。她们无事时到一个唱戏地方去，那地方完全像个大庙，从衣袋中取出一块洋钱来（那洋钱在乡下可买五只母鸡），买了一小方纸片儿，拿了那纸片到里面去，就可以坐下看洋人扮演影子戏。她们被冤了，不赌咒，不哭。她们年纪有老到二十四岁还不肯嫁人的，有老到三十四五还好意思嫁人的。她们不怕男子，男子不能使她们受委屈，一受委屈就上衙门打官司，要官罚男子的款，这笔钱她可以同官平分。她们不洗衣煮饭，有了小孩子也只花五块钱或十块钱一月，雇人专管小孩，自己仍然整天看戏打牌……

总而言之，说来都稀奇古怪，岂有此理。这时经祖父一为说明，听过这话的萧萧，心中却忽然有了一种模模糊糊的愿望，以为倘若她也是个女学生,她是不是照祖父说的女学生一个样子去做那些事?不管好歹,做女学生极有趣味,因此一来却已为这乡下姑娘体念到了。

因为听祖父说起女学生是怎样的人物,到后萧萧独自笑得特别久。笑够了时,她说:

"祖爹,明天有女学生过路,你喊我,我要看。"

"你看,她们捉你去做丫头。"

"我不怕她们。"

"她们读洋书你不怕?"

"我不怕。"

"她们咬人你不怕?"

"也不怕。"

可是这时节萧萧手上所抱的丈夫,不知为什么,在睡梦中哭了,媳妇用做母亲的声势,半哄半吓说:

"弟弟,弟弟,不许哭,不许哭,女学生咬人来了。"

丈夫还仍然哭着,得抱起各处走走。萧萧抱着丈夫离开了祖父,祖父同人说另外一样话去了。

萧萧从此以后心中有个"女学生"。做梦也便常常梦到女学生,且梦到同这些人并排走路。仿佛也坐过那种自己会走路的匣子,她又觉得这匣子并不比自己跑路更快。在梦中那匣子的形体同谷仓差不多,里面有小小灰色老鼠,眼珠子红红的。

因为有这样一段经过,祖父从此喊萧萧不喊"小丫头",不喊"萧萧",却唤作"女学生"。在不经意中萧萧答应得很好。

乡下里日子也如世界上一般日子,时时不同。世界上人把日子糟蹋,和萧萧一类人家把日子吝惜是同样的,各人皆有所得,各人皆为命定。城市中文明人,把一个夏天全消磨到软绸衣服精美饮料以及种种好事情上面。萧萧的一家,因为一个夏天,却得了十多斤细麻,二三十担瓜。

做小媳妇的萧萧,一个夏天中,一面照料丈夫,一面还绩了细麻四斤。这时工人摘瓜,在瓜间玩,看硕大如盆上面满是灰粉的大南瓜,成排成堆摆到地上,很有趣味。时间到摘瓜,秋天已来了,院中各处有从屋后林子里树上吹来的大红大黄木叶。萧萧在瓜旁站定,手拿木叶一束,为丈夫编小笠帽玩。

工人中有个名叫花狗,抱了萧萧的丈夫到枣树下去打枣子。小小竹竿打在枣树上,落枣满地。

"花狗大,莫打了,太多了吃不完。"

虽这样喊,还不动身。到后,仿佛完全因为丈夫要枣子,花狗才不听话。萧萧于是又喊他那小丈夫:

"弟弟,弟弟,来,不许捡了。吃多了生东西肚子痛!"

丈夫听话,兜了一堆枣子向萧萧身边走来,请萧萧吃枣子。

"姊姊吃,这是大的。"

"我不吃。"

"要吃一颗!"

她两手哪里有空！木叶帽正在制边。工夫要紧，还正要个人帮忙！

"弟弟，把枣子喂我口里。"

丈夫照她的命令做事，做完了觉得有趣，哈哈大笑。

她要他放下枣子帮忙捏紧帽边，便于添加新木叶。

丈夫照她吩咐做事，但老是顽皮地摇动，口中唱歌。这孩子原来像一只猫，欢喜时就得捣乱。

"弟弟，你唱的是什么。"

"我唱花狗大告我的山歌。"

"好好地唱给我听。"

丈夫于是就唱下去，照所记到的歌唱：

天上起云云起花，

苞谷林里种豆荚，

豆荚缠坏苞谷树，

娇妹缠坏后生家。

天上起云云重云，

地下埋坟坟重坟，

娇妹洗碗碗重碗，

娇妹床上人重人。

丈夫唱歌中意义全不明白，唱完了就问好不好。萧萧说好，并且问从谁学来的。她知道是花狗教他的，却故意盘问他。

"花狗大告我，他说还有好歌，长大了再教我唱。"

听说花狗会唱歌，萧萧说：

"花狗大，花狗大，您唱一个歌我听听。"

那花狗，面如其心，生长得不很正气，知道萧萧要听歌，人也快到听歌的年龄了，就给她唱"十岁娘子一岁夫"。那故事说的是妻年大，可以随便到外面做一点不规矩事情，夫年小，只知道吃奶，让他吃奶。这歌丈夫完全不懂，懂到一点儿的是萧萧，把歌听过后，萧萧装成"我全明白"那种神气，她用生气的样子，对花狗说：

"花狗大，这个不行，这是骂人的歌！"

花狗分辩说："不是骂人的歌。"

"我明白，是骂人的歌。"

花狗难得说多话，歌已经唱过了，错了赔礼，只有不再唱。他看她已经有点懂事了，怕她回头告祖父，就把话支开，扯到"女学生"。他问萧萧，看不看过女学生习体操唱洋歌的事情。

若不是花狗提起，萧萧几乎已忘却了这事情。这时又提到女学生，她问花狗近来有不有女学生过路。

花狗一面把南瓜从棚架边抱到墙角去，告她女学生唱歌的事，这些事的来源就是萧萧的那个祖父。他在萧萧面前说了点大话，说他曾经到官路上见到四个女学生，她们都拿的有旗帜，走长路流汗喘气之中仍然唱歌，同军人所唱的一模一样。不消说，这完全是笑话。可是那故事把萧萧可乐坏了。

花狗是会说会笑的一个人。听萧萧带着歆羡口气说："花狗大，您膀子真大。"他就说："我不只膀子大。"

"你身个子也大。"

"我全身无处不大。"

到萧萧抱了她的丈夫走去以后，同花狗在一起摘瓜，取名字叫哑巴的，开了平时不常开的口。他说：

"花狗，你少坏点。人家是黄花女，还要等十二年才圆房！"

花狗不作声，打了那伙计一掌，走到枣树下捡落地枣去了。

到摘瓜的秋天，日子计算起来，萧萧过丈夫家有一年了。

几次降霜落雪，几次清明谷雨，都说萧萧是大人了。天保佑，喝冷水，吃粗粝饭，四季无疾病，倒发育得这样快。婆婆虽生来像一把剪，把凡是给萧萧暴长的机会都剪去了，但乡下的日头同空气都帮助人长大，却不是折磨可以阻拦得住。

萧萧十四岁时高如成人，心却还是一颗糊糊涂涂的心。

人大了一点，家中做的事也多了一点。绩麻、纺车、洗衣、照料丈夫以外，打猪草推磨一些事情也要做。还有浆纱织布：两三年来所聚集的粗细麻和纺就的纱，已够萧萧坐到土机上抛三个月的梭子了。

丈夫已断了奶。婆婆有了新儿子，这五岁儿子就像归萧萧独有了。不论做什么，走到什么地方去，丈夫总跟到身边。丈夫有些方面很怕她，当她如母亲，不敢多事。他们俩"感情不坏"。

地方稍稍进步，祖父的笑话转到"萧萧你也把辫子剪去"那一类事上去了。听着这话的萧萧，某个夏天也看过一次女学生了，虽不把祖父笑话认真，可是每一次在祖父说过这笑话以后，她到水边去，必用手捏着辫子末梢，设想没有辫子的人那种神气，那点趣味。

因为打猪草，带丈夫上螺蛳山的山阴是常有的事。

小孩子不知事，听别人唱歌也唱歌。一唱歌，就把花狗引来了。

花狗对萧萧生了另外一种心，萧萧有点明白了，常常觉得惶恐。但花狗是男子，凡是男子的美德恶德皆不缺少，所以一面使萧萧的丈夫非常欢喜同他玩，一面一有机会即缠在萧萧身边，且总是想方设法把萧萧那点惶恐减去。

山大人小，平时不知道萧萧所在，花狗就站在高处唱歌逗萧萧身边的丈夫，丈夫小口一开，花狗穿山越岭就来到萧萧面前了。

见了花狗，小孩子只有欢喜，不知其他。他原要花狗为他编草虫玩，做竹箫、哨子玩，花狗想方法支使他到一个远处去，便坐到萧萧身边来，要萧萧听他唱那使人红脸的歌。她有时觉得害怕，不许丈夫走开；有时又像有了花狗在身边，打发丈夫走去也好一点。终于有一天，萧萧就给花狗变成了妇人了。

那时节，丈夫走到山下采刺莓去了，花狗唱了许多歌，到后却向萧萧说，我想了你二三年。他又说，我为你睡不着觉。他又说，我赌咒不把这事情告给人。听了这些话仍然不懂什么的萧萧，眼睛只注意到他那一对膀子，耳朵只注意到他最后一句话。末了花狗便又唱歌给她听，她心里乱了。她要他当真对天赌咒，赌了咒，一切好像有了保障，她就一切尽他了。到丈夫返身时，手被毛毛虫螫伤，肿了一片，走到萧萧身边，萧萧捏紧这一只小手，且用口去呵它，吮它，想起刚才的糊涂，才仿佛明白做了一点糊涂事。

花狗诱她做坏事情是麦黄四月，到六月，李子熟了，她欢喜吃生李子。她觉得身体有点特别，碰到花狗，就将这事情告给他，问他怎么办。

讨论了多久，花狗全无主意。虽以前自己当天赌的有咒，也仍然无主意。这家伙个子大，胆量小，个子大容易做错事，胆量小做了错事就想不出办法。

到后，萧萧捏着自己那条辫子，想起城里了。她说：

"花狗，我们到城里去过日子，不好吗？"

"那怎么行？到城里去做什么？"

"我肚子大了。"

"我们找药去。"

"我想……"

"你想逃？"

"我想逃吗？我想死！"

"我赌咒不辜负你。"

"负不负我有什么用,帮我个忙,拿去肚子里这块肉吧。我害怕!"

花狗不再作声,过了一会儿,便走开了。不久丈夫从他处回来,见萧萧一个人坐在草地上哭,眼睛红红的,丈夫心中纳罕。看了一会儿,问萧萧:

"姊姊,为什么哭?"

"不为什么,灰尘落到眼睛里,痛。"

"你瞧我,得这些这些。"

他把从溪中捡来的小蚌小石头陈列萧萧面前,萧萧用泪眼看了一会儿,笑着说:"弟弟,我们要好,我哭你莫告家中。"到后这事情家中当真就无人知道。

第二天,花狗不辞而行,把自己所有的衣裤都拿去了。祖父问同住的哑巴知不知道他为什么走路,走哪儿去。哑巴只是摇头,说,花狗还欠了他两百钱,临走时话都不留一句,为人少良心。哑巴说他自己的话,并没有把花狗走的理由说明,因此这一家稀奇一整天,谈论一整天。不过这工人既不偷走物件,又不拐带别的,这事过后不久自然也就把他忘了。

萧萧仍然是往日的萧萧。她能够忘记花狗,就好了。但是肚子真有些不同了,肚中东西使她常常一个人干发急,尽做怪梦。

她脾气似乎坏了一点,这坏处只有丈夫知道,因为她对丈夫似乎严厉苛刻了好些。

仍然每天同丈夫在一处,她的心,想到的事自己也不十分明白。她常想,我现在死了,什么都好了。可是为什么要死?她还很高兴活下去,愿意活下去。

家中人不拘谁在无意中提起关于丈夫弟弟的话,提起小孩子,提起花狗,都像使这话如拳头,在萧萧胸口上重重一击。

到八月,她担心人知道更多了,引丈夫庙里去玩,就私自许愿,吃了一大把香灰。吃香灰时被她丈夫见到了,丈夫说这是做什么事,萧萧就说这是肚痛,应当吃这个。萧萧自然说谎。虽说求菩萨保佑,菩萨当然没有如她的希望,肚子中长大的东西仍在慢慢地长大。

她又常常往溪里去喝冷水,给丈夫见到了,丈夫问她她就说口渴。

一切她所想到的方法都没有能够使她与自己不欢喜的东西分开。大肚子只有丈夫一人知道,他却不敢告这件事给父母晓得。因为时间长久,年龄不同,丈夫有些时候对于萧萧的怕同爱,比对于父母还深切。

她还记得那花狗赌咒那一天里的事情,如同记着其他事情一样。到秋天,屋前屋后毛毛虫更多了,丈夫像故意折磨她一样,常常提起几个月前被毛毛虫所螫的话,使萧萧难过。她因此极恨毛毛虫,见了那小虫就想用脚去踹。

有一天,又听人说有好些女学生过路,听过这话的萧萧,睁了眼做过一阵梦,愣愣地对日头出处痴了半天。

萧萧步花狗后尘，也想逃走，收拾一点东西预备跟了女学生走的那条路上城。但没有动身，就被家里人发觉了。

家中追究这逃走的根源，才明白这个十年后预备给小丈夫生儿子继香火的萧萧肚子，已被另外一个人抢先下了种。这真是了不得的大事。一家人的平静生活为这一件事全弄乱了。生气的生气，流泪的流泪。悬梁、投水、吃毒药，诸事萧萧全想到了，年纪太小，舍不得死，却不曾做。于是祖父想出了个聪明主意，把萧萧关在房里，派两人好好看守着，请萧萧本族的人来说话，看是沉潭还是发卖？萧萧家中人要面子，就沉潭淹死，舍不得死就发卖。萧萧既只有一个伯父，在近处庄子里为人种田，去请他时先还以为是吃酒，到了才知道是这样丢脸事情，弄得这家长手足无措。

大肚子做证，什么也没有可说。伯父不忍把萧萧沉潭，萧萧当然应当嫁人做二路亲了。

这处罚好像也极其自然，照习惯受损失的是丈夫家里，然而却可以在改嫁上收回一笔钱，当作赔偿损失的数目。那伯父把这事告给了萧萧，就要走路。萧萧拉着伯父衣角不放，只是幽幽地哭，伯父摇了一会儿头，一句话不说，仍然走了。

没有相当的人家来要萧萧，就仍然在丈夫家中住下。这件事情既经说明白，倒又像不什么要紧，大家反而释然了。先是小丈夫不能再同萧萧在一处，到后又仍然如月前情形，姊弟一般有说有笑地过日子了。

丈夫知道了萧萧肚子中有儿子的事情，又知道因为这样萧萧才应当嫁到远处去。但是丈夫并不愿意萧萧去，萧萧自己也不愿意去，大家全莫名其妙，像逼到要这样做，不得不做。

在等候主顾来看人，等到十二月，还没有人来。

萧萧次年二月间，坐草生了一个儿子，团头大眼，声响宏壮，大家把母子二人照料得好好的，照规矩吃蒸鸡同江米酒补血，烧纸谢神。一家人都欢喜那儿子。

生下的既是儿子，萧萧不嫁别处了。

到萧萧正式同丈夫拜堂圆房时，儿子年纪十岁，已经能看牛割草，成为家中生产者一员了。平时喊萧萧丈夫做大叔，大叔也答应，从不生气。

这儿子名叫牛儿。牛儿十二岁时也接了亲，媳妇年长六岁。媳妇年纪大，方能诸事做帮手，对家中有帮助。唢呐吹到门前时，新娘在轿中呜呜地哭着，忙坏了那个祖父，曾祖父。

这一天，萧萧抱了自己新生的月毛毛，却在屋前榆蜡树篱笆看热闹，同十年前抱丈夫一个样子。

三三

杨家碾坊在堡子外一里路的山嘴路旁。堡子位置在山湾里，溪水沿了山脚流过去，平平地流，到山嘴折湾处忽然转急，因此很早就有人利用它，在急流处筑了一座石头碾坊，这碾坊，不知什么时候起，就叫杨家碾坊了。

从碾坊往上看，看到堡子里比屋连墙，嘉树成荫，正是十分兴旺的样子。往下看，夹溪有无数山田，如堆积蒸糕，因此种田人借用水力，用大竹扎了无数水车，用椿木做成横轴同撑柱，圆圆的如一面锣，大小不等竖立在水边。这一群水车，就同一群游手好闲人一样，成日成夜不知疲倦地咿咿呀呀唱着意义含糊的歌。

一个堡子里只有这样一座碾坊，所以凡是堡子里碾米的事都归这碾坊包办，成天有人轮流挑了仓谷来，把谷子倒进石槽里去后，抽去水闸的板，笕槽里水冲动了下面的暗轮，石磨盘带着动情的声音，即刻就转动起来了。于是主人一面谈说一件事情，一面清理簸箩筛子，到后头上包了一块白布，拿着一个长把的扫帚，追逐着磨盘，跟着打圈儿，扫除溢出槽外的谷米，再到后，谷子便成白米了。

到米碾好了，筛好了，把米糠挑走以后，主人全身是灰，常常如同一个滚入豆粉里的汤圆，然而这生活，是明明白白比堡子里许多人生活还从容，而为一堡子中人所羡慕的。

凡是到杨家碾坊碾过谷子的，皆知道杨家三三。妈妈十年前嫁给守碾坊的杨，三三五岁，爸爸就丢下碾坊同母女，什么话也不说死去了。爸爸死去后，母亲做了碾坊的主人，三三还是活在碾坊里，吃米饭同青菜小鱼鸡蛋过日子，生活毫无什么不同处。三三先是眼见爸爸成天全身是糠灰，到后爸爸不见了，妈妈又成天全身是糠灰……于是三三在哭里笑里慢慢地长大了。

妈妈随着碾槽转，提着小小油瓶，为碾盘的木轴铁芯上油，或者很兴奋地坐在屋角拉动架上的筛子时，三三总很安静地自己坐在另一角玩。热天坐到有风凉处吹风，用苞谷秆子做小笼，冬天则伴同猫儿蹲在火桶里，剥灰煨栗子吃。或者有时候从碾米人手上得到一个芦管做成的唢呐，就学着打大傩的法师神气，屋前屋后吹着，半天还玩不厌倦。

这磨坊外屋上墙上爬满了青藤，绕屋全是葵花同枣树，疏疏树林里，常常有三三葱绿衣裳的飘忽。因为一个人在屋里玩厌了，就出来坐在废石槽上撒米头子给鸡吃，在这时，什么鸡欺侮了另一只鸡，三三就得赶逐那横蛮无理的鸡，直等到妈妈在屋后听到鸡声，代为讨情才止。

这磨坊上游有一潭，四面是大树覆荫，六月里阳光照不到水面。碾坊主人在这潭中养的有白鸭子，水里的鱼也比上下溪里特别多。照一切习惯，凡靠自己屋前的水，也算为自己财产的一份。水坝既然全为了碾坊而筑成的，一乡公约不许毒鱼下网，所以这小溪里鱼极多。遇不甚面熟的人来钓鱼，看潭边幽静，想蹲一会儿，三三见到了时，总向人说："不行，这鱼是我家潭里养的，你到下面去钓吧。"人若顽皮一点，听了这个话等于不听到，仍然拿着长长的竿子，搁到水面上去安闲地吸着烟管，望着这小姑娘发笑，使三三急了，三三便喊叫她的妈，高声地说："娘，娘，你瞧，有人不讲规矩钓我们的鱼，你来折断他的竿子，你快来！"娘自然是不会来干涉别人钓鱼的。

母亲就从没有照到女儿意思折断过谁的竿子，照例将说："三三，鱼多咧，让别人钓吧。鱼是会走路的，上面总爷家塘里的鱼，因为欢喜我们这里的水，都跑来了。"三三照例应当还记得夜间做梦,梦到大鱼从水里跃起来吃鸭子,听完这个话,也就没有什么可说了,只静静地看着,看这不讲规矩的人,钓了多少鱼去。她心里记着数目,回头还得告给妈妈。

有时因为鱼太大了一点,上了钓,拉得不合适,撇断了钓竿,三三可乐极了,仿佛娘不同自己一伙,鱼反而同自己是一伙了的神气,那时就应当轮到三三向钓鱼人咧着嘴发笑了。但三三却常常急忙跑回去,把这事告给母亲,母女两人同笑。

有时钓鱼的人是熟人,人家来钓鱼时,见到了三三,知道她的脾气,就照例不忘记问:"三三,许我钓鱼吧。"三三便说:"鱼是各处走动的,又不是我们养的,怎么不能钓。"

钓鱼的是熟人时,三三常常搬了小小木凳子,坐在旁边看鱼上钩,且告给这人,另一时谁个把钓竿撇断的故事。到后这熟人回磨坊时,把所得的大鱼分一些给三三家,三三看着母亲用刀破鱼,掏出白色的鱼脬来,就放在地下用脚去踹,发声如放一枚小爆仗,听来十分快乐。鱼洗好了,揉了些盐,三三就忙取麻线来把鱼穿好,挂到太阳下去晒。等待有客时,这些干鱼同辣子炒在一个碗里待客,母亲如想到折钓竿的话,将说:"这是三三的鱼。"三三就笑,心想着:"怎么不是三三的鱼?潭里鱼若不是归我照管,早被看牛小孩捉完了。"

三三如一般小孩,换几回新衣,过几回节,看几回狮子龙灯,就长大了,熟人都说看到三三是在糠灰里长大的。一个堡子里的人,都愿意得到这糠灰里长大的女孩子做媳妇,因为人人都知道这媳妇的妆奁是一座石头做成的碾坊。照规矩十五岁的三三，要招郎上门也应当是时候了。但妈妈有了一点私心，记得一次签上的话语，不大相信媒人的话语，所以这磨坊还是只有母女二人，一时节不曾有谁添人。

三三大了，还是同小孩子一样，一切得傍着妈妈。母女两人把饭吃过后，在流水里洗了脸，眺望行将下沉的太阳，一个日子就打发走了。有时听到堡子里的锣鼓声音，或是什么人接亲，或是什么人做斋事，"娘，带我去看"，又像是命令又像是请求地说着，若无什么别的理由推辞时，娘总得答应同去。去一会儿，或停顿在什么人家喝一杯蜜茶，荷包里塞满了榛子胡桃，预备回家时，有月亮天什么也不用，就可以走回家，遇到夜色晦黑，燃了一把油柴：毕毕剥剥地响着爆着，什么也不必害怕。若到总爷家寨子里去玩时，总爷家还有长工打了灯笼火把送客，一直送到碾坊外边。只有这类事是顶有趣味的事，在雨里打灯笼走夜路，三三不能常常得到这机会，却常常梦到一人那么拿着小小红纸灯笼，在溪旁走着，好像只有鱼知道这回事。

当真说来，三三的事，鱼知道的比母亲应当还多一点，也是当然的。三三在母亲身旁，说的是母亲全听得懂的话，那些凡是母亲不明白的，差不多都在溪边说的。溪边除了鸭子就只有那些水里的鱼，鸭子成天自己哈哈哈地叫个不休，哪里还有耳朵听别人说话？

这个夏天，母女两人一吃了晚饭，不到日黄昏，总常常过堡子里一个人家去,陪一个行将远嫁的姑娘谈天,听一个从小寨来的人唱歌。有一天,照例又进堡子里去,却因为谈到绣花,使三三回碾坊来取样子,三三就一个人赶忙跑回碾坊来,快到屋边时,黄昏里望到溪边有两个人影子,有一个人到树下,拿着一支竿子,好像要下钓的神气,三三心想这一定是来偷鱼的,照规矩喊着:"不许钓鱼,这鱼是有主人的!"一面想走上前看是什么人。

就听到一个人说:"谁说溪里的鱼也有主人,难道溪里活水也可养鱼吗?"

另一人又说:"这是碾坊里小姑娘说着玩的。"

那先一个人就笑了。

旋即又听到第二个人说:"三三,三三,你来,你鱼都捉完了!"

三三听到人家取笑她,声音好像是熟人,心里十分不平!就冲过去,预备看是谁在此撒野,以便回头告给母亲。走过去时,才知道那第二回说话的人是总爷家管事先生,另外同一个从不见面的年轻男人,那男人手里拿的原来只是一个拐杖,不是什么钓竿。那管事先生是一个堡子里知名人物,他认得三三,三三也认识他,所以当三三走近身时,就取笑说:

"三三,怎么鱼是你家养的?你家养了多少鱼呀!"

三三见是总爷家管事先生,什么话也不说了,只低下头笑。头虽低低的,却望到那个好像从城里来的人白裤白鞋,且听到那个男子说:"女孩很聪明,很美,长得不坏。"管事的又说:"这是我堡里美人。"两人这样说着,那男子就笑了。

到这时,她猜到男子是对她望着发笑!三三心想:"你笑我干吗?"又想:"你城里人只怕狗,见了狗也害怕,还笑人,真亏你不羞。"她好像这句话已说出了口,为那人听到了,故打量跑去。管事先生知道她要害羞跑了,便说:"三三,你别走,我们是来看你碾坊的。你娘呢。"

"到堡子里听小寨人唱歌去了,是不是?"

"是的。"

"你怎么不欢喜听那个?"

"你怎么知道我不欢喜?"

管事先生笑着说:"因为看你一个人回来,还以为你是听厌了那歌,担心这潭里鱼被人偷尽,所以……"

三三同管事先生说着,慢慢地把头抬起,望到那生人的面目了,白白的脸好像在什么地方看到过,就估计莫非这人是唱戏的小生,忘了搽去脸上的粉,所以么么白……那男子见到三三不再怕人了,就问三三:

"这是你的家里吗?"

三三说:"怎么不是我家里?"

因为这答话很有趣味,那男子就说:

"你不怕水冲去吗?"

"嗨,"三三抿着小小的美丽嘴唇,狠狠地望了这陌生男子一眼,心里想,"狗来了,狗来了,你这人吓到落到水里,水就会冲去你。"想着当真冲去的情形,一定很是好笑,就不理会这两个人笑着跑去了。

从碾坊取了花样子回向堡子走去的三三,在潭边再上游一点,望到那两个白色影子还在前面,不高兴又同这管事先生打麻烦,故跟到这两个人身后,慢慢地走着。听两个人说到城里什么人什么事情,听到说开河,听到说学务局要总爷办学校,因为这两人全都不知道有人在后面,所以自己觉得很有趣味。到后又听到管事先生提起碾坊,提起妈妈怎么人好,更极高兴。再到后,就听到那城里男人说:

"女孩子倒真俏皮,照你们乡下习惯,应当快放人了。"

那管事的先生笑着说:"少爷欢喜,要总爷做红叶,可以去说说。不过这碾坊是应当由姑爷管业的。"

三三轻轻地呸了一口,停顿了一下,把两个指头紧紧地塞了耳朵。但仍然听到那两人的笑声,想知道那个由城里来好像唱小生的人还说些什么,故不久就仍然跟上前去了。

那小生说些什么可听不明白,就只听那个管事先生一人说话,那管事先生说:"少爷做了碾坊主人,别的不说,成天可有新鲜鸡蛋吃,也是很值得的!"话一说完,两人又笑了。

三三这次可再不能跟上去了,就坐在溪边的石头上,脸上发着烧,十分生气。心里想:"你要我嫁你,我偏不嫁你!我家里的鸡纵成天下二十个蛋,我也不会给你一个蛋吃。"坐了一会儿，凉凉的风吹脸上，水声淙淙使她记忆到先一时估计中那男子为狗吓到跌在溪里的情形，可又快乐了，就望到溪里水深处，一人自言自语说："你怎么这样不中用，管事的救你，你可以喊他救你！"

到宋家时，正听宋家婶子说到一件已经说了一会儿的事情，只听到宋家妇人说：

"……他们养病倒稀奇，说是养病，日夜睡在廊下风里让风吹……脸儿白得如闺女，见了人就笑……谁说是总爷的亲戚，总爷见他那种恭敬样子，你还不见到。福音堂洋人还怕他，他要媳妇有多少！"

母亲就说："那么他养什么病？"

"谁知道是什么病？横顺成天吃那些甜甜的药，在床上躺着，到城里是享福，到乡里也是享福。老庚说，害第三等的病，又说是痨病，说也说不清楚。谁清楚城里人那些病名字。依我想，城里人欢喜害病，所以病的名字也特别多，我们不能因害病耽搁事情，所以除打摆子就只发烧肚泻，别的名字的病，也就从不到乡下来了。"

另外一个妇人因为生过瘰疬，不大悦服宋家妇人武断的话，就说："我不是城里人，可是也害城里人的病。"

"你舅妈是城里人！"

"舅妈管我什么事？"

"你文雅得像城里人，所以才生疡子！"

这样说着,大家全笑了。

母女两人回去时,在路上三三问母亲:"谁是白白脸庞的人?"母亲就照先前一时听人说过的话,告给三三,堡子里总爷家中,如何来了一位城里的病人,样子如何美,性情如何怪。一个乡下人,对于城中人隔膜的程度,在那些描写里是分明易见的,自然说得十分好笑。在平常某个时节,三三对于母亲在叙述中所加的批评与稍稍过分的形容,总觉得母亲说得极其俨然,十分有味,这时不知如何却不大相信这话了。

走了一会儿,三三忽问:

"娘,娘,你见到那个城里白脸人没有呢?"

妈妈说:"我怎么见到他?我这几天又不到总爷家里去。"

三三心想:"你不见到怎么说了那么半天。"

三三知道妈妈不见到的自己倒早见到了,把这件事秘密着,却十分高兴,以为只有自己明白这件事情,凡是说到城里人的都不甚可靠。

两人到潭边,三三又问:

"娘,你见到总爷家管事先生没有?"

若是娘说没有见过,反问她一句,那么,三三就预备把先前遇到总爷家那两个人的一切,都说给妈妈听了。但母亲这时正想到别的一个问题,完全不关心到三三身上的事,所以三三把今天的事瞒着母亲,一个字不提。

第二天三三的母亲到堡子里去,在总爷家门前,碰到那个从城里来的白脸客人,同总爷的管事先生。那管事先生告她,说他们昨天曾到碾坊前散步,见到三三,又告给母亲说,这客人是从城里来养病的客人。到后就又告给那客人,说这个人就是碾坊的主人杨伯妈。那人说,真很同三小姐相像。那人又说三三长得很好,很聪敏,做母亲的真福气。说了一阵话,把这老妇人说快乐了,在心中展开了一个幻象,想到自己觉得有些近于糊涂的事情,忙匆匆地回到碾坊去,望到三三痴笑。

三三不知母亲为什么今天特别乐,就问母亲到了些什么地方,遇着了谁。

母亲想应当怎么说才好,想了许久才说:

"三三,昨天你见到谁?"

三三说:"我见到谁?"

娘就笑了:"三三你记记,晚上天黑时,你不见到两个人吗?

三三以为是娘知道一切了,就忙说:"人是有两个的,一个是总爷家管事的先生,一个是生人……怎么……"

"不怎么。我告你,那个生人就是城里来的少爷,今天我见到他们,他们说已经同你认识了,所以我们说了许多话。那少爷像个姑娘样子。"母亲说到这里时,想起一件事情好笑。

三三以为妈妈是在笑她,偏过头去看土地上灶马,不理母亲。

母亲说:"他们问我要鸡蛋,你下半天送二十个去,好不好?"

三三听到说鸡蛋,打量昨天两个男人说的笑话都为母亲知道了,心里很不高兴,说道:"谁去送他们鸡蛋,娘,娘,我说……他们是坏人！"

母亲奇怪极了，问："怎么是坏人？"

三三红了脸不愿答应，母亲说：

"三三，你说什么事？"

迟了许久，三三才说："他们背地里要找总爷做媒，把我嫁给那个白脸人。"

母亲听到这话什么也不说，笑了好一阵。到后看到三三要跑了，才拉着三三说："小报应，管事先生他们说笑话，这也生气吗？谁敢欺侮你？总爷是一堡子的主人，他会为你骂他们！……"

说到后来三三也被说笑了。

她到后来就告给娘城里人如何怕狗的话，母亲听到不作声，好久以后，才说："三三，你真还像个小丫头，什么也不懂。"

第二天，妈妈要三三送鸡蛋到总爷家去，三三不说什么，只摇头，妈妈既然答应了人家，就只好亲自送去。母亲走后，三三一个人在碾坊里玩，玩厌了又到潭边去看白鸭，看了一会儿鸭子，等候母亲还不回来，心想莫非管事先生同妈妈吵了架，或者天热到路上发了痧？……心里老不自在回到碾坊里去。

但母亲可仍然回来了，回到碾坊一脸的笑，跨着脚如一个男子神气，坐到小凳上，告给三三如何见到那少爷，那少爷如何要她坐到那个用粗布做成的软椅子上去，摇着荡着像一个摇篮。又说到城里人说的三三如何不念书，城里女人是全念书。又说到……

三三正因为等了母亲大半天，十分不高兴，如今听母亲说到的话，莫名其妙，不愿意再听，所以不让母亲说完就走了。走到外边站在溪岸旁，望着清清的溪水，记起从前有人告诉她的话，说这水流下去，一直从山里流一百里，就流到城里了。她这时忖想……什么时候我一定也不让谁知道，就要流到城里去，一到城里就不回来了。但若果当真要流去时，她愿意那碾坊，那些鱼，那些鸭子，以及那一匹花猫，同她在一处流去。同时还有她很想母亲永远和她在一处，她才能够安安静静地睡觉。

母亲不见到三三了，站在碾坊门前喊着：

"三三，三三，天气热，你脸上晒出油了，不要远走，快回来！"

三三一面走回来一面就自己轻轻地说："三三不回来了！"

下午天气较热，倦人极了，躺到屋角竹凉床上的三三，耳中听着远处水车陆续的懒懒的声音，眯着眼睛觑母亲头上的髻子，仿佛一个瘦人的脸。越看越活，蒙蒙眬眬便睡着了。

她还似乎看到母亲包了白帕子，拿着扫帚追赶碾盘，绕屋打着圈儿，就听到有人在外面说话，提到她的名字。

只听人说："三三到什么地方去了，怎么不出来？"

她奇怪这声音很熟，又想不起是谁的声音，赶忙走出去，站在门边打望，才望到原来又是那个白脸的人，规规矩矩坐在那儿钓鱼，过细看了一下，却看到那个钓竿，是总爷家管事先生的烟杆。

拿一根烟杆钓鱼，倒是极新鲜的事情，但身旁似乎又已经得到了许多鱼，所以三三非常奇怪，正想走去告母亲，忽然管事先生也从那边来了。

好像又是那一天的那种情景，天上全是红霞，妈妈不在家，自己回来原是忘了把鸡关到笼子里，故跑回来捉鸡的。如今碰到这两个人，管事先生同那白脸城里人，都站立在那石墩子上，轻轻地商量一件事情，这两人声音很轻，三三却听得出是一件关于不利于己的行为。因为听到说这些话，又不能嗾人走开，又不能自己走开，三三就非常着急，觉得自己的脸上也像天上的霞一样。

那个管事先生装作正经人样子说："我们来买鸡蛋的，要多少钱给多少钱。"

那个城里人，也像唱戏小生那么把手一扬，就说："你说错了，要多少金子给多少金子。"

三三因为人家用金子恐吓她，所以说："可是我不卖给你，不想你的钱，你搬你家大块金子到场上去买吧。"

管事先生于是又说："你不卖行吗，你舍不得鸡蛋为我做人情，你想想，妈妈以后写庚帖还少得了管事先生没有？"

那城里人于是又说："向小气的人要什么鸡蛋，不如算了吧。"

三三生气似的大声说："就算我小气也行，我把鸡蛋喂虾米，也不卖给人，因为我们不羡慕别人的金子宝贝。你同别人去说金子，恐吓别人吧。"

可是两个人还不走，三三心里就有点着急，很愿意来一只狗向两个人扑去，正那么打量着，忽然从家里就扑出来一条大狗，全身是白色，大声汪汪地吠着，从自己身边冲过去，即刻这两个恶人就落到水里去了。

于是溪里的水起了许多水花，起了许多大泡，管事先生露出一个光光的头在水面，那城里人则长长的头发，缠在贴近水面的柳树根上，情景十分有趣。

可是一会儿水面什么也没有了，原来那两个人在水里摸了许多鱼，全拿走了。

三三想去告给妈妈，一滑就跌下了。

刚才的事原来是做一个梦。母亲似乎是在灶房煮午饭，因为听到三三梦里说话，才赶出来的。见三三醒了，摇着她问："三三，三三，你同谁吵闹。"

三三定了一会儿神，望妈妈笑着，什么也不说。

妈妈说："起来看看，我今天为你焖芋头吃。你去照照镜子，脸睡得一片红！"虽然照到母亲说的，去照了镜子，还是一句话不说。人虽醒了还记到梦里一切的情景，到后来又想起母亲说的同谁吵闹的话，才反去问母亲，听到吵闹些什么话。妈妈自然是不注意这些的，所以说听不分明，三三也就不再问什么了。

直到吃饭时，妈妈还说到脸上睡得发红，所以三三就告给老人家先前做了些什么梦，母亲听来笑了半天。

第二次送鸡蛋去时，三三也去了，那时是下午，吃过饭后，两人进了总爷家的大院子。在东边偏院里看到城里来的那个客，正躺在廊下藤椅上，望到天上飞的鸽子。管事的不在家，三三认得那个男子，不大好意思上前去，就逗母亲过去，自己站在月门边等候。母亲上前去时节，三三又为出主意，要妈妈站在门边大声说，"送鸡蛋的来了"，好让他知道。母亲自然什么都照到三三主意做去，三三听到母亲说这句话，说到第三次，才被那个白白脸庞的少爷注意到，自己就又急又笑。

三三这时是站在月门外边的，从门罅里向里面窥看，只见到那白脸人站起身来，又坐下去，正像梦里那种样子，同时就听到这个人同母亲说话，说到天气同别的事情，妈妈一面说话一面尽掉过头来望到三三所在的一边，白脸人以为她就要走去了，便说：

"老太太，你坐坐，我同你说话很好。"

妈妈于是坐下了，可是同时那白脸城里人也注意到那一面门边有一个人等候了："谁在那里，是不是你的小姑娘？"

看到情形不好，三三就想跑，可是一回头，却望到管事先生站在身后，不知已站了多久，打量逃走自然是难办到的，到后被管事先生拉着牵进小院子来了。

听到那个人请自己坐下，听到那个人同母亲说那天在溪边见到自己的情形，三三眼望另一边，傍近母亲身旁，一句话不说。

坐了一会儿，出来了一个穿白袍戴白帽古怪装扮的女人，三三先还以为是男子，不敢细细地望，到后听到这女人说话，且看她站在城里人身旁，用一根小小管子塞进那白脸男子口里去，又抓了男子的手捏着，捏了好一会儿，拿一支好像笔的东西，在一张纸上写了些什么记号，那少爷问"多少豆"，就听她回答说："同昨天一样。"且因为另外一句话听到这个人笑，才晓得那是一个女人，这时似乎妈妈那一方面，也刚刚才明白这是一个女人，且听到说"多少豆"，以为奇怪，所以两人互相望到都笑了。

看着这母女生疏疏的情形，那白袍子女人也觉得好笑，就不即走开。

那白脸城里人说："周小姐，你到这地方来一个朋友也没有，就同这个小姑娘做个朋友吧。她家有个好碾坊，在那边溪头，有一个动人的水车，前面一点还有一个好堰堤，你同她做朋友，就可到那儿去玩，还可以钓些鱼回来。你同她去那边林子里玩玩吧，要这小姑娘告你那些花名草名。"

这周小姐就笑着过来，拖了三三的手，想带她走去，三三想不走，望到母亲，母亲却做样子努嘴要她去，不能不走。

可是到了那一边，两人即刻就熟了。那看护把关于乡下的一切，这样那样问了她许多，她一面答着，一面想问那女人一些事情，却找不出一句可问的话，只很稀奇地望到那一顶白帽子发笑。

过后听到母亲在那边喊自己的名字,三三也不知道还应当同看护告别,还应当说些什么话,只说妈妈喊我回去,我要走了,就一个人忙忙地跑回母亲身边,同母亲走了。

母女两人回到路上走过了一个竹林,竹林里恰正当晚霞的返照,满竹林是金色的光。三三把一个空篮子戴在头上,扮作钓鱼翁的样子,同时想起总爷家养病服侍病人那个戴白帽子女人,就同妈妈说:

"娘,你看那个女人好不好?"

母亲说:"哪一个女人?"

三三好像以为这答复是母亲故意装作不明白的样子,故稍稍有点不高兴,向前走去了。

妈妈在后面说:"三三,你说谁?"

三三就说:"我说谁,我问你先前那个女子,你还问我!"

"我怎么知道你是说谁?你说那姑娘,脸庞红红白白的,是说她吗?"

三三才停着了脚,等着她的妈。且想起自己无道理处,悄悄地笑了。母亲赶上了三三,推着她的背:"三三,那姑娘长得体面,你说是不是?"

三三本来就觉这人长得体面,听到妈妈先说,所以就故意说:"体面什么?人高得像一条菜瓜,也算体面!"

"人家是读过书来的,你不看过她会写字吗?"

"娘,那你明天要她拜你做干妈吧。她读过书,娘你近来只欢喜读书的。"

"嗨,你瞧你!我说读书好,你就生气。可是……你难道不欢喜读书的吗?"

"男人读书还好,女人读书讨厌咧。"

"你以为她讨厌,那我们以后讨厌她得了。"

"不,干吗说'讨厌她得了'?你并不讨厌她!"

"那你一人讨厌她好了。"

"我也不讨厌她!"

"那是谁该讨厌她?三三,你说。"

"我说,谁也不该讨厌她。"

母亲想着这个话就笑,三三想着也笑了。

三三于是又匆匆地向前走去,因为黄昏太美了,三三不久又停顿在前面枫树下了,还要母亲也陪她坐一会儿,送那片云过去再走。母亲自然不会不答应的。两人坐在那石条子上,三三把头上的竹篮儿取下后,用手整理到头发,就又想起那个男人一样短短头发的女人。母亲说:"三三,你用围裙揩揩脸,脸上出汗了。"三三好像不听到妈妈的话,眺望另一方,她心中出奇,为什么有许多人的脸,白得像茶花。她不知不觉又把这个话同母亲说了,母亲就说,这就是他们称呼为城里人的理由,不必擦粉脸也总是很白的。

三三说:"那不好看。"母亲也说:"那自然不好看。"三三又说：“宋家的黑子姑娘才真不好看。”母亲因为到底不明白三三意思所在，所以再不敢掺言，就只貌做留神地听着，让三三自己去作结论。

三三的结论就只是故意不同母亲意见一致，可是母亲若不说话时，自己就不须结论，也闭了口，不再作声了。

另外某一天，有人从大寨里挑谷子来碾坊的，挑谷子的男人走后，留下一个女人在旁边照料一切。这女人具一种欢喜说话的性格，且不久才从六十里外一个寨上吃喜酒回来，有一肚子的故事，同许多消息，得同一个人说话才舒服，所以就拿来与碾坊母女两人说。母亲因为自己有一个女儿，有些好奇的理由，专欢喜问人家到什么地方吃喜酒，看到些什么体面姑娘，看到些什么好嫁妆。她还明白，照例三三也愿意听这些故事。所以就向那个人，问了这样又问那样，要那人一五一十说出来。

三三听到这些话，却静静地坐在一旁，用耳朵听着，一句话不说，有时说的话那女人以为不是女孩子应当听的，声音较低时，三三就装作毫不注意的神气，用绳子结连环玩，实际上仍然听得清清楚楚。因为，听到些怪话，三三忍不住要笑了，却别过头去悄悄地笑，不让那个长舌妇人注意。

到后那两个老太太，自然而然就说到总爷家中的来客，且说及那个白袍白帽的女人了。那妇人说：她听说这白帽白袍女人，是用钱雇来的一个女人，雇来照料那个少爷，好几两银子一天。但她却又以为这话不十分可靠，她以为这人一定就是城里人的少奶奶，或者小姨太太。

三三的妈妈意见却同那人的恰恰相反，她以为那白袍女人，绝不是少奶奶。

那妇人就说："你怎么知道绝不是少奶奶？"

三三的妈说："怎么会是少奶奶。"

那人说："你告我些道理。"

三三的妈说："自然有道理，可是我说不出。"

那人说："你又不看到，你怎么会知道。"

三三的妈说："我怎么不看到……"

两人争着不能解决，又都不能把理由说得完全一点，尤其是三三的母亲，又忘记说是听到过那少爷喊叫过周小姐的话，来用作证据。三三却记到许多话，只是不高兴同那个妇人去说，所以三三就用别种的方法打乱了两人不能说清楚的问题。三三说："娘，莫争这些事情，帮我洗头吧，我去热水。"

到后那妇人把米碾完挑走了，把水热好了的三三，坐在小凳上一面解散头发，一面带着抱怨神气向她娘说：

"娘，你真奇怪，欢喜同那老婆子说空话。"

"我说了些什么空话？"

"人家媳妇不媳妇管你什么事。"

母亲想起什么事来了，抿着口痴了半天，轻轻地叹了一口气。

过几天，那个白帽白袍的女人，却同总爷家一个小女孩子到碾坊来玩了，玩了大半天，说了许多话，妈妈因为第一次有这么一个客人，所以走出走进，只想杀一只母鸡留客吃饭，但又不敢开口，所以十分为难。

三三则把客人带到溪下游一点有水车的地方去，玩了好一阵，在水边摘了许多金针花，回来时又取了钓竿，搬了凳子，到溪边去陪白帽子女人钓鱼。

溪里的鱼好像也知道凑趣。那女人一根钓竿，一会儿就得了四只大鲫鱼，使她十分欢喜。到后应当回去了，女人不肯拿鱼回去，母亲可不答应，一定要她拿去。并且因为白帽子女人说南瓜子好吃，就又另外取了一口袋的生瓜子，要同来的那个小女孩代为拿着。

再过几天那白脸人同总爷家管事先生，也来钓了一次鱼，又拿了许多礼物回去。

再过几天那病人却同女人在一块儿来了，来时送了一些用瓶子装的糖，还送了些别的东西，使主人不知如何措置手脚。因为不敢留这两个尊贵人吃饭，所以到两人临走时，三三母亲还捉了两只活鸡，一定要他们带回去。两人都说留到这里生蛋，用不着捉去，还不行，到后说等下一次来再杀鸡，那两只鸡才被开释放下了。

自从这两个客人到碾坊这次以后，碾坊里有点不同过去的样子，母女两人说话，提到"城里"的事情就渐渐多了。城里是什么样子，城里有些什么好处，两人本来全不知道。两人用总爷家的派头,同那个白脸男子白袍女人的神气,以及平常从乡下人听来的种种,作为想象的根据,模拟到城里的一切景况,都以为城里是那么一种样子:一座极大的用石头垒就的城,这城里就有许多好房子,每一栋好房子里面住了一个老爷同一群少爷,每一个人家都有许多成天穿了花绸衣服的女人,装扮得同新娘子一样,坐在家中房里,什么事也不必做。每一个人家,房子里一定都有许多跟班同丫头,跟班的坐在大门前接客人的名片,丫头便为老爷剥莲心去燕窝的毛。城里一定有很多条大街,街上全是车马,城里有洋人,脚杆直直的,就在这类大街上走来走去。城里还有大衙门,许多官如包龙图一样,威风凛凛,一天审案到夜,夜了还得点了灯审案。城里还有铺子,卖的是各样稀奇古怪的东西。城里一定还有许多庙,庙里成天有人唱戏,成天也有人看戏,看戏的全是坐在一条板凳上,一面看戏一面剥黑瓜子。

自然这些情形都是实在的。这想象中的都市,像一个故事一样动人,保留在母女两人心上,却永远不使两人痛苦。她们在自己习惯中得到幸福,却又从幻想中得到快乐,所以若说过去的生活是很好的,那到后来可说是更好了。

但是,从另外一些记忆上,三三的妈妈却另外还想起了一些事情,因此有好几回同三三说话到城里时,却忽然又住了口不说下去。三三询问这是什么意思,母亲就笑着,仿佛意思就只是想笑一会儿,什么别的意思也没有。

三三可看得出母亲笑中有原因，但总没有方法知道这另外原因是件什么事情。或者是妈妈预备要搬进城里，或者是做梦到过城里，或者是因为三三长大了，背影子已像一个新娘子了，妈妈惊讶着，这些躲在老人家心上一角儿的事可多着哪。三三自己也常常发笑，且不让母亲知道那个理由，每次到溪边玩，听母亲喊"三三你回来吧"，三三一面走一面总轻轻地说："三三不回来了，三三永不回来了。"为什么说不回来，不回来又到些什么地方来落脚，三三不曾认真打量过。

有时候两人都说到前一晚上梦中去过的城里，看到大衙门大庙的情形，三三总以为母亲到的是一个城里，她自己所到又是一个城里。城里自然有许多，同寨子差不多一样，这个三三老早就想到了的。三三所到的城里一定比母亲所到的还远一点，因为母亲凡是梦到城里时，总以为同总爷家那堡子差不多，只不过大了一点，却并不很大。三三因为听到那白帽子女人说过，一个城里看护至少就有两百，所以她梦到的就是两百个白帽子人的城里！

妈妈每次进寨子送鸡蛋去，总说他们问三三，要三三去玩，三三却怪母亲不为她梳头。但有时头上辫子很好，却又说应当换干净衣服才去。一切都好了，三三却常常临时又忽然不愿意去了。母亲自然是不强着三三的，但有几次母亲有点不高兴了，三三先说不去，到后又去，去到那里，两人是都很快乐的。

人虽不去大寨，等待妈妈回来时，三三总很愿意听听说到那一面的事情。母亲一面说，一面注意三三的眼睛，这老人家懂得到三三心事。她自己以为十分懂得三三，所以有时话说得也稍多了一点，譬如关于白帽子女人，如何照料白脸男子那一类事，母亲说时总十分温柔，同时看三三的眼睛，也照样十分温柔，于是，这母亲，忽然又想到了远远的什么一件事，不再说下去，三三也想到了另外一件事，不必妈妈说话了，这母女二人就沉默了。

总爷家管事，有次过碾坊来了，来时三三已出到外边往下溪水车边采金针花去了。三三回碾坊时，望到母亲同那个管事先生商量什么似的在那里谈话，管事一见到三三，就笑着什么也不说。三三望望母亲的脸，从母亲脸上颜色，也看出像有些什么事，很有点凑巧。

那管事先生见到三三就说："三三，我问你，怎么不到堡子里去玩，有人等你！"

三三望到自己手上那一把黄花，头也不抬说："谁也不等我。"

管事先生说："你的朋友等你。"

"没有人是我的朋友。"

"一定有人！"

"你说有就有吧。"

"你今年几岁，是不是属龙的？"

三三对这个谈话觉得有点古怪，就对妈妈看着，不即作答。

管事先生却说:"你不说我也知道,你妈妈还刚刚告我,四月十七,你看对不对?"

三三心想,四月十七五月十八你都管不着,我又不稀罕你为我拜寿。但因为听说是妈妈告的,三三就奇怪,为什么母亲同别人谈这些话。她就对母亲把小小嘴唇扁了一下,怪着她不该同人说起这些,本来折的花应送给母亲,也不高兴了,就把花放在休息着的碾盘旁,跑出到溪边,拾石子打飘飘梭去了。

不到一会儿,听到母亲送那管事先生出来了,三三赶忙用背对着大路,装着眺望溪对岸那一边牛打架的样子,好让管事先生走去。管事先生见三三在水边,却停顿到路上,喊三姑娘,喊了好几声,三三还故意不理会,又才听到那管事先生笑着走了。

管事先生走后,母亲说:"三三,进屋里来,我同你说话。"三三还是装作不听到,并不回头,也不作答。因为她似乎听到那个管事先生,临走时还说,"三三你还得请我喝酒",这喝酒意思,她是懂得到的,所以不知为什么,今天却十分不高兴这个人。同时因为这个人同母亲一定还说了许多话,所以这时对母亲也似乎不高兴了。

到了晚上,母亲因为见三三不大说话,与平时完全不同了,母亲说:"三三,怎么,是不是生谁的气?"

三三口上轻轻地说"没有",心里却想哭一会儿。

过两天,三三又似乎仍然同母亲讲和了,把一切事都忘掉了，可是再也不提到大寨里去玩，再也不提醒母亲送鸡蛋给人了，同时母亲那一面，似乎也因为了一件事情，不大同三三提到城里的什么，不说是应当送鸡蛋到大寨去了。

日子慢慢地过着，许多人家田堤的新稻，为了好的日头同恰当的雨水，长出的禾穗全垂了头。有些人家的新谷已上了仓，有些人家摘着早熟的禾线，舂出新米各处送人尝新了。

因为寨子里那家嫁女的好日子快到了，搭了信来接母女两人过去陪新娘子，母亲正新给三三缝了一件葱绿布围裙，故要三三去住两天。三三没有什么理由可以说不去，所以母女两人就带了些礼物到寨子里来了。到了那个嫁女的家里，因为一乡的风气，在女人未出阁以前，有展览妆奁的习惯，一寨子的女人皆可来看，所以就见到了那个白帽子的女人。她因为在乡下除了照料病人就无什么事情可做，所以一个月来在乡下就成天同乡下女人玩玩，如今随了别的女人来看嫁妆，所以就碰到了这母女两人。

一见面，这白帽子女人便用城里人的规矩，怪三三母亲，问为什么多久不到总爷家里来看他们，又问三三为什么忘了她，这母女两人自然什么也不好说，只按照到一个乡下人的方法，望到略显得黄瘦了的白帽子女人笑着。后来这白帽子的女人，就告给三三妈妈，说病人的病还不什么好，城里医生来了一次，以为秋天还要换换地方，预备八月里就回城去，再要到一个顶远的有海的地方养息。因为不久就要走了，所以她自己同病人，都很想念母女两人，同那个小小碾坊。

这白帽子女人又说：曾托过人带信要她们来玩的，不知为什么她们不来。又说她很想再来碾坊那小潭边钓鱼，可是又因为天气热了一点。

这白帽子女人，望到三三的新围裙，就说：

"三三，你这个围腰真美，妈妈自己做的是不是？"

三三却因为这女人一个月以来脸晒红多了，就望着这个人的红脸好笑。

母亲说："我们乡下人，要什么讲究东西，只要穿得身上就好了。"因为母亲的话不大实在，三三就轻轻地接下去说："可是改了三次。"

那白帽子女人听到这个话，向母女笑着："老太太你真有福气，做你女儿的也真有福气。"

"这算福气吗？我们乡下人哪里比得城里人好。"

因为有两个人正抬了一盒礼过去，三三追了过去想看看是什么。白帽子女人望着三三的背影："老太太，你三姑娘陪嫁的，一定比这家还多。"

母亲也望那一方说："我们是穷人，姑娘嫁不出去的。"

这些话三三都听到，所以看完了那一抬礼，还不即过来。

说了一阵话，白帽子女人想邀母女两人到总爷家去看看病人，母亲看到三三有点不高兴，同时且想起是空手，乡下人照例又不好意思空手进人家大门，所以就答应过两天再去。

又过了几天，母女二人在碾坊，因为谈到新娘子敷水粉的事情，想起白帽子女人的脸，一到乡下后就晒红了许多的情形，且想起那天曾答应人家的话了，故妈妈问三三，什么时候高兴去寨子里总爷家看"城里人"，三三先是说不高兴，到后又想了一下，去也不什么要紧，就答应母亲，不拘哪一天去都行。既然不拘什么时候，那么，自然第二天就可以去了。

因为记起那白帽子女人说的话，很想来碾坊玩，所以三三要母亲早上同去，好就便邀客来，到了晚上再由三三送客回去。母亲则因为想到前次送那两只鸡，客答应了下次来吃，所以还预备早早地回来，好杀鸡款客。

一早上，母女两人就提了一篮鸡蛋，向大寨走去。过桥，过竹林，过小小山坡，道旁露水还湿湿的，金铃子像敲钟一样，叮叮地从草里发出声音来，喜鹊喳喳地叫着从头上飞过去。母亲走在三三的后面，看到三三苗条如一根笋子，拿着棍儿一面走一面打道旁的草，记起从前总爷家管事先生问过她的话，不知道究竟是些什么意思。又想到几天以前，白帽子女人说及的话，就觉得这些从三三日益长大快要发生的事，不知还有许多。

她零零碎碎就记起一些属于别人的印象来了……一顶凤冠，用珠子穿好的，搁到谁的头上？二十抬贺礼，金锁金鱼，这是谁？……床上撒满了花，同百果莲子枣子，这是谁？……四个奶妈还说不合适，这是谁？……三三是不是城里人？……

若不是滑了一下，向前一蹿，这梦还不知如何放肆做下去。

因为听到妈妈口上连做呸呸，三三才回过头来："娘，你怎么，想些什么，差点儿把鸡蛋篮子也摔了。你想些什么？"

"我想我老了，不能进城去看世界了。"

"你难道欢喜城里吗？"

"你将来一定是要到城里去的！"

"怎么一定？我偏不上城里去！"

"那自然好极了。"

两人又走着，三三忽然又说："娘，娘，为什么你说我要到城里去？"

母亲忙说："你不去城里，我也不去城里。城里天生是为城里人预备的，我们自然有我们的碾坊，不会离开。"

不到一会儿，就望到大寨那门楼了，总爷家在大寨南方，门前有许多大榆树和梧桐树，两人进了寨门向南走，快要走到时，就望到些榆树下面，有许多人站立，好像看热闹似的，其中还有一些人，忙手忙脚地搬移一些东西，看情形好像是总爷家发生了什么事情，或者来了远客，或者还有别的原因，所以母女两人也不什么出奇，仍然慢慢地走过去。三三一面走一面说："莫非是衙门的官来了，娘，我在这里等你，你先过去看看吧。"妈妈随随便便答应着，心里觉得有点蹊跷，就把篮子放下要三三等着，自己赶上前去了。

这时恰巧有个妇人抱了自己孩子向北走，预备回家去，看到三三了，就问："三三，怎么你这样早，有些什么事？"但同时却看到了三三篮里的鸡蛋了,"三三,你送谁的礼呢?"

三三说:"随便带来的。"因为不想同这人说别的话,故低下头去,用手攀弄那个盘云的葱绿围腰扣子。

那妇人又说:"你妈呢?"

三三还是低着头用手向南方指着:"过那边去了。"

那女人说:"那边死了人。"

"是谁死了?"

"就是上个月从城中搬来在总爷家养病的少爷,只说是病,前一些日还常常同管事先生出面玩,谁知就死了。"

三三听到这个,心里一跳,心想,难道是真话吗?

这时,母亲从那边也知道消息了,匆匆忙忙地跑回来,脸儿白白的,到了三三跟前,什么话也不说,拉着三三就走,好像是告三三,又像是自言自语地说:"就死了,就死了,真不像会死!"

但三三却立定了,三三问:"娘,那白脸先生死了吗?"

"都说是死了的。"

"我们难道就回去吗?"

母亲想想,真的,难道就回去?

因此母女两人又商量了一下,还是到总爷家去看看,知道究竟是些什么原因,三三且想见见那白帽子女人,找到白帽子女人一切就明白了,但一走进总爷家门边,望到许多人站在那里,大门却敞敞地开着,两人又像怕人家知道她们是来送礼的,不敢进去。在那里就听到许多人说到这个白脸人的一切,说到那个白帽子女人，称呼她为病人的媳妇，又说到别的，都显然证明这些人并不同这两个城里人有什么熟识。

三三脸白白地拉着妈妈的衣角，低声地说"走"，两人就走了。

到了磨坊，因为有人挑了谷子来在等着碾米，母亲提着蛋篮子进去了，三三站立溪边，眼望一泓碧流，心里好像掉了什么东西，极力去记忆这失去的东西的名称，却数不出。

母亲想起三三了，在里面喊着三三的名字，三三说："娘，我在看虾米呢。"

"来把鸡蛋放到坛子里去，虾米在溪里可以成天看！"因为母亲那么说着，三三只好进去了。磨盘正开始在转动，母亲各处找寻油瓶，三三知道那个油瓶挂在门背后，却不作声，尽母亲各处去找。三三望着那篮子就蹲到地下去数着那篮里的鸡蛋，数了半天，后来碾米的人，问为什么那么早拿鸡蛋往别处去送谁，三三好像不曾听到这个话，站起身来又跑出去了。

起八月五日讫九月十七日（青岛）

柏子

把船停顿到岸边,岸是辰州的河岸。

于是客人可以上岸了,从一块跳板走过去。跳板一端固定在码头石级上,一端搭在船舷,一个人从跳板走过时,摇摇荡荡不可免。凡要上岸的全是那么摇摇荡荡上岸了。

泊定的船太多了,沿岸泊,桅子数不清,大大小小随意矗到空中去,桅子上的绳索像纠纷到成一团,然而却并不。

每一个船头船尾全站得有人穿青布蓝布短汗褂,口里嚼了长长的旱烟杆，手脚露在外面让风吹——毛茸茸的像一种小孩子想象中的妖洞里喽啰毛脚毛手。看到这些手脚，很容易记起"飞毛腿"一类英雄名称。可不是，这些人正是……桅子上的绳索掯定活车，拖拉全无从着手时，看这些飞毛腿的本领，有的是机会显露！毛脚毛手所有的不单是毛，还有类乎钩子的东西，光溜溜的桅，只要一贴身，便飞快地上去了。为表示上下全是儿戏，这些年轻水手一面整理绳索一面还将在上面唱歌，那一边桅上，也有这样人时，这种歌便来回唱下去。

昂了头看这把戏的，是各个船上的伙计。看着还在下面喊着。左边右边，不拘要谁一个试上去，全是容易之至的事，只是不得老舵手吩咐，则不敢放肆而已。看的人全已心中发痒，又不能随便爬上桅子顶尖去唱歌，逗其他船上媳妇发笑，便开口骂人。

"我的儿，摔死你！"

"我的孙，摔死了你看你还唱！"

"……"

全是无恶意而快乐的笑骂。

仍然唱，且更起劲了一点。但可以把歌唱给下面骂人的人听，当先若唱的是"一枝花"，这时唱的便是"众儿郎"了。"众儿郎"却依然笑嘻嘻地昂了头看这唱歌人，照例不能生气的。

可是在这情形中，有些船，却有无数黑汉子，用他的毛手毛脚，盘着大而圆的黑铁桶，从舱中滚出，也是那么摇摇荡荡跌到岸边泥滩上了。还有做成方形用铁皮束腰的洋布,有海带,有鱿鱼,有药材……这些东西同搭客一样,在船上舱中紧挤着卧了二十天或十二天,如今全应当登岸了。登岸的人各自还家,各自找客栈,各自吃喝,这些货物却各自为一些大脚婆子走来抱之负之送到各个堆栈里去。

在各样匆忙情形中,便正有闲之又闲的一类人在。这些人住到另一个地方,耳朵能超然于一切嘈杂声音以上,听出桅子上人的歌声——可是心也正忙着,歌声一停止,唱歌地方代替了一盏红风灯以后,那唱歌的人便已到这听歌人的身边了。桅上用红灯,不消说是夜里了。河边夜里不是平常的世界。

落着雨,刮着风,各船上了篷,人在篷下听雨声风声,江波吼哮如癫子,船只纵互相牵连互相依靠,也簸动不止,这一种情景是常有的。坐船人对此绝不奇怪,不欢喜,不厌恶,因为凡是在船上生活,这些平常人的爱憎便不及在心上滋生了(有月亮又是一种趣味,同晚日与早露,各有不同)。然而他们全不会注意。船上人心情若必须勉强分成两种或三种,这分类方法得另做安排。吃牛肉与吃酸菜,是能左右一般水手心情的一件事。泊半途与湾口岸,这于水手们情形又稍稍不同。不必问,牛肉比酸菜合乎这类"飞毛腿"胃口,船在码头停泊他们也欢喜多了!

如今夜里既落小雨,泥滩头滑溜溜使人无从立足,还有人上岸到河街去。

这是其中之一个，名叫柏子，日里爬桅子唱歌，不知疲倦，到夜来，还依然不知道疲倦，所以如其他许多水手一样，在腰边板带中塞满了铜钱，小心小心地走过跳板到岸边了。先是在泥滩上走，没有月，没有星，细毛毛雨在头上落，两只脚在泥里慢慢翻——成泥腿，快也无从了——目的是河街小楼红红的灯光，灯光下有使柏子心开一朵花的东西存在。

灯光多无数，每一小点灯光便有一个或一群水手，灯光还不及塞满这个小房，快乐却将水手们胸中塞紧，欢喜在胸中涌着，各人眼睛皆眯了起来。沙喉咙的歌声笑声从楼中溢出，与灯光同样，溢进上岸无钱守在船中的水手耳中眼中时，便如其他世界一样，反应着欢喜的是诅咒。那些不能上岸的水手，他们诅咒着，然而一颗心也摇摇荡荡上了岸，且不必冒滑滚的危险，全各以经验为标准，把心飞到所熟悉的楼上去了。

酒与烟与女人，一个浪漫派文人非此不能夸耀于世人的三样事，这些喽啰们却很平常地享受着。虽然酒是醲冽的酒，烟是平常的烟，女人更是……然而各个人的心是同样的跳，头脑是同样的发迷，口——我们全明白这些平常时节只是吃酸菜南瓜臭牛肉以及说点下流话的口，可是到这时也粘粘糍糍，也能找出所蓄于心各样对女人的诌谀言语，献给面前的妇人，也能粗粗鲁鲁地把它放到妇人的脸上去，脚上去，以及别的位置上去。他们把自己沉浸在这欢乐空气中，忘了世界，也忘了自己的过去与未来。女人则帮助这些可怜人，把一切穷苦一切期望从这些人心上挪去。

放进的是类乎烟酒的兴奋与醉麻。在每一个妇人身上，一群水手同样做着那顶切实的顶勇敢的好梦，预备将这一月贮蓄的金钱与精力，全倾之于妇人身上，他们却不曾预备要人怜悯，也不知道可怜自己。

他们的生活，若说还有使他们在另一时反省的机会，仍然是快乐的吧。这些人，虽然缺少眼泪，却并不缺少欢乐的承受！

其中之一的柏子，为了上岸去找寻他的幸福，终于到一个地方了。

先打门，用一个水手通常的章法，且吹着哨子。

门开后，一只泥腿在门里，一只泥腿在门外，身子便为两条胳膊缠紧了，在那新刮过的日炙雨淋粗糙的脸上，就贴紧了一个宽宽的温暖的脸子。

这种头香油是他所熟悉的。这种抱人的章法，先虽说不出，这时一上身却也熟悉之至。还有脸，那么软软的，混着脂粉的香，用口可以吮吸。到后是，他把嘴一歪，便找到了一个湿的舌子了，他咬着。

女人挣扎着，口中骂着：

"悖时的！我以为你到常德府被婊子尿冲你到洞庭湖了！"

"老子把你舌子咬断！"

"我才要咬断你……"

进到里面的柏子，在一盏"满堂红"灯下立定。妇人望他痴笑。这一对是并肩立着，他比她高一个头，他蹲下去，像整理橹绳那样扳了妇人的腰身时，妇人身便朝前倾。

"老子摇橹摇厌了，要推车。"

"推你妈！"妇人说，一面搜索柏子身上的东西。搜出的东西便往床上丢去，又数着东西的名字，"一瓶雪花膏、一卷纸、一条手巾。一个罐子——这罐子装什么？"

"猜呀！"

"猜你妈，忘了为我带的粉吗？"

"你看那罐子是什么招牌！打开看！"

妇人不认识字，看了看罐上封皮，一对美人儿画像。把罐子在灯前打开，放鼻子边闻闻，便打了一个嚏。柏子可乐了，不顾妇人如何，把罐子抢来放在一条白木桌上，便擒了妇人向床边倒下去。

灯光明亮，照着一堆泥脚迹在黄色楼板上。

外面雨大了。

张耳听，还是歌声与笑骂声音。房子相间多只一层薄薄白木板子，比吸烟声音还低一点的声音也可以听出，然而人全无闲心听隔壁。

柏子的纵横脚迹渐干了，在地板上也更其分明。灯光依然，对一对横搁在床上的人照得清清楚楚。

"柏子，我说你是一个牛。"

"我不这样，你就不信我在下头是怎么规矩！"

"你规矩！你赌咒你干净得可以进天王庙！"

"赌咒也只有你妈去信你，我不信。"

柏子只有如妇人所说，粗鲁得同一只小公牛一样。到后于是喘息了，松弛了，像一堆带泥的吊船棕绳，散漫地搁在床边上。

肥肥的奶子两手抓紧，且用口去咬。又咬她的下唇，咬她的膀子，咬她的大腿……一点不差，这柏子就是日里爬桅子唱歌的柏子。

妇人望到他这些行为发笑，妇人是翻天躺的。

过一阵，两人用一个烟盘做长城，各据长城一边，烧烟吃。

妇人一旁烧烟一旁唱《孟姜女》给柏子听，在这样情形下的柏子，喝一口茶且吸一泡烟，像是做皇帝。

"婊子我告给你听，近来下头媳妇才标得要命！"

"你命怎么不要去，又跟船到这地方来？"

"我这命送她们，她们也不要。"

"不要的命才轮到我。"

"轮到你，你这……好久才轮到我！我问你，到底有多少日子才轮到我？"

妇人嘴一扁，举起烟枪把一个烧好的烟泡装上，就将烟枪送过去塞了柏子的嘴，省得再说浑话。

柏子吸了一口烟，又说："我问你，昨天有人来？"

"来你妈！别人早就等你。我算到日子，我还算到你这尸……"

"老子若是真在青浪滩上泡坏了，你才乐！"

"是，我才乐！"妇人说着便稍稍生了气。

柏子是正要妇人生气才欢喜的。他见妇人把脸放下，便把烟盘移到床头去。长城一去情形全变了。一分钟内局面成了新样子。柏子的泥腿从床沿下垂，绕了这腿的上部的是用红绸做就套鞋的小脚。

一种丑的努力，一种神圣的愤怒，是继续，是开始。

柏子冒了大雨在河岸的泥滩上慢慢地走着，手中拿的是一段燃着火头的废缆子，光旺旺地照到周围三尺远近。光照前面的雨成无数反光的线，柏子全无所遮蔽地从这些线林穿过，一双脚浸在泥水里面——把事情做完了，他回船上去。

雨虽大，也不忙。一面怕滑倒，一面有能防雨——或者不如说忘雨的东西吧。

他想起眼前的事心是热的。想起眼前的一切，则头上的雨与脚下的泥，全成为无须置意的事了。

这时妇人是睡眠了，还是陪别一个水手又来在那大白木床上做某种事情，谁知道。柏子也不去想这个。他把妇人的身体，记得极其熟悉；一些转弯抹角地方，一些幽僻地方，一些坟起与一些窟窿，恰如离开妇人身边一千里，也像可以用手摸，说得出尺寸。妇人的笑，妇人的动，也死死地像蚂蟥一样钉在心上。这就够了。他的所得抵得过一个月的一切劳苦，抵得过船只来去路上的风雨太阳，抵得过打牌输钱的损失，抵得过……他还把以后下行日子的快乐预支了。这一去又是半月或一月,他很明白的。以后也将高高兴兴地做工,高高兴兴地吃饭睡觉,因为今夜已得了前前后后的希望,今夜所"吃"的足够两个月咀嚼,不到两月他可又回来了。

他的板带钱已光了,这种花费是很好的一种花费。并且他也并不是全无计算,他已预先留下了一小部分钱,作为在船上玩牌用的。花了钱,得到些什么,他是不去追究的。钱是在什么情形下得来,又在什么情形下失去,柏子不能拿这个来比较。总之比较有时像也比较过了,但结果不消说还是"合算"。

轻轻地唱着《孟姜女》,唱着《打牙牌》,到得跳板边时,柏子小心小心地走过去,预定的《十八摸》便不敢唱了——因为老板娘还在喂小船老板的奶,听到哄孩子声音,听到吮奶声音。

辰州河岸的商船各归各帮,泊船原有一定地方,各不相混。可是每一只船,把货一起就得到另一处去装货,因此柏子从跳板上摇摇荡荡上过两次岸,船就开了。

(选自《雨后》)

贵生

贵生在溪沟边磨他那把镰刀，锋口磨得亮堂堂的。手试一试刀锋后，又向水里随意砍了几下。秋天来溪水清个透亮，活活地流，许多小虾子脚攀着一根草，在水里游荡，有时又躬着个身子一弹，远远地弹去，好像很快乐。贵生看到这个也很快乐。天气极好，正是城市里风雅人所说"秋高气爽"的季节，贵生的镰刀如用得其法，就可以过一个有鱼有肉的好冬天。秋天来遍山土坎上芭茅草开着白花，在微风里轻轻地摇，都仿佛向人招手似的说:"来,割我,乘天气好磨快了你的刀,快来割我,挑进城里去,八百钱一担,换半斤盐好,换一斤肉也好,随你的意!"贵生知道这些好处。并且知道五担草就能够换个猪头,揉四两盐腌起来,那对猪耳朵,也够下酒两三次!一个月前打谷子时,各家田里放水,人人用鸡笼在田里罩肥鲤鱼,贵生却磨快了他的镰刀,点上火把,半夜里一个人在溪沟里砍了十来条大鲤鱼,全用盐揉了,挂在灶头用柴烟熏。现在磨刀,就准备割草,挑上城去换年货。正像俗话说的:两手一肩,快乐神仙。村子里住的人,几年来城里东西样样贵,生活已大不如从前,可是一个单身汉子,年富力强,遇事肯动手,又不胡来乱为,过日子总还容易。

贵生住的地方离大城廿里,离张五老爷围子两里。五老爷是当地财主,近边山坡田地大部分归五老爷管业,所以做田种地的人都与五老爷有点关系。五老爷要贵生做长工,贵生以为做长工不是住围子就得守山,行动受管束,大不愿意。自己用镰刀砍竹子,剥树皮,搬石头,在一个小土坡下,去溪水不远处,借五老爷土地砌了一幢小房子,帮五老爷看守两个种桐子的山坡,作为借地住家的交换。住下来他砍柴割草为生。春秋二季农事当忙时,有人要短工帮忙,他邻近五里无处不去帮忙(食量抵两个人,气力也抵两个人)。逢年过节村子里头行人捐钱扎龙灯上城去比赛,他必在龙头前斗宝,把个红布绣球舞得一团火似的,受人喝彩。春秋二季答谢土地,村中人合伙唱戏,他扮王大娘补缸的补缸匠，卖柴扒的程咬金。他欢喜喝一杯酒，可不同人酗酒打架。他会下盘棋，可不像许多人那样变棋迷。间或也说句笑话，可从不用口角伤人。为人稍微有点子憨劲，可不至于傻相。有时到围子里去，五老爷送他一件衣服、一条裤子，或半斤盐，他心中不安，必在另外一时带点东西去补偿。他常常进城去卖柴卖草，就把钱换点应用东西。城里尚有个五十岁的老舅舅，给大户人家做厨子，不常往来，两人倒很要好。进城看望舅舅时，他照例带点礼物，不是一袋胡桃、一袋栗子，就是一只山上装套捕住的黄鼠狼，或是一只野鸡。到城里有时住在舅舅处，那舅舅晚上无事，必带他上河沿天后宫去看夜戏，消夜时还请他吃一碗牛肉面。

在乡下，远近几里村子上的人，都和他相熟，都欢喜他。他却乐意到离住处不远桥头一个小生意人铺子里去。那开杂货铺的老板是浦市人，本来飘乡做生意，每月一次，挑货物各个村子里去和乡下人讲买卖，吃的用的全卖。到后来看中了那个桥头，知道官路上往来人多，与其从城里打了货四乡跑，还不如在桥头安个家。一面做各乡生意，一面搭个亭子给过路人歇脚，就近做过路人买卖。因此，就在桥头安了家。住处一定，把老婆和一个十三岁的小女孩也接来了。浦市人本来为人和气，加之几年来与附近各村子各大围子都有往来，如今来在桥头开铺子，生意发达是很自然的。那老婆照浦市人中年妇女打扮，头上长年裹一块长长的黑色绉绸首帕，把眉毛拔得细细的。见男的必称大哥，女的称嫂子,待人特别殷勤。因此不到半年,桥头铺子不但成为乡下人买东西地方,并且也成为乡下人谈天取乐地方了。夏天桥头有三株大青树,特别凉爽,冬天铺子里土地上烧的是大树根和油枯饼,火光熊熊——真可谓无往不宜。

贵生与铺子里人大小都合得来,那杂货铺老板娘待他很好,他对那个女儿也很好。山上多的是野生瓜果,栗子榛子不出奇,三月里他给她摘大莓,六月里送她地枇杷,八九月里还有出名当地,样子像干海参,瓤白如玉如雪的八月瓜,尤其逗那女孩子欢喜。女孩子名叫金凤。那老板娘一年前因为回浦市去吃喜酒,害蛇钻心病①死掉了,杂货铺充补了个毛伙,全身无毛病,只因为性情活跳,取名叫作癞子。

贵生不知为什么总不大欢喜那癞子,两人谈话常常顶板,癞子老是对他嘻嘻笑。贵生说:"癞子,你若在城里,你是流氓;你若在书上,你是奸臣。"癞子还对他笑。贵生不欢喜癞子,那原因杂货铺老板倒知道,因为贵生怕癞子招亲,从帮手改驸马。

贵生其时正在溪水边想癞子会不会做"卖油郎",围子里有人搭口信来,说五爷下乡了,要贵生去看看南山桐子熟了没有。看过后去围子里回话。

贵生听了信,即刻去山上看桐子。

贵生上了山,山上泥土松松的,一下脚,大而黑的油,小头

---

① 蛇钻心病,指心绞痛。

尖尾的金铃子,各处乱蹦。几个山头看了一下,只见每株树枝都被饱满坚实的桐木油果压得弯弯的。好些已落了地,山脚草里到处都是。因为一个土塍上有一片长藤,上面结了许多颜色乌黑的东西,一群山喜雀喳喳地叫着,知道八月瓜已成熟了,赶忙跑过去。山喜雀见人来就飞散了,贵生把藤上八月瓜全摘下来,装了半斗笠,预备带回去给桥头人吃。

贵生看过桐子,晚半天天气还早,就往围子去禀告五爷。

到围子时,见院里搁了一顶轿子,几个脚夫正闭着眼蹲在石碌碡上吸旱烟管。贵生一看知道城里另外来了人,转身往仓房去找鸭毛伯伯。鸭毛伯伯是五老爷围子里老长工,每天坐在仓房边打草鞋。仓房不见人,又转往厨房去,才见着鸭毛伯伯正在小桌边同几个城里来的年轻伙子坐席,用大提子从黑色瓮缸里舀取烧酒,煎干鱼下酒。见贵生来就邀他坐下,参加他们的吃喝。原来新到围子的是四爷,刚从河南任上回城,赶来看五爷,过几天又得往河南去。几个人正谈到五爷和四爷在任上的种种有趣故事。

一个从城里来的小秃头,老军务神气,一面笑一面说:

"人说我们四老爷实缺骑兵旅长是他自己玩掉的。一个人爱玩,衣禄上有一笔账目,不玩销不了账,死后下一生还是玩。上年军队扎在汝南地方,一个月他玩了八个,把那地方尖子货全用过了,还说:这是什么鬼地方,女人都是尿脬做成的,要不得。一身白得像灰面,松塌塌的,一点儿无意思,还装模作态,这样那样。你猜猜花多少钱。四十块一夜,除王八外快不算数。你说,年轻人出外胡闹不得,我问你,我们想胡闹,成不成?一个月七块六,伙食三块三除外还剩多少?不剃头,不洗衣,留下钱来一年还不够玩一次,我的伯伯,你就让我胡闹我从哪里闹起!"

另一高个儿将爷说:

"五爷人倒好,这门路不像四爷乱花钱。玩也玩得有分寸,一百八十随手撒,总还定个数目。"

鸭毛伯伯说:

"牛肉炒韭菜,各人心里爱。我们五爷花姑娘弄不了他的钱,花骨头可迷住了他。往年同老太太在城里住,一夜输二万八,头家跟五爷上门来取话,老太太爱面子,怕五爷丢丑,以后见不得人,临时要我们从窖里挖银子,元宝一对一对刨出来,点数给头家。还清了债,笑着向五爷说,不要紧,手气不好,莫下注给人当活元宝啃,说张家出报应!"

"别人说老太太是怄气病死的。"

"可不是。花三万块钱挣了一个大面子,明明白白五爷上了人的当,怎不生气?病了四十天,完了,死了。"

"可是五爷为人有义气,老太太死时,他办丧事做了七七四十九天道场,花了一万六千块钱,谁不知道这件事。都说老太太心好命好,活时享受不尽,死后还带了万千元宝锞子,四十个丫头老妈子照管箱笼,服侍她老人家一直往西天,热闹得比段老太太出丧还人多，执事挽联一里路长。有个孝子尽孝，死而无憾。"

鸭毛伯伯说：

"五爷怕人笑话，所以做面子给人看。因为老太太爱面子，五爷又是过房的，一过来就接收偌大一笔产业，老太太如今归天了，五爷花钱再多也应该。花了钱，不但老太太有面子，五爷也有面子。人都以为五爷傻，他才真不傻！若不是花骨头迷心，他有什么可愁的。"

"不多久在城里听说又输了五千，后来想冲一冲晦气，要在潇湘馆给那南花湘妃挂衣，六百块钱包办一切，还是四爷帮他同那老婊子说妥的。不知为什么，五爷自己临时变卦，去美孚洋行打那三抬一的字牌，一夜又输八百。六百给那'花王'开苞他不干，倒花八百去熬一夜，坐一夜三顶拐轿子，完事时给人开玩笑说：谢谢五爷送礼。真气坏了四爷。"

"花脚狗不是白面猫，各有各的脾气。银子到手哗啦哗啦花，你说莫花，这哪成！钱财是命里带来的；命里注定它要来，门板挡不住；命里注定它要去，索子链子缚不住。王皮匠捡了锭银子，睡时搂到怀里睡，醒来银子变泥巴。你我的命和黄花姑娘无缘，和银子无缘，就只和酒有点缘分，我们喝完了这碗酒，再喝一碗吧。贵生，同我们喝一碗，都是哥子弟兄，不要拘拘泥泥。"

贵生不想喝酒，捧了一大包板栗子，到灶边去，把栗子放在热灰里煨栗子吃。且告给鸭毛伯伯，五爷要他上山看桐子，今年桐子特别好，过三天就是白露，要打桐子也是时候了。哪一天打，定下日子，他好去帮忙。看五爷还有不有话吩咐，无话吩咐，他回家了。

鸭毛伯伯去见五爷禀白："溪口的贵生已经看过了桐子，山向阳，今年霜降又早，桐子全熟了，要捡桐子差不多了。贵生看五爷还有什么话告他。"

五爷正同城里来的四爷谈卜术相术，说到城里中街一个杨半痴，如何用哲学眼光推人流年吉凶和命根贵贱，把个五爷说得眉飞色舞。听说贵生来了，就要鸭毛叫贵生进来有话说。

贵生进院子里时，担心把五爷地板弄脏，赶忙脱了草鞋，赤着脚去见五爷。

五爷说："贵生，你看过了我们南山桐子吗？今年桐子好得很，城里油行涨了价，挂牌二十二两三钱，上海汉口洋行都大进，报上说欧洲整顿海军，预备世界大战，买桐油漆大战舰，要的油多。洋毛子欢喜充面子，不管国家穷富，军备总不愿落人后。仗让他们打，我们中国可以大发洋财！"

贵生一点不懂五爷说话的用意，只是呆呆地带着一点敬畏之忱站在堂屋角上。

鸭毛伯伯打圆儿说："五爷，我们什么时候打桐子？"

五爷笑着："要发洋财得赶快，外国人既等着我们中国桐油油船打仗，还不赶快一点？明天打后天打都好。我要自己去看看，就便和四爷打两只小毛兔玩；贵生，今年南山兔子多不多？

趁天气好，明天去吧。"

贵生说："五爷，您老说明天就明天，我家里烧了茶水，等五爷四爷累了歇个脚。没有事我就走了。"

五爷说："你回去吧。鸭毛，送他一斤盐、两斤片糖，让他回家。"

贵生谢了谢五爷，正转身想走出去，四爷忽插口说："贵生，你成了亲没有？"一句话把贵生问得不知如何回答，望着这退职军官把头摇着，只是呆笑。他心中想起几句流行的话语："婆娘婆娘，磨人大王，磨到三年，嘴尖毛长。"

鸭毛接口说："我们劝他看一门亲事，他怕被女人迷住了，不敢办这件事。"

四爷说："贵生，你怕什么？女人有什么可怕？你那样子也不是怕老婆的。我和你说，看中了什么人，尽管把她弄进屋里来。家里有个妇人对你有好处，你不明白。尽管试试看，不用怕！"

贵生还是呆笑，因为记起刚才在厨房里几个人的谈话，所以轻轻地说："一个人有一个人的命，勉强不来。"随即缩着肩膀同鸭毛走了。

四爷向五爷笑着说："五爷，贵生相貌不错，你说是不是？"

五爷说："一个大憨子，讨老婆进屋，我恐怕他还不会和老婆做戏！"

贵生拿了糖和盐回家，绕了点路过桥头杂货铺去看看，到桥头才知道当家的已进城办货去了,只剩下金凤坐在酒坛边纳鞋底。见了贵生,很有情致地含着笑看了他一眼。贵生有点不大自然,站在柜前摸出烟管打火吸烟,借此表示从容:"当家的快回来了?"

金凤说:"贵生,你也上城了吧,手里拿的是什么?"

"一斤盐、一斤糖,五老爷送我的。我到围子里去告他们打桐子。"

"你五老爷待人好。"

"城里四老爷也来了,还说明天要来山上打兔子……"贵生想起四爷说的一番话,咕咕地笑将起来。

金凤不知什么好笑,问贵生"四爷是个什么样人物"。

"一个军官,欢喜玩耍,听说做过军长,司令官,欢喜玩,把官也玩掉了。"

"有钱的总是这样过日子,做官的和开铺子的都一样。我们浦市源昌老板,十个大木排从洪江放到桃源县,一个夜里这些木排就完了。"

贵生知道这个故事,男的说起这个故事时,照例还得说是木簰流进妇人"孔"里去的。所以贵生失口说:"都是女人。"

金凤脸绯红,向贵生瞅着:"怎么,都是女人!你见过多少女人!女人也有好坏,和你们男子一样,不可一概而论!"

其时,正有三个过路人,过了桥头到铺子前草棚下,把担子从肩上卸下来,取火吸烟,看有什么东西可吃。买了一碗酒,三人共同喝酒。贵生预备把话和金凤接下去,不知如何说好。三个人不即走路,他就到桥下去洗手洗脚。过一阵走上来时,见三人正预备动身,其中一个顶年轻的,很多情似的,向金凤瞟着个眼睛,只是笑。掏钱时故意露出扣花抱肚上那条大银链子,且自言自语说:"银子千千万,难买一颗心。易求无价宝,难得有情郎。"三人走后,金凤低下头坐在酒坛上出神,一句话不说。贵生想把先前未完的话接续说下去,无从开口。

到后看天气很好,方说:"金凤,你要栗子,这几天山上油板栗全爆口了。我前天装了个套机,早上去看,一只松鼠正拱起个身子,在那木板上嚼栗子吃,见我来了不慌不忙地一溜跑去,好笑。你明天去捡栗子吧,地下多的是!"

金凤不搭理他,依然为先前过路客人几句轻薄话生气。贵生不大明白。于是又说:"你记不记得在我沙地上偷栗子,不是跑得快,我会打断你的手!"

金凤说:"我记得我不跑。我不怕你!"

贵生说:"你不怕我我也不怕你!"

金凤笑着:"现在你怕我。"

贵生好像懂得金凤话中的意思,向金凤眯眯笑,心里回答说:"我不怕。"

毛伙割了一大担草回来了,一见贵生就叫唤:"贵生,你不说上山割草吗?"

贵生不理会,却告给金凤,在山上找得一大堆八月瓜,她想要，明天自己去拿。因为明天打桐子，他得上山去帮忙，五爷四爷又说要来赶兔子，恐怕没空闲。

贵生走后毛伙说："金凤，这憨子，人大空心小。"

金凤说："莫乱说，他生气时会打死你。"

毛伙说："这种人不会生气。"

第二天，天一亮，贵生带了他的镰刀上山去。山脚雾气平铺，犹如展开一片白毯子，越拉越宽，也越拉越薄。远远地看到张家大围子嘉树成荫，几株老白果树向空挺立，更显得围子里家道兴旺。一切都像浮在云雾上头，缥缈而不固定，他想围子里的五爷四爷，说不定还在睡觉做梦！

可是一会儿田塍上就有马项铃哐啷哐啷响，且闻人语嘈杂，原来五爷四爷居然赶早都来了。贵生慌忙跑下坡去牵马。来的一共是十六个长工、十二个女工、四个跟随，还有几个捡荒的小孩子。大家一到地即刻就动起手来，从顶上打起，有的爬树，有的用竹竿巴巴地打，草里泥里到处滚着那种紫红果子。

四爷五爷看了一会儿，就厌烦了，要贵生引他们到家里去。家里灶头锅里的水已沸了，鸭毛给四爷五爷冲茶喝。四爷见斗笠里那一堆八月瓜，拿起来只是笑。

"五爷，你瞧这像个什么东西。"

"四爷，你真是孤陋寡闻，八月瓜也不认识。"

"我怎么不认识？我说它简直像女人的小……"

贵生因为预备送八月瓜给金凤，耳听到四爷说了那么一句粗话，心里不自在，顺口说道：

"四爷五爷欢喜，带回去吃吧。"

五爷取了一枚，放在热灰里煨了一会儿，捡出来剥去那层黑色硬壳，挖心吃了。四爷说那东西腻口甜不吃，却对于贵生家里一支钓鱼竿称赞不已。

四爷因此从钓鱼谈起，溪里、河里、江里、海里，以及北方芦田里钓鱼的方法，如何不同，无不谈到。忽然一个年轻女人在篱笆边叫唤贵生，声音又清又脆。贵生赶忙跑出去，一会儿又进来，抱了那堆八月瓜走了。

四爷眼睛尖，从门边一眼瞥见了那女的白首帕，大而乌光的发辫，问鸭毛："女人是谁？"鸭毛说："是桥头上卖杂货浦市人的女儿。内老板去年热天回娘家吃喜酒，在席面上害蛇钻心病死掉了，就只剩下这小毛头，今年满十六岁，名叫金凤。其实真名字倒应当是'观音'！卖杂货的大约看中了贵生，又憨又强一个好帮手，将来承继他的家业。贵生倒还拿不定主意，等风向转。白等。"

四爷说："老五，你真是宣统皇帝，住在紫禁城傻吃傻喝，围子外什么都不知道。山清水秀的地方一定地贵人贤，为什么不……"

鸭毛搭口说："算命的说女人八字重，克父母，压丈夫，所以人都不敢动她。贵生一定也怕克……"正说到这里，贵生回来了，脸庞红红的，想说一句话可不知说什么好，只是搓手。

五爷说："贵生，你怕什么？"

贵生先不明白这句话意思所指，茫然答应说："我怕精怪。"

一句话引得大家笑将起来，贵生也笑了。

几人带了两只瘦黄狗，去荒山上赶兔子，半天毫无所得。晌午时又回转贵生家过午。五爷问长工今年桐子收多少，知道比往年好，就告给鸭毛，分五担桐子给贵生酬劳，和四爷骑了马回围子去了。回去本不必从溪口过身，四爷却出主张，要五爷同他绕点路，到桥头去看看。在桥头杂货铺买了些吃食东西，和那生意人闲谈了好一阵，也好好地看了金凤儿眼，才转回围子。

回到围子里四爷又嘲笑五爷，以为在围子里做皇帝，不知民间疾苦。话有所指，五爷明白。

五爷说："四爷你真是，说不得一个人还从狗嘴里抢肉吃。"

四爷在五爷肩头打了一掌说："老五，别说了，我若是你，我就不像你，一块肥羊肉给狗吃。"

五爷只是笑，再不说话。一个人有一个人的分定，五爷欢喜玩牌，自己老以为输牌不输理，每次失败只是牌运差，并非功夫不高。五爷笑四爷见不得女人，城市里大鱼大肉吃厌了，注意野味。

这方面发生的事贵生自然全不知道。

贵生只知道今年多得了五担桐子，捡荒还可得三四担，家里有八担桐子，一个冬天夜里够消磨了。

日月交替，屋前屋后狗尾巴草都白了头在风里摇。大路旁刺梨一球球黄得像金子，已退尽了涩味，由酸转甜。贵生上城卖了十多回草，且卖了几篮刺梨给官药铺，算算日子，已是小阳春的十月了。天气转暖了一点，溪边野桃树有开花的。杂货铺一到晚上，毛伙就地烧一个树根，火光熊熊，用意像在向邻近住户招手，欢迎到桥头来，大家向火谈天。在这时节畜生草料都上了垛，谷粮收了仓，红薯也落了窖，正好大家休息休息的时候，所以日里晚上都有人在那里。晚上尤其热闹，因为间或还有告假回家的兵士和大兴场贩朱砂的客人，到杂货铺来述说省里新闻，天上地下说来无不令众人神往意移。

贵生到那里照例坐在火旁不大说话，一面听他们说话，一面间或瞟金凤一眼。眼光和金凤眼光相接时，血行就似乎快了许多。他也帮杜老板做点小事，也帮金凤做点小事。落了雨，铺子里他是唯一客人时，就默默地坐在火旁吸旱烟，听杜老板在美孚灯下打算盘滚账，点数余存的货物。贵生心中的算盘珠也扒来扒去，且数点自己的家私。他知道城里的油价好，十五斤油可换六斤棉花，两斤板盐。他今年有八担九担桐子，真是一注小财富！年底鱼呀肉呀全有了，就只差个人。有时候那老板把账结清了，无事可做，便从酒坛间找出一本红纸面的文明历书，来念那些附在历书下的酬世大全，命相神数。一排到金凤八字，必说金凤八字怪，斤两重，不是"夫人"就是"犯人"，克了娘不算过关，后来事情多。金凤听来只是抿着嘴笑。

或者正说起这类事，那杂货铺老板会突然发问："贵生，你想不想成家，你要讨老婆，我帮你忙。"

贵生瞅着向上的火焰说："你说真话假话？谁肯嫁我！"

"你要就有人。"

"我不相信。"

"谁相信天狗咬月亮？你尽管不信，到时天狗还是把月亮咬了，不由人不信。我和你说，山上竹雀要母雀，还自己唱歌去找。你得留点心！"

话把贵生引到路上来了，贵生心痒痒的，不知如何接口说下去。

毛伙间或多插一句嘴，金凤必接口说："贵生，你莫听癞子的话，他乱说。他说会装套捉狸子，捉水獭，在屋后边装好套，反把我猫儿捉住了。"金凤说的虽是毛伙，事实却在用毛伙的话岔开那杜掌柜提出的问题。

半夜后贵生晃着个火把走回家去，一面走一面想："卖杂货的也在那里装套，捉女婿。"不由得不咕咕笑将起来。一个存心装套，一个甘心上套，事情看来也就简单。困难不在人事在人心。贵生和一切乡下人差不多，心上也有那么一点儿迷信。女的脸儿红中带白，眉毛长，眼角向上飞，是个"克"相；不克别人得克自己,到十八岁才过关!因这点迷信他退后了一步,杂货商人装的套不成功了。可是一切风总不会老向南吹。

一天落大雨,贵生留在家里搓了几条草绳子,扒开床下沤的桐子看看,色已变黑,就倒了半箩桐子剥,一面剥桐子一面却想他的心事。不知哪一阵风吹换了方向,想起事情有点儿险。金凤长大了,毛伙随时都可以变成金凤的人。此外在官路上来往卖猪的浦市人,上贵州省贩运黄牛收水银的辰州客人,都能言会说,又舍得花钱,在桥头过身,有个见花不采?闪不知把女人拐走了,那才真是"莫奈何!"人总是人,要有个靠背,事情办好大的小的就都有了靠背了。他想得自然简单一点,粗俗一点,但结论却得到了,就是热米打粑粑,一切得趁早,再耽误不得。

他预备上城去同那舅舅商量商量。

贵生进城去找他的舅舅,恰好那大户人家正办席面请客,另外请的有大厨子掌锅,舅舅当了二把手,在门板上切腰花。他见舅舅事忙,就留在厨房帮同理葱剥毛豆。到了晚上,把席撤下时,已经将近二更,吃了饭就睡了。第二天那家主人又要办什么婆婆粥,鱼呀肉呀煮了一锅,又忙了一整天,还是不便谈他的事情。第三天舅舅可累病了。贵生到测字摊去测字,为舅舅拈的是一个"爽"字,自己拈了一个"回"字。测字的说,人逢喜事精神爽,若问病,有喜事病就会好。又说回字喜字一半,吉字一半，可是言字也是一半。要办的事赶早办好，迟了恐不成。他觉得话有道理。

回到舅舅身边时，就说他想成亲了，溪口那个卖杂货的女儿可以做他的媳妇。她帮他喂猪割草好，他帮她推磨打豆腐也好。只要他愿意，有一点钱就可以乘年底圆亲，多一个人吃饭，也多一个人补衣捏脚，有坏处，有好处，特来和舅舅商量商量。

那舅舅听说有这种好事，岂有不快乐道理。他连年积下了二十块钱，正拿不定主意，不知道把它预先买付棺木好，还是买几只小猪托人喂好。一听外甥有意接媳妇，且将和卖杂货的女儿成对，当然一下就决定了主意，把钱"投资"到这件事上来了。

"你接亲要钱用，我帮你一点钱。"厨子把存款全部从床脚下泥土里掏出来后，就放在贵生面前，"你要用，拿去用，将来养了儿子，有一个算我的小孙子。逢年过节烧三百钱纸，就成了。"

贵生吃吃地说："我不要那么些钱，开铺子的不会收我财礼的！"

"怎么不要？他不要你总得要。说不得一个穷光棍打虎吃风，没有吃时把裤带紧紧。你一个人草里泥里都过得去，两个人可不成！人都有个面子，讨老婆就得养老婆，不能靠桥头杜老板，让人说你吃裙带饭。钱拿去用，舅舅的就是你的。"

两人商量好了，贵生上街去办货物。买了两丈官青布、三斤粉条、一个猪头。又买了些香烛纸张，一共花了将近五块钱。东西办好,贵生带了东西回溪口。

出城时碰到两个围子里的长工,挑了箩筐进城,贵生问他们赶忙进城有什么要紧事。

"五爷不知为什么心血来潮,派我们办货!好像接媳妇似的,一来就是一大堆!"

贵生说:"五爷也真是五爷,人好手松,做什么事都不想想。"

"真是的,好些事都不想就做。"

"做好事就成佛,做坏事可教别人遭殃。"

长工见贵生办货不少,带笑说:"贵生,你样子好像要还愿,莫非快要请我们吃喜酒了。"

另一个长工也说:"贵生,你一定到城里发了洋财,买那么大一个猪头,会有十二斤吧。"

贵生知道两人是打趣他,半认真半说笑地回答道:"不多不少一个猪头三斤半,正预备焖好请哥们儿喝一杯!"

分手时一个长工又说:"贵生,我看你脸上气色好,一定有喜事不说,瞒我们。"

几句话把贵生说得心里轻轻松松的。

贵生到晚上下了决心去溪口桥头找杂货铺老板谈话,到那里才知道杜老板不在家,有事去了。问金凤父亲什么地方去了,什么时候回来,金凤神气淡淡地说不知道。转问那毛伙,毛伙说老板到围子里去了,不知什么事。贵生觉得情形有点怪,还以为也许两父女吵了嘴,老的走了,所以金凤不大高兴。他依然坐在那矮条凳上，用脚去拨那地炕的热灰，取旱烟管吸烟。

毛伙忽然失口说："贵生，金凤快要坐花轿了！"

贵生以为是提到他的事情，眼瞅着金凤说："不是真事吧。"

金凤向毛伙盯了一眼："癫子，你胡言乱说，我缝你的嘴。"

毛伙萎了，向贵生憨笑着："当真缝了我的嘴，过几天要人吹唢呐可没人。"

贵生还以为金凤怕难为情，把话岔开说："金凤，我进城了，在我那舅舅处住了三天。"

金凤低着个头说："城里可好玩！"

"我去城里有事情。我……"他不知怎么说下去好，转口向毛伙，"围子里五爷又办货要请客人。"

"不只请客……"

毛伙正想说下去，金凤却借故要毛伙去瞧瞧那鸭子栅门关好了没有。

贵生看风头不大对，话不接头。默默地吹了几筒烟，只好走了。

回到家里从屋后搬了一个树根，捞了一把草，堆地上烧起来，捡了半箩桐子，在火边用小剜刀剥桐子。剥到深夜，总好像有东西咬他的心。

第二天正想到桥头去找杂货商人谈话，一个从围子里来的人告他说，围子里有酒吃，五爷纳宠，是桥头浦市人的女儿，看好了日子，今晚进门，要大家杀黑前去帮忙，抬轿子接人！听过这消息，贵生好像头上被一个人重重地打了一闷棍，呆得转不过气来。

那人走后他还不大相信，一口气跑到桥头杂货铺去，只见杜老板正在用红纸封赏号。

那杂货铺商人一眼见是贵生，笑眯眯地说："贵生，你到什么地方去了？好几天不见你，我们还以为你当兵去了。"

贵生心想："我真要当兵去。"

杂货铺商人又说："你进城看戏了吧。"

贵生站在外边大路上结结巴巴地说："大老板，大老板，听人说你家有喜事，是真的吧。"

杜老板举起那些小包封说："你看这个。"

贵生听桥下有人捶衣，知道金凤在桥下洗衣，就走近桥栏杆边去，看见金凤头上孝已撤除，一条乌光辫子上簪了一朵小小红花，正低头捶衣。贵生知道一切都是真的，自己的事情已吹了，完了，一切完了，再说不出话，对那老板看了一眼，拔脚走了。

晚半天，贵生依然到围子里去。

贵生到围子里时，见五老爷穿了件蓝缎子夹马褂，正在院子里督促工人扎喜轿，神气异常高兴。五爷一见贵生就说："贵生，你来了，吃了没有？厨房里去喝酒吧。"又说，"你生庚属什么？属龙晚上帮我抬轿子，过溪口桥头上去接人。属虎属猫就不用去，到时避一避！"

贵生呆呆怯怯地说:"我属虎,八月十五寅时生,犯双虎。"说后依然如平常无话可说时那么笑着,手脚无放处,看五爷分派人做事,扎轿杆的不当行,走过去帮了一手忙。到后五爷又问他喝了没有,他不作声。鸭毛伯伯换了一件新毛蓝布短衣,跑出来看轿子,见到贵生,拉着他向厨房走。

厨房里有五六个长工坐在火旁矮板凳上喝酒,一面喝一面说笑。因为都是派定过溪口上接亲的人,其中有个吹唢呐的,脸喝得红嘟嘟的,说:"杜老板平时为人慷慨大方,到那里时一定请我们吃城里带来的嘉湖细点,还有包封。"

另一长工说:"我还欠他二百钱,怕见他。"

鸭毛伯伯接口打趣他:"欠的账那当然免了,你抬轿子小心点就成了。"

一个毛胡子长工说:"你们抬轿子,看她哭多远,过了大青树还像猫儿那么哭,要她莫哭了,就和她说,大姊,你再哭,我抬你回去!她一定不敢再哭。"

"她还是哭你怎么样?"

"我当真抬她回去。"

所有人都哄然大笑起来。

吹唢呐的会说笑话,随即说了一个新娘子三天回门的粗糙笑话,装成女子的声音向母亲诉苦:"娘,娘,我以为嫁过去只是服侍公婆,承宗接祖,你哪想到小伙子人小心坏,夜里不许我撒尿!"

大家更大笑不止。

贵生不作声，咬着下唇，把手指骨捏了又捏，看定那红脸长鼻子，心想打那家伙一拳。不过手伸出去时却端起了土碗，咕嘟嘟喝了半碗烧酒。

几个长工打赌，有的以为金凤今天不会哭，有的又说会哭，还说看那一双水旺旺的眼睛就是会哭的相。正乱着，院中另外那几个扎轿子的也来到厨房，人一多话更乱了。

贵生见人多话多，独自走到仓库边小屋子里去。见有只草鞋还未完工，坐下来搓草编草鞋玩。心里实在有点儿乱，不知道怎么好。身边还有十六块钱，紧紧地压在腰板上。他无头无绪想起一些事情。三斤粉条、两丈官青布、一个猪头，有什么用？五斛桐子送到姚家油坊去打油，外国人大船大炮到海里打大仗，要的是桐油。卖纸客人做眉弄眼，易求无价宝，难得有情郎。四老爷一个月玩八个辫子货，还说妇人身上白得像灰面，无一点意思……

看看天已快夜了。

院子里人声嘈杂，吹唢呐的大约已经喝个六分醉，把唢呐从厨房吹起，一直吹到外边大院子里去。且听人喊燃火把放炮动身，两面铜锣镗镗地响着，好像在说，我们走，我们走，我们快走！不一会儿，一队人马果然就出了围子向南走去了。去了许久还可听到一点唢呐呜咽声音。贵生过厨房去看看，只见几个女的正在预备汤果，鸭毛伯伯见贵生就说："贵生，我还以为你也去了。帮我个忙挑几担水吧。等会儿还要水用。"

贵生担起水桶一声不响走出去。院子里烧了几堆油柴，正屋里还点了蜡烛，挂了块红。住在围子里的佃户人家妇女小孩都站在院子里，等新人来看热闹。贵生挑水走捷径必从大门出进，却宁愿绕路，从后门走。到井边挑了七担水，看看水平了缸，才歇手过灶边去烘草鞋。

阴阳生排八字女的属鼠，宜天断黑后进门，为免得与家中人不合，凡家中命分上属大猫小猫到轿子进门时都得躲开。鸭毛伯伯本来应当去打发轿子接人的。既得回避，因此估计新人快要进围子时，就邀贵生往后面竹园子去看白菜萝卜，一面走一面谈话。

"贵生，一切真有个命定，勉强不来。看相的说邓通是饿死的相，皇帝不服气，送他一座铜山，让他自己造钱，到后还是饿死。城里王财主，挑担子卖饺饵营生，气运来了，住身在那个小庙里，墙倒坍了，两夫妇差点儿压死，两人从泥灰里爬出来一看，原来墙里有两坛银子，从此就起了家……不是命是什么。桥头上那杂货铺小丫头，谁料到会做我们围子里的人？五爷是读书人，懂科学，平时什么都不相信，除了洋鬼子看病，照什么'挨挨试试'光，此外都不相信。上次进城一输又是两千，被四爷把心说活了。四爷说，五爷，你玩不得了，手气痞，再玩还是输。找个'原汤货'来冲一冲运气看，保准好。城里那些毛母鸡，谁不知道用猪肠子灌鸡血，到时假充黄花女。乡下有的是人，你想想看。五爷认真了,凑巧就看上了那杂货铺女儿,一说就成,不是命是什么。"

贵生一脚踹到一个烂笋瓜上头,滑了一下,轻轻地骂自己:"鬼打岔,眼睛不认货!"

鸭毛伯伯以为话是骂杜老板女儿,就说:"这倒是认货不认人!"

鸭毛伯伯接着又说:"贵生,说真话,我看杂货铺杜老板和那丫头先前对你倒很注意,旁观者清,当局者迷,你还不明白。其实只要你好意思亲口提一声,天大的事定了。天上野鸭子各处飞,捞到手的就是菜,你不先下手,怪不得人!"

贵生说:"鸭毛伯伯,你说的是笑话。"

鸭毛伯伯说:"不是笑话!一切是命,十天以前,我相信那小丫头还只打量你同她俩在桥头推磨打豆腐!"说的当真不是笑话,不过说到这里,为了人事无常,鸭毛伯伯却不由得不笑起来了。

远远地已听到唢呐呜呜咽咽的声音,且听到炮竹声,就知道新人的轿子来了。围子里也骤然显得热闹起来。火炬都燃点了,人声杂沓。一些应当避开的长工,都说说笑笑跑到后面竹园来,有的还爬上大南竹去眺望,看人马进了围子没有。

唢呐越来越近,院子里人声杂乱起来了,大家知道花轿已进营盘大门,一些人先虽怕冲犯,这时也顾不及了,都赶过去看热闹。

三大炮放过后，唢呐吹"天地交泰"吹完了，火把陆续熄了，鸭毛伯伯知道人已进门，事已完毕，拉了贵生回厨房去，一面告那些拿火把的人小心火烛。厨房里许多人都在解包封，数红纸包封里的赏钱，争着倒热水到木盆里洗脚，一面说起先前一时过溪口接人，杜老板发亲时如何慌张的笑话。且说杜老板和毛伙一定都醉倒了，免得想起女儿今晚上挨痛事情难受。鸭毛伯伯重新给年轻人倒酒把桌面摆好，十几个年轻长工坐定时，才发现贵生已溜了。

半夜里，五爷正在雕花板床上细麻布帐子里拥了新人做梦，忽然围子里所有的狗都狂叫起来。鸭毛伯伯起身一看，天角一片红，远处起了火。估计方向远近，当在溪口边上。一会儿有人急忙跑到围子里来报信，才知道桥头杂货铺烧了，同时贵生房子也走水烧了。一把火两处烧，十分蹊跷，详细情形一点不明白。

鸭毛伯伯匆匆忙忙跑去看火。先到桥头，火正壮旺，桥边大青树也着了火。人只能站在远处看。杜老板和毛伙是在火里还是走开了，一时不能明白。于是又赶过贵生处去，到火场近边时，见有好些人围着看火，谁也不见贵生，烧死了还是走了说不清楚，鸭毛用一根长竹子向火里捣了一阵，鼻子尽嗅着，人在火里不在火里，还是弄不出所以然。他心中明白这件事，知道火是怎么起的，一定有个原因，转围子时，半路上正碰着五爷和那新姨。五爷说:"人烧坏了吗?"

鸭毛伯伯结结巴巴地说:"这是命,五爷,这是命。"见金凤哭了,心中却说,"丫头,一索子吊死了吧,哭什么?"

几人依然向起火处跑去。

二十六年三月作五月改作(北平)

雨后

"我明白你会来,所以我等。"
"当真等我?"
"可不是,我看看天,雨快要落了,谁知道这雨要落多大多久,天又是黑的,我喊了五声,或者七声。我说,四狗,四狗,你是怎么啦!雨快要落了,不怕么?全不曾回声。我以为你回家了。我又算……雨可真来了,这里树叶子响得怕人,我不怕,可只担心你。我知道你是不曾拿斗篷的。雨水可真大,我躲在那株大楠木下,就是那株楠木,我们俩……忘记了么?你装。我要问你到底打哪儿来,身上也不湿多少,头又是光的,我问你,躲到什么洞里。"

四狗笑,四狗不答。他不说从家中来,她便明白的。

他坐到那人身边去,挤拢去坐,坐的是些桐木叶。

这时雨已过前山,太阳复出了,还可以看前山成块成片的云,像追赶野猪,只飞奔。四狗坐处四围是虫声,是树木枝叶上积雨下滴的声音,上是个棚,雨后太阳蒸得山头出热气,四狗头上却阴凉。头上虽凉心却热,四狗的腰被两只手围着了。

"四狗——"想说什么不及说,便打一声唿哨。

因为对山有同伴,同伴这时正吹着口哨找人。

同伴是在雨止以后又散在山头摘蕨,这时陪四狗坐的也是摘蕨人。

在两人背后有一个背笼,是她的。四狗便回头扳那背笼看。

"今天怎么只得这一点?……喔,花倒得了不少。还有莓唎,我正渴,让我吃莓吧。下了一阵雨,莓是洗淡了,这个可是雨前摘的。我喂你一颗,算我今天赔礼,不成吗?"

"要你赔礼?我才……"

她把围着四狗的腰的两只手放松了,去采地上的枯草。

"我告你,我也总有一天要枯的——一切也要枯,到八月九月,我总比你们枯得更早。"

四狗莫名其妙,他说道:

"我的天,我听不懂你的话。"

"我也不一定要你懂,你总有一天懂的。"

"让我在这儿便懂,成不成?"

"你要懂,就懂了,载不得我说。"她又想,"聋子耳边响大雷",就咪地笑了。

四狗不再吃莓了,用手扳并排坐的人头。黑色的皮肤,红红的嘴,大大的眼睛与长长的眉毛。四狗这时重新来估价。鼻子小,耳朵大,下巴是尖的,这些地方四狗却放过了。他捏她辫子,辫子是先盘在头上,像一盘乌梢蛇,这时这蛇挂在背后了,四狗不怕蛇咬人,从头捏至尾。

"你少野点。"说了却并不回头。

因为蛇尾在尾脊骨下,四狗的手不得到警告以前,已随随便便到……

四狗渐渐明白自己的过错了。通常便如此,非使人稍稍生气,不会明白的。于是他亲她的嘴——把脸扭着不让这么办,所亲的只是耳下的颈子。四狗为这个情形倒又笑了。他算计得出,这是经验过的,像看戏一样,每戏全有打加官。打加官以后是……末了杂戏热闹之至。

稍停停,不让四狗看见,背了脸,也笑了,四狗不必看也清楚。

四狗说:"莫发我的气好了。"

"怎么还说人发你的气。女人敢惹男子吗?……嘘,七妹子,你莫癫!"

后面的话音扬得极高,为的是应付对山上一个女人的唱歌。对山七妹子知道这一边山草棚下有阿姐与四狗在,就唱歌弄人。

四狗是不常常唱歌的,除非是这时人隔一重山——然而如今隔一层什么?他的手,那只拈吃过特意为他摘来的三月莓的手,已大胆无畏从她胁下伸过去,抓定一只奶了。

但仍然得唱,唱的是:

　　大姐走路笑笑底,一对奶子翘翘底,
　　心想用手摩一摩,心子只是跳跳底。

四狗的心跳,说大话而已。习惯事情不能心跳了,除非是把桐木叶子作她的褥,四狗的身作她的被,那时得使四狗只想学狗打滚。

对山的七妹子,像看清四狗唱这歌情形下的一切,便大声地喊:"四狗!四狗!你又撒野了,我要告!"

"七妹你再发疯,你让我捶你!"

作妹的怕姐姐,经过一阵吓,便顾自规规矩矩扯蕨去了。这里的四狗不久两只手全没了空。

像捉鱼,这鱼是活的,却不挣,是四狗两手的感觉。

四狗不认字,所以当前一切全无诗意。然而听一切大小虫子的叫，听晾干了翅膀的蚱蜢各处飞，听树叶上的雨点向地下的跳跃，听在身边一个人的心跳，全是诗的。

"请你念一句诗给我听。"因为她读过书，而且如今还能看小说，四狗就这样请。

明白她是读书人，也就容易明白先时同四狗说话的深意了。她从书上知道的事，全不是四狗从实际上所能了解的事。为是要枯了，女人只是一朵花。真要枯。知道枯比其他快，便应当更深地爱。然而四狗不是深深地爱吗？虽然深深地爱，总还有不够处，这是认字的过错。四狗幸好不认字，不然这一对，当更不知道在这样天气下找应当找的快乐了。

说是请念一句诗，她就想：

念深了又不能懂，浅了又赶不上山歌好，她只念："落花人独立，微雨燕双飞。"景不洽，但情绪是这样情绪。总还有比这个更好的诗，她不能一一去从心中搜寻了。

四狗说这诗好——不是说诗好，他并不懂诗，是说念诗的人与此时情景好罢了。他说不出他的快乐，借诗泄气。

手是更其撒野了，从奶子滑下去，停到裤带边。

"这样天气是不准人放荡的天气，不知道么？"

四狗听到说天气，才像去注意天气一样，望望天。天是蓝分分，还有白的云。白的云若能说是羊，则这羊是在海中走的。四狗没见过海，但是那么大，那么深，那么一望无边，天也可以说是海了。

"我说天气太好了,又凉,又清,又……"

"你要成痨病才快活。"

"我成痨病时,你给我的要有好多!"四狗意思是身体强,纵听过人说年青人不注意身体就会害痨病,然而痨病不是一时起的事。

"给你的——给你的什么?呸!"

到底给什么,四狗也说不出口。于是被呸了也不争这一口气。说出来,难道算聪明么?

到后他想到另外一个事情,要她把舌子让他咬。顽皮的章法,是四狗以外的别一个也想不出,不是四狗她也不会照办。

"四狗你真坏,跟谁学到这个?"

四狗不答,仍然吮,那么馋嘴,那么粘糍,活像一只叭儿狗。

"四狗……你去好了。"

"我去,你一个人在这里待着成?"

她却笑,望四狗,身子只是那么找不到安置处,想同四狗变成一个人。她去捏四狗在平时不能轻易尽人损害的一样东西,像生气的是附属于四狗的那个它。

她把眼闭了,还是说:"四狗,你去了吧。"

四狗要走,可也得待一会儿。

他看她着急。这是有经验的。他仍然不松不紧地在她面前缠,则结果她将承认四狗在她面前放肆是必要的一件事。四狗

"坏"，至少在这件事上是坏的，然而这是有纵容四狗坏的人在，不应当由四狗一人负责。

"我让你摆布，四狗可是，你让我……"

一切照办，四狗到后被问到究竟给了他多少，可糊涂得红脸了。头上是蓝分分海样的天，压下来，然而有席棚挡驾，不怕被天压死。女人说，四狗，你把我压死了吧！也像有这样存心，到后可同天一样，作被盖的东西总不是压得人死的。

四狗得了些什么？不能说明。他得了她所给他的快活。然而快活是用升可以量还是用秤可以称的东西呢？他又不知道了。她也得了些，她得的更不是通常四狗解释的快乐两字。四狗给她一些气力，一些强硬，一些温柔，她用这些东西把自己陶醉，醉到不知人事。

一个年青女人，得到男子的好处，不是言语或文字可以解说的，所以她不作声。仰天望，望的是四狗的大鼻子同一口白牙齿。然而这是放肆过后的事了。

"四狗，不许到井边吃。那个冷水！"

在草棚的她向下山的四狗遥喊时，四狗已走到竹子林中，被竹子拦了她的眼睛了。

天气还早，不是烧夜火时候。雨不落了，她还是躺着，也不去采蕨。

丈 夫

　　落了春雨，一共有七天，河水涨大了。

　　河中涨了水，平常时节泊在河滩的烟船妓船，离岸极近，船皆系在吊脚楼下的支柱上。

　　在楼上"四海春"茶馆喝茶的闲汉子，伏身在临河一面窗口，可以望到对河的宝塔烟雨红桃好景致，也可以知道船上妇人陪客烧烟的情形。因为那么近，上下都方便，有喊熟人的声音，从上面或从下面喊叫，到后是互相见到了，谈话了，取了亲昵样子，骂着野话粗话，于是楼上人会了茶钱，从湿而发臭的甬道走去，从那些肮脏地方走到船上了。

上了船，花钱半元到五块，随心所欲吃烟睡觉，同妇人毫无拘束地放肆取乐，这些在船上生活的大臀肥身的年轻女人，就用一个妇人的好处，服侍男子过夜。

船上人，她们把这件事也像其余地方一样称呼，这叫作"生意"。她们都是做生意而来的。在名分上，那名称与别的工作，同样不与道德相冲突，也并不违反健康。她们从乡下来，从那些种田挖园的人家，离了乡村，离了石磨同小牛，离了那年轻而强健的丈夫的怀抱，跟随了一个熟人，就来到这船上做生意了。做了生意，慢慢地变成为城市里人，慢慢地与乡村离远，慢慢地学会了一些只有城市里才需要的恶德，于是妇人就毁了。但那毁，是慢慢的，因为需要一些日子，所以谁也不去注意了。而且也仍然不缺少在任何情形下还依然好好地保留到那乡村气质的妇人，所以在市的小河妓船上，绝不会缺少年轻女子的来路。

事情非常简单，一个不亟亟于生养孩子的妇人，到了城市，能够每月把从城市里两个晚上所得的钱送给那留在乡下诚实耐劳种田为生的丈夫，在那方面就过了好日子，名分不失，利益存在，所以许多年轻的丈夫，在娶妻以后，把妻送出来，自己留在家中安分过日子，竟是极其平常的事了。

这种丈夫，到什么时候，想及那在船上做生意的年轻的妻，或逢年过节，照规矩要见见妻的面了，自己便换了一身浆洗干净的衣服，腰带上挂了那个工作时常不离口的烟袋，背了整箩整篓的红薯糍粑之类，赶到市上来，像访远亲一样，从码头第一号船上问起，一直到认出自己女人所在的船上为止。问明白了，到了船上，小心小心地把一双布鞋放到舱外护板上，把带来的东西交给了女人，一面便用着吃惊的眼睛，搜索女人的全身。这时节，女人在丈夫眼下自然已完全不同了。

大而油光的发髻，用小钳子由人工扯成的细细眉毛，脸上的白粉同绯红胭脂，以及那城市里人派头城市里人的衣服，都一定使从乡下来的丈夫感到极大的惊讶，有点手足无措。那呆相是女人很容易看到的。女人到后开了口，或者问："那次五块钱得了吗？"或者问："我们那对猪养儿子了没有？"女人说话时口音自然也完全不同了，就是变成城市里做太太的大方自由，完全不是做媳妇的神气了。

但听女人问到钱，问到家乡豢养的猪，这做丈夫的看出自己做主人的身份，并不在这船上失去，看出这城里奶奶还不完全忘记乡下，胆子大了一点，慢慢地摸出烟管同火镰。第二次惊讶，是烟管忽然被女人夺去，即刻在那粗而厚大的掌握里，塞了一支哈德门香烟的缘故。吃惊也仍然是暂时的事，于是这做丈夫的，一面吸烟一面谈谈……

到了晚上，吃过晚饭仍然在吸那有新鲜趣味的香烟，来了客，一个船主或一个商人，穿生牛皮长筒靴子，抱兜一角露出粗而发亮的银链,喝过一肚子烧酒,摇摇荡荡地上了船。一上船就大声地嚷要亲嘴要睡觉,那洪大而含糊的声音,那势派,皆使这做丈夫的想起了村长同乡绅那些大人物的威风,于是这丈夫不必指点,也就知道怯生生地往后舱钻去,躲到那后梢舱上去低低地喘气。一面把含在口上那支卷烟摘下来,毫无目的地眺望河中暮景。夜把河上改变了,岸上河上已经全是灯,这丈夫到这时节一定要想起家里的鸡同小猪,仿佛那些小小东西才是自己的朋友,仿佛那些才是亲人,如今与妻接近,与家庭却离得很远,淡淡的寂寞袭上了身,他愿意转去了。

当真转去没有?不。三十里路路上有豺狗,有野猫,有查夜放哨的团丁,全是不好惹的东西,转去实在做不到。船上的大娘自然还得留他上三元宫看夜戏,到"四海春"去喝清茶,并且既然到了市上,大街上的灯同城市中的人皆不可不去看看。于是留下了,坐在后舱看河中景致取乐,等候大娘的空暇。到后要上岸了,就由小阳桥攀缘篷架到船头,玩过后,仍然由那旧地方转到船上,小心小心使声音放轻,省得留在舱里躺到床上烧烟的客人发怒。

到要睡觉的时候,城里起了更,西梁山上的更鼓咚咚响了一会儿,悄悄地从板缝里看看客人还不走,丈夫没有什么话可说,就在梢舱上新棉絮里一个人睡了。半夜里,或者已睡着,或者还在胡思乱想,那太太抽空爬过了后舱,问是不是想吃一点糖。本来非常欢喜口含冰糖的脾气,是做太太不能忘却的,所以即或说已经睡觉，已经吃过，也仍然还是塞了一小片糖在口里。太太用着略略抱怨自己那种神气走去了，丈夫把冰糖含在口里，正像仅仅为了这一点理由，就得原谅妻的行为，尽她在前舱陪客，自己仍然很和平地睡觉了。

这样丈夫在黄庄多着！那里出强健女子同忠厚男人，女子出乡卖身，男人皆明白这做生意的一切利益。他懂事，女子名分仍然归他，养得儿子归他，有了钱也总有一部分归他。

那些船，排列在河下，一个陌生人，数来数去永远无法数清的。明白这数目，而且明白那秩序，记忆得出每一个船与摇船人样子，是五区一个老水保。

水保是个独眼睛的人，这独眼据说在年轻时节杀过人，因为杀人，同时也就被人把眼睛抠瞎了。但两只眼睛不能分明的，他一只眼睛却办到了。一个河里都由他管事。他的权力在这些小船上，比一个中国的皇帝在地面上的权力还统一集中。

涨了河水，水保比平时似乎忙多了。他得各处去看看，是不是有些船上做父母的上了岸，小孩子在哭奶了，是不是有些船上在吵架，是不是有些船因照料无人，有溜去的危险。在今天，这位大爷，并且要到各处去调查一些从岸上发生影响到了水上的事情。岸上这几天来发生三次小抢案，据公安局那方面人说，凡地上小缝小罅皆找寻到了，还是毫无痕迹。地上小缝小罅都亏那些体面的在职人员找过，于是水保的责任便到了。他得了通知，就是那些说谎话的公安局办事处通知，要他到半夜会同水面武装警察上船去搜索。

水保得到这个消息时是上半天。一个整白天他要做许多事，他要先尽一些从平日受人款待好酒好肉而来的义务了，于是沿了河岸，从第一号船起始，每一个船上去谈谈话。他得先调查一下，得问问这船上是不是留容的有不端正的外乡人。

做水保的人照例是水上一霸，凡是属于水面上的事他无有不知。这人本来就是一个吃水上饭的人，是立于法律同官府对面，按照习惯被官吏来利用，处置这水上一切的。但人一上了年纪，世界成天变，变去变来这人有了钱，成过家，喝点酒，生儿育女，生活安舒，这人慢慢地转成一个和平正直的人了。在职务上帮助了官府，在感情上又亲近了船家，在这些情形上面他建设了一个道德的模范。他受人尊敬不下于官，他做了许多妓女的干爹。

他这时正从一个木跳板上跃到一只新油漆过的花船头，那船位置在较清静的一家莲子铺吊脚楼下。他认得这只船归谁管业，一上船就喊"七丫头"。

没有声音，年轻的女人不见出来，年老的掌班也不见出来，老年人很懂事情，以为或者是大白天有年轻男子上船做呆事，就站在船头眺望，等了一会儿。

过一阵他又喊了两声，又喊伯妈，喊五多；五多是船上的小毛头，人很瘦，声音尖锐，平时大人上了岸就守船，买东西煮饭，常常挨打,爱哭。但是喊过五多了,也仍然得不到结果。因为听到舱里又似乎实在有声音,类人出气,不像全上了岸,也不像全在做梦,水保就偻身窥觑舱口,向暗处询问是谁在里面。

里面还是不作答。

水保有点生气了,大声地问:"哪一个?"

里面一个很生疏的男子声音,又虚又怯,说:"是我。"接着又说,"都上岸去了。"

"都上岸吗?"

"上岸了的。她们……"

好像单单是这样答应,还深恐开罪了来人,这时觉得有一点义务要尽了,这男子于是从暗处爬出来,在舱口,小心小心扳着篷架,非常拘束地望着来人。

先是望到那一对峨然巍然似乎是为柿油涂过的猪皮靴子,上去一点是一个赭色柔软鹿皮抱兜,再上去是一双回环抱着的毛手;手上一颗其大无比的黄金戒指,再上去才是一块正四方形像是无数橘子皮拼合而成的脸膛。这男子,明白这是有身份的主顾了,就学着城市里人说话:"大爷,您请里面坐坐,她们就来。"

从那说话的声音,以及干浆衣服的风味上,这水保一望就明白这个人是才从乡下来的种田人。本来女人不在船就想走,但年轻人忽然使他发生了兴味,他留着了。

"你从什么地方来的?"他问他,为了不使人拘束,水保取的是做父亲的和平样子，望到这年轻人，"我认不得你。"

他想了一下，好像也并不认得客人，就回答："我昨天来的。"

"乡下麦子抽穗了没有？"

"麦子吗？水碾子前我们那麦子，哈，我们那猪，哈，我们那……"

这个人，像是忽然明白了答非所问，记起了自己是同一个有身份的城里人说话，不应当说"我们"，不应当说我们"水碾子"同"猪"。把字眼儿用错，所以再也接不下去了。

因为不说话，他就怯怯地望到水保微笑，他要人了解他，原谅他。

水保懂得这个意思的。且在这对话中，明白这是船上人的亲戚了，他问年轻人："老七到什么地方去了，什么时候可以回来？"

这时，这年轻人答语小心了。他仍然说"是昨天来的"。他又告水保，他"昨天晚上来的"。末了才说，老七同掌班同五多上岸烧香去了，要他守船。因为守船必得把守船身份说出，他还告给了水保，他是老七的"汉子"。

因为老七平常喊水保都喊干爹，这干爹第一次认识了女婿，不必年轻人挽留，再说了几句，不到一会儿两人皆爬进舱中了。

舱中有个小小床铺，床上有锦绸同红色印花洋布铺盖，折叠得整整齐齐，来客皆应当坐在床沿，光线从舱口来，所以在外面以为舱中极黑，在里面却一切分明。

年轻人,为客找烟卷,找自来火,毛脚毛手打翻了身边一个贮栗子的小坛子,圆而发乌金光泽的板栗便在薄明的船舱里各处滚去,年轻人各处用手去捕捉,仍然放到小坛中去,也不知道应当请客人吃点东西。但客人却毫不客气,从舱板上把栗拾起咬破了吃,且说这风干的栗子真好。

"这个很好,你不欢喜吗?"因为水保见到主人并不剥栗子吃。

"我欢喜。这是我屋后栗树上长的。去年生了好多,乖乖地从刺球里爆出来,我欢喜。"他笑了,近于提到自己儿子模样,很高兴说这个话。

"这样大不容易得到。"

"我选出来的。"

"你选?"

"是的,因为老七欢喜吃这个,我才留下到今年。"

"你们那里有猴栗?"

"什么猴栗?"

水保就把故事所说的"猴子在大山上住,被人辱骂时,抛下拳大栗子打人,人想这栗子,就故意去山下骂丑话,预备捡栗子"——说给乡下人听。

因为栗子,正苦无话可说的年轻人,得到同情他的人了。他又说到地名栗坳的新闻。他又说到一种栗木做成的犁且如何结实合用。这个人太需要说说这些了。昨天来一晚上都有客人吃酒烧烟,把自己关闭在小船后梢,同五多说话,五多睡得成死猪。今天一早上，本来应当有机会同妻谈到乡下事情了，女人又说要上岸过七里桥烧香，派他一个人守船。坐船上等了半天，还不见人回，到后梢去看河上景致，一切新奇不同，全只给自己发闷。先一时，正睡在舱里，就想这满江大水若到乡下去涨，鱼梁上不知道应当有多少鲤鱼上梁！把鱼捉来时，用柳条穿腮到太阳下去晒，正计算那数目，总算不清楚，忽然客人来到船上，似乎一切鱼都跳进水中去了。

来了客人，且在神气上看出来是并不拒绝这些谈话的，所以这年轻人，凡是预备到同自己的妻说的各样事情，这时得到了一个好机会，都拿来同水保谈着。

他告给水保许多乡下情形，说到小猪捣乱的脾气，叫小猪名字是乖乖，又说到新由石匠整治过的那副石磨，顺便告给了一个石匠的笑话。又提起一把失去了多久的镰刀，一把水保梦想不到的小镰刀，他说：

"你瞧，奇怪不奇怪？我赌咒我各处都找到了。我们在床下、门枋上、谷仓里，什么不找到？它躲了。我为这件事骂过老七。老七哭过。可是仍然不见。鬼打岩，蒙蒙眼，它在饭箩里！半年躲在饭箩里！它吃饭！一身锈得像生疮。这东西多坏！我说这个你明白我没有？怎么会到饭箩里半年？那是一只做样子的东西，挂到斗窗上。我记起那事了，是我削尖劈，手上刮了皮，流了血，生了大气，斗气把刀一丢……到水上磨了半天，还不错；仍然能吃肉，你一不小心，就得流血。我还不曾同老七说到这个，她不会忘记那哭得伤心的一回事。找到了,哈哈,真找到了。"

"找到它就好了。"

"是的,得到了它那是好的。因为我总疑心这东西是老七掉到溪里,不好意思说明。我知道她不骗我了。我明白了。我知道她受了冤屈,因为我说过:'找不出吗?那我就要打人!'我并不曾动过手。可是生气时也真吓人。她哭了半夜!"

"你不是用得着它割草吗?"

"嗨,哪里,用处多咧,是小镰刀,那么精巧,你怎么说割草!那是削一点薯皮,刮刮箫:这些这些用的。它小得很,值三百钱,钢火妙极了。我们都应当有这样一把刀放到身边,不明白吗?"

水保说:"明白明白,都应当有一把,我懂你这个话。"

他以为水保当真懂的!因此再说下去,什么也说到了,甚至于希望明年来一个小宝宝,这样只合宜于同自己的妻睡到一个枕头上的话也说到了。年轻人毫无拘束地还加上许多粗话蠢话,说了半天,水保起身要走了,他记起问客人贵姓。

"大爷,您贵姓?留一个片子到这里,我好回话。"

"你告她有这么一个大个儿到过船上,穿这样大靴子,告她晚上不要接客,我要来。"

"不要接客,你要来?"

"就是这样说,我一定要来的。我还要请你喝酒。我们是朋友。"

"好,我们是朋友。"

水保用他那大而肥厚的手掌，拍了一下年轻人的肩膊，从船头上岸，走到别一个船上去了。

在水保走后，年轻人就一面等候一面猜想到这个大汉子是谁。他还是第一次同这样尊贵的人物谈话，他不会忘记这很好的印象的。人家今天不仅是同他谈话，还喊他做朋友，答应请他喝酒！他猜想这人一定是老七的熟客。他猜想老七一定得了这人许多钱。他忽然觉得愉快，感到要唱一个歌了，就轻轻地唱了一首山歌，用四溪人体裁，他唱的是"水涨了，鲤鱼上梁，大的有大草鞋那么大，小的有小草鞋那么小"。

但是等了一会儿还不见老七回来，一个鬼也不回来，他又想起那大汉子的丰采言谈了。他记起那一双靴子，闪闪发光，以为不是极好的山柿油涂到上面，是不会如此体面好看的。他记起那黄而发沉的戒子，说不分明那将值多少钱，一点不明白那宝贝为什么如此可爱。他记起那伟人点头同发言，一个督抚的派头，一个军长的身份——这是老七的财神！他于是又唱了一首歌。用杨村人不庄重口吻，唱的是"山坳里团总烧炭，山脚里地保爬灰；爬灰红薯才肥，烧炭脸庞发黑"。

到午时，各处船上皆已有人烧饭了。湿柴烧不燃，烟子各处蹿，使人流泪打嚏，柴烟平铺到水面时如薄绸。听到河街馆子里大师傅用铲敲打锅边的声音，听到邻船上白菜落锅的声音，老七还不见回来。可是船上烧湿柴的本领年轻人还没有学到，小钢灶总是冷冷的不发吼。做了半天还是无结果,只有拿它放下一个办法了。

应当吃饭时候不得吃饭,人饿了,坐到小凳上敲打舱板,他仍然得想一点事情。一个不安分的估计在心上滋长了,正似乎为装满了钱钞便极其骄傲模样的抱兜,在他眼下再现时,把和平已失去了。一个用酒糟同红血所捏成的橘皮红色四方脸,也是极其讨厌的神气,保留在印象上。并且,要记忆有什么用?他记忆得到那嘱咐,是当到一个丈夫面前说的!"今晚上不要接客,我要来。"该死的话,是那么不客气地从那吃红薯的大口里说出!为什么要说这个?有什么理由要说这个?……

胡想使他心上增加了愤怒,饥饿重复揪着了这愤怒的心,便有一些原始人不缺少的情绪,在这个年轻简单的人反省中长大不已。

他不能再唱一首歌了。喉咙为妒嫉所扼,唱不出什么歌。他不能再有什么快乐。按照一个种田人的身份,他想到明天就要回家。

有了脾气再来烧火,更不行了,于是把所有的柴全丢到河里去了。

"雷打你这柴!要你到洋里海里去!"

但那柴是在两丈以外便被别个船上的人捞起了的。那船上人似乎正等待一点从河面漂流而来的湿柴,把柴捞上,即刻就见到用废缆一段引火,且即刻满船发烟,火就带着小小爆裂声音燃好了。眼看这一切，新的愤怒使年轻人感到羞辱，他想不必等待人回船就要走路。

在街尾遇到女人同小毛头五多两个人，牵了手走来，五多手上拿的有一把胡琴，崭新的样子，这是做梦也不曾遇到的一个好家伙！

"你走哪里去？"

"我——要回去。"

"要你看船船也不看，要回去，什么人得罪了你，这样小气？"

"我要回去，你让我回去。"

"回到船上去！"

看看妻，样子比说话还硬，并且看到那一张胡琴，明知道这是特别买来给他的，所以不能坚持，摸了摸自己发烧的额角，幽幽地说"转去也好，转去也好"，就跟了妻的身后跑转船上。

掌班大娘也赶来了，原来提了一副猪肺，好像东西只是乘便偷来的，深恐被人迫上带到衙门里去。所以颧骨发了红，喘气不止。大娘一上船，女人在舱中就喊：

"大娘，你瞧，我家汉子想走！"

"谁说的，戏也不看就走！"

"我们到街口碰到他，他生气样子，一定是怪我们不回来。"

"那是我的错；是菩萨的错；是屠户的错。我不该同屠户为一个钱吵闹半天，屠户不该肺里灌了这样多水。"

"是我的错。"陪男子在舱里的女人,这样说了一句话,坐下了,对面是男子汉:她于是有意地在把衣服解换时,露出极风情的红绫胸褡。

男子觑着。不说话,有说不出的什么东西,在血里窜着涌着。

在后梢,听到大娘同五多谈着柴米。

"怎么,柴都被谁偷去了!"

"米是谁淘好的?"

"一定是火烧不燃……姊夫是乡下人,只会烧松香。"

"我们不是昨天才解散了一捆柴吗?"

"都完了。"

"去前面搬一捆,不要说了。"

"姊夫知道淘米!"

听到这些话的年轻汉子,一句话不说,静静地坐在舱里望着那一把新买来的胡琴。

女人说:"弦早配好了,试拉拉看。"

先是不作声,到后把琴搁在膝上,查看松香,调琴时,生疏的音响从指间流出,拉琴人便快乐地微笑了。

不到一会儿满舱是烟,男子被女人喊出,仍然把琴拿到外面去,占据船头调弦。

到吃中饭时,五多说:

"姊夫你回头拉《孟姜女哭长城》,我唱。"

"我不会。"

"我听你拉得很好,你骗我谎我。"

"我不骗你。"

大娘说:"我听老七说你拉得好,所以到庙里,一见这琴,我才说就为姊夫买回去吧。是运气,烂贱就买来了。这到乡里一块钱还恐怕买不到,不是吗?"

"是的,值多少钱?"

"一吊六。他们都说值得!"

五多搭嘴说:"谁说值得?"

大娘很生气地说:"毛丫头,谁说不值得?你知道?"

因为这琴是从一个卖琴熟人手上拿来,一个钱不花,听到大娘的谎话,五多分辩,大娘就骂五多,老七却笑了。男子以为这是笑大娘不懂事,所以也在一旁笑着。

男子先把饭吃完,就动手拉琴,新琴声音又清又亮,五多放下碗筷唱将起来,被大娘结结实实打了一筷子头,才忙着吃饭收碗洗锅子。

到了晚上,前舱盖了篷,男子拉琴,五多唱歌,老七也唱歌,美孚灯罩子有红纸剪成的遮光帽,全舱灯光如办大喜事做红颜色,年轻人在热闹中像过年,心上开了花。有兵士从河街过身,喝得烂醉,听到这声音了。

两个醉鬼跟跟跄跄到了船边,两手全是污泥,用手扳船,口含胡桃那么混混糊糊地嚷叫:

"什么人唱，报上名来！好，赏一个五百。不听到吗，老子赏你五百！？"

里面琴声戛然而止，沉静了。

醉鬼用脚踢船，嘭嘭嘭发钝而沉闷的声音，且想推篷，搜索不到篷盖接榫处。"不要赏吗，婊子狗造的？装聋，装哑？什么人敢在这里作乐？我怕谁？皇帝我也不怕。大爷，我怕皇帝？我不是人！我们军长师长，都是混账王八蛋！是皮蛋鸡蛋，寡了的臭蛋！我才不怕。"

另一个喉咙发沙的说道：

"骚婊子？出来拖老子上船！"

且即刻听到用石头打船篷，大声地辱骂祖宗，一船人皆吓慌了，大娘忙把灯扭小一点，走出去推篷，男子听到那汹汹声气，挟了胡琴就往后舱钻去。不一会儿，醉人已经进到前舱了，两个人一面说着野话一面还要争夺同老七亲嘴，同大娘五多亲嘴，且听到有个哑嗓子问是谁在此唱歌作乐，把拉琴的抓来再唱一个歌。

大娘不敢作声，老七也无主意了，两个酒疯子就大声地骂人。

"臭货，喊龟子出来，跟老子拉琴，赏一千，英雄盖世的曹孟德也不会这样大方！我赏一千，一千个红薯，快来，不出来我烧掉你们这船。听着没有，老东西？！赶快，莫使老子们生了气，认不得人！"

"大爷，这是我们自己家几个人玩玩，不！……"

"不？不？不？老婊子，你不中吃。你老了。快叫拉琴的来！杂种！我要拉琴，我要自己唱！"一面说一面便站起身来，想向后舱去搜寻，大娘弄慌了，把口张大合不拢去。老七急了，拖着那醉鬼的手，安置到自己的大奶上。醉鬼懂到这意思，又坐下了。"好的，妙的，老子出得起钱，老子今天晚上要到这里睡觉！"

这一个在老七左边躺下去了，另一个不说什么，也在右边躺下去了。

年轻人听到前舱仿佛安静了一会儿，在隔壁轻轻地喊大娘。正感到一种侮辱的大娘，爬过去，男子还不大分明是什么事情。

"什么事？"

"营上的副爷，醉了，像猫，等一会儿就得走。"

"要走才行。我忘记告你们了，今天有一个大方脸人来，好像大官，吩咐过我，他晚上要来，不许留客。"

"是大皮靴子，说话像打锣吗？"

"是的。是的。他手上还有一个大金戒子。"

"那是干爹，他今早上来过了吗？"

"来过的。他说了半天话才走，吃过些干栗。"

"他说些什么事？"

"他说一定要来，一定莫留客……还说一定要请我喝酒。"

大娘想想，难道是水保自己要来歇夜？难道是老对老，水保注意到……想不通，一个老鸨虽一切丑事做成习惯，什么也不至于红脸，但被人说到"不中吃"时，是多少感到一种羞辱的。她悄悄地回到前舱,看前舱的事情不成样子,伸伸舌头骂了一声猪狗,终归又转到后舱来了。

"怎么?"

"不怎么。"

"怎么,他们走了?"

"不怎么,他们睡了。"

"睡——?"

大娘虽不看清楚这时男子的脸色,但她很懂得这语气,就说:"姊夫,我们可以上岸玩玩去,今夜三元宫夜戏,我请你坐高台子,戏是秋胡《三戏结发妻》。"

男子摇头不语。

兵士走后,五多大娘老七皆在前舱灯光下说笑。说那兵士的醉态。男子留在后舱不出来。大娘到门边喊过了两次不答应,不明白这脾气从什么地方发生。大娘回头就来检查那四张票子的花纹,因为她已经认得出票子的真假了。票子倒是真的,她在灯光下指点给老七看那些记号,那些花,且放近鼻子上嗅嗅,说这个一定是清真馆子里找出来的,因为有牛油味道。

五多第二次又走过去:"姊夫,姊夫,他们走了,我们应当把那个唱完,我们还得……"

女人老七像是想到了什么心事,拉着了五多,不许她说话。

一切沉默了,男子在后舱先还是正用手指扣琴弦,做小小声音,这时手也离开那弦索了。

四个人都听到从河街上飘来的锣鼓唢呐声音，河街上一个做生意人办喜事，客来贺喜，大唱堂戏，一定有一整夜的热闹。

过了一会儿，老七一个人轻脚轻手爬到后舱去，但即刻又回来了。

大娘问："怎么了？"

老七摇摇头，叹了一口气。

先以为水保恐怕不会来的，所以仍然睡了觉，大娘老七五多三个人在前舱，只把男子放到后面。

查船的在半夜时，由水保领来了，鸦雀无声，四个警察守在船头，水保同巡官进到前舱。这时大娘已把灯捻明了，她懂得这不是大事情。老七披了衣坐在床上，喊干爹，喊老爷，要五多倒茶，五多还只想到梦里在乡下摘三月莓。

男子被大娘摇醒，揪出来，看到水保，看到一个穿黑制服的大人物，嘎吓得不能说话，不晓得有什么事情发生。

"什么人？"

水保代为答应："老七的汉子，才从乡下来的。"

老七补说道："老爷，他昨天才来的。"

巡官看了一会儿男子，又看了一会儿女人，仿佛看出水保的话不是谎话，就不再说话了，随意在前舱各处翻翻，注意到那个贮风干栗子的小缸子，水保便抓了一把栗子塞进巡官那件体面制服的大口袋里去，巡官只是笑。

一伙人一会儿就走到另一船上去了。大娘刚要盖篷，一个警察回来了。

"大娘,你告老七,巡官要回来过细考察她一下,懂不懂?"

大娘说:"就来吗?"

"查完夜就来。"

"当真吗?"

"我什么时候同你这老婊子说过谎?"

大娘很欢喜的样子,使男子奇怪,因为他不明白为什么巡官还要回来考察老七。但这时节望到老七睡起的样子,上半晚的气已经没有了,他愿意讲和,愿意同她在床上说点话,商量件事情,就傍床沿坐定不动。

大娘像是明白男子的心事,明白男子的欲望,也明白他不懂事,故只同老七打知会,"巡官就要来的"。

老七咬着嘴唇不作声,半天发痴。

男子一早起来就要走路,沉默得一句话不说,端整了自己的草鞋,找到了自己的烟袋。一切归一了,就坐到那矮床边沿像是有话说又说不出口。

老七问他:"你不是昨晚上答应过干爹,今天到他家中吃中饭吗?"

"……"摇摇头不作答。

"人家特意为你办了酒席!"

"……"

"戏也不看看吗？"

"……"

"满天红的荤油包子，到半日才上笼，那是你欢喜的包子！"

"……"

一定要走了，老七很为难，走出船头待了一会儿，回身从荷包里掏出昨晚上那兵士给的票子来，点了一下数，一共四张，捏成一把塞到男子左手心里去，男子无话说，老七似乎懂到那意思了，"大娘，你拿那三张也把我"，大娘将钱取出。老七又将这钱塞到男子右手心里去。

男子摇摇头，把票子撒到地下去，两只大而粗的手掌捂着脸孔，像小孩子那样莫名其妙地哭了。

五多同大娘看情形不好，逃到后舱去了，五多心想这真是怪事，那么大的人会哭，好笑！她站在船后梢看挂在梢舱顶梁上的胡琴，很愿意唱一个歌，可是也总唱不出声音来。

水保来船上请远客吃酒时，只有大娘同五多在船上，问及时，才明白两夫妇一早皆回转乡下去了。

十九年四月十三作于吴淞
二十三年七月廿一改于北平

（选自《从文子集》）

龙朱

写在"龙朱"一文之前

　　这一点文章,作在我生日,送与那供给我生命,父亲的妈,与祖父的妈,以及其同族中仅存的人一点薄礼。
　　血管里流着你们民族健康的血液的我,二十七年的生命,有一半为都市生活所吞噬,中着在道德下所变成虚伪庸懦的大毒，所有值得称为高贵的性格，如像那热情、与勇敢、与诚实，早已完全消失殆尽，再也不配说是出自你们一族了。

你们给我的诚实、勇敢、热情、血质的遗传，到如今，向前证实的特性机能已荡然无余，生的光荣早随你们已死去了。皮面的生活常使我感到悲恸，内在的生活又使我感到消沉。我不能信仰一切，也缺少自信的勇气。

我只有一天忧郁一天下来。忧郁占了我过去生活的全部，未来也仍然如骨附肉。你死去了百年另一时代的白耳族王子，你的光荣时代，你的混合血泪的生涯，所能唤起这被现代社会蹂躏过的男子的心，真是怎样微弱的反应！想起了你们，描写到你们，情感近于被阉割的无用人，所有的仍然还是那忧郁！

第一　说这个人

　　白耳族苗人中出美男子，仿佛是那地方的父母全曾参与过雕塑阿波罗神的工作，因此把美的模型留给儿子了。族长儿子龙朱年十七岁，为美男子中之美男子。这个人，美丽强壮像狮子，温和谦驯如小羊，是人中模型，是权威，是力，是光。种种比譬全是为了他的美。其他的德行则与美一样，得天比平常人都多。

　　提到龙朱相貌时，就使人生一种卑视自己的心情。平时在各样事业得失上全引不出妒忌的神巫，因为有次望到龙朱的鼻子，也立时变成小气，甚至于想用钢刀去刺破龙朱的鼻子。这样与天作难的倔强野心却生之于神巫，到后又却因为这美，仍然把这神巫克服了。

　　白耳族，以及乌婆、猩猩、花帕、长脚各族，人人都说龙朱相貌长得好看，如日头光明，如花新鲜。正因为说这样话的人太多，无量的阿谀，反而烦恼了龙朱了。好的风仪用处不是得阿谀（龙朱的地位，已就应当得到各样人的尊敬歆羡了）。既不能在女人中煽动勇敢的悲欢，好的风仪全成为无意思之事。龙朱走到水边去，照过了自己，相信自己的好处，又时时用铜镜观察自己，觉得并不为人过誉。然而结果如何呢？因为龙朱不像是应当在每个女子理想中的丈夫那么平常，因此反而与妇女们离远了。

女人不敢把龙朱当成目标，做那荒唐艳丽的梦，并不是女人的错。在任何民族中，女子们，不能把神做对象，来热烈恋爱，来流泪流血，不是自然的事吗？任何种族的妇人，原永远是一种胆小知分的兽类，要情人，也知道要什么样情人为合乎身份。纵其中并不乏勇敢不知事故的女子，也自然能从她的不合理希望上得到一种好教训。相貌堂堂是女子倾心的缘由，但一个过分美观的身材，却只做成了与女子相远的方便。谁不承认狮子是孤独？狮子永远是孤独，就只为了狮子全身的纹彩与众不同。

龙朱因为美，有那与美同来的骄傲不？凡是到过青石冈的苗人，全都能赌咒做证，否认这个事。人人总说总爷的儿子，从不用地位虐待过人畜，也从不闻对长年老辈妇人女子失过敬礼。在称赞龙朱的人口中，总还不忘同时提到龙朱的相貌。全砦中，年轻汉子们，有与老年人争吵事情时，老人词穷，就必定说，我老了，你青年人，干吗不学龙朱谦恭待长辈？这青年汉子，若还有羞耻心存在，必立时遁去，不说话，或立即认错，作揖赔礼。一个妇人与人谈到自己儿子，总常说，儿子若能像龙朱，那就卖自己与江西布客，让儿子得钱花用，也愿意。所有未出嫁的女人，都想自己将来有个丈夫能与龙朱一样。所有同丈夫吵嘴的妇人，说到丈夫时，总说你不是龙朱，真不配管我磨我；你若是龙朱，我做牛做马也甘心情愿。

还有，一个女人同她的情人，在山洞里约会，男子不失约，女人第一句赞美的话总是"你真像龙朱"。其实这女人并不曾同龙朱有过交情，也未尝听到谁个女人同龙朱约会过。

一个长得太标致的人，是这样常常容易为别人把名字放到口上咀嚼！

龙朱在本地方远远近近，得到的尊敬爱重，是如此。然而他是寂寞的。这人是兽中之狮，永远当独行无伴！

在龙朱面前，人人觉得是卑小，把男女之爱全抹杀，因此这族长的儿子，却永远无从爱女人了。女人中，属于乌婆族，以出产多情多才貌女子著名地方的女人，也从无一个敢来在龙朱面前，闭上一只眼，荡着她上身，同龙朱挑情。也从无一个女人，敢把她绣成的荷包，掷到龙朱身边来。也从无一个女人敢把自己姓名与龙朱姓名编成一首歌，来到跳年时节唱。然而所有龙朱的亲随，所有龙朱的奴仆，又正因为美，正因为与龙朱接近，如何地在一种沉醉狂欢中享受这些年轻女人小嘴长臂的温柔！

"寂寞的王子，向神请求帮忙吧。"

使龙朱生长得如此壮美，是神的权力，也就是神所能帮助龙朱的唯一事。至于要女人倾心，是人为的事啊！

要自己，或他人，设法使女人来在面前唱歌，疯狂中裸身于草席上面献上贞洁的身，只要是可能，龙朱不拘牺牲自己所有何物，都愿意。然而不行。任怎样设法，也不行。七梁桥的洞口终于有合拢的一日，有人能说在这高大山洞合拢以前，龙朱能够得到女人的爱，是不可信的事。

不是怕受天责罚，也不是另有所畏，也不是预言者曾有明示，也不是族中法律限止，自自然然，所有女人都将她的爱情，给了一个男子，轮到龙朱却无份了。民族中积习，折磨了天才与英雄，不是在事业上粉骨碎身，便是在爱情中退位落伍，这不是仅仅白耳族王子的寂寞，他一种族中人，总不缺少同样故事！

在寂寞中龙朱用骑马猎狐以及其他消遣把日子混过了。

日子过了四年，他二十一岁。

四年后的龙朱，没有与以前日子龙朱两样处，若说无论如何可以指出一点不同来，那就是说如今的龙朱，更像一个好情人了。年龄在这个神工打就的身体上，加上了些更表示"力"的东西，应长毛的地方生长了茂盛的毛，应长肉的地方增加了结实的肉。一颗心，则同样因年龄所补充的，是更其能顽固地预备要爱了。

他越觉得寂寞。

虽说七梁洞并未有合拢，二十一岁的人年纪算轻，来日正长，前途大好，然而什么时候是那补偿填还时候呢？有人能做证，说天所给别的男子的，幸福与苦恼，也将同样给龙朱吗？有人敢包，说到另一时，总有女子来爱龙朱吗？

白耳族男女结合，在唱歌。大年时，端午时，八月中秋时，以及跳年刺牛大祭时，男女成群唱，成群舞，女人们，各穿了峒锦衣裙，各戴花擦粉，供男子享受。平常时，在好天气下，或早或晚，在山中深洞，在水滨，唱着歌，把男女吸到一块儿来，即在太阳下或月亮下，成了熟人，做着只有顶熟的人可做的事。在此习惯下，一个男子不能唱歌他是种羞辱，一个女子不能唱歌她不会得到好的丈夫。抓出自己的心，放在爱人的面前，方法不是钱，不是貌，不是门阀也不是假装的一切，只有真实热情的歌。所唱的，不拘是健壮乐观，是忧郁，是怒，是恼，是眼泪，总之还是歌。一个多情的鸟绝不是哑鸟。一个人在爱情上无力勇敢自白，那在一切事业上也全是无希望可言，这样人绝不是好人！

那么龙朱必定是缺少这一项，所以不行了。

事实又并不如此。龙朱的歌全为人引作模范的歌，用歌发誓的男子妇人，全采用龙朱誓歌那一个韵。一个情人被对方的歌窘倒时，总说及胜利人拜过龙朱做歌师傅的话。凡是龙朱的声音，别人都知道，凡是龙朱唱的歌，无一个女人敢接声。各样的超凡入圣，把龙朱摒除于爱情之外，歌得太完全太好，也仿佛成为一种吃亏理由了。

有人拜龙朱做歌师傅的话，也是当真的。手下的用人，或其他青年汉子，在求爱时腹中歌词为女人逼尽，或者爱情扼着了他的喉咙，歌不出心中的事时，来请教龙朱，龙朱总不辞。经过龙朱的指点，结果是多数把女子引到家，成了管家妇。或者到山洞中，互相把心愿了销。熟读龙朱的歌的男子，博得美貌善歌的女人倾心，也有过许多人。但是歌师傅永远是歌师傅，直接要龙朱教歌的，总全是男子，并无一个青年女人。

龙朱是狮子，只有说这个人是狮子，可以做我们对于他的寂寞得到一种解释！

年轻女人到什么地方去了呢？懂到唱歌要男人的，都给一些歌战胜，全引诱尽了。凡是女人都明白情欲上的固持是一种痴处，所以女人宁愿减价卖出，无一个敢屯货在家。如今是只能让日子过去一个办法，因了日子的推迁，希望那新生的犊中也有那不怕狮子的犊在。

龙朱是常常这样自慰着度着每个新的日子的。我们也不要把话说尽，在七梁桥洞口合拢以前，也许龙朱仍然可以遇着与这个高贵的人身份相称的一种机运！

第二 说一件事

中秋大节的月下整夜歌舞，已成了过去的事了。大节的来临，反而更寂寞，也成了过去的事了。如今是九月。打完谷子了。打完桐子了。红薯早挖完全下地窖了。冬鸡已上孵，快要生小鸡了。连日晴明出太阳。天气冷暖宜人。年轻妇人全都负了柴耙同笼上坡耙草。各处坡上都有歌声。各处山洞里，都有情人在用干草铺就并撒有野花的临时床上并排坐或并头睡。这九月是比春天还好的九月。

龙朱在这样时候更多无聊。出去玩，打鸠本来非常相宜，然而一出门，就听到各处歌声，到许多地方又免不了要碰到那成双的人，于是大门也不敢出了。

无所事事的龙朱，每天只在家中磨刀。这预备在冬天来剥豹皮的刀，是宝物，是龙朱的朋友。无聊无赖的龙朱，是正用着那"一日数摸挲，剧于十五女"的心情来爱这宝刀的。刀用油在一方小石上磨了多日，光亮到暗中照得见人，锋利到把头发放到刀口，吹一口气发就成两截，然而还是每天把这刀来磨的。

某天，一个比平常日子似乎更像是有意帮助青年男女"野餐"的一天，黄黄的日头照满全村，龙朱仍然磨刀。

在这人脸上有种孤高鄙夷的表情，嘴角的笑纹也变成了一条对生存感到烦厌的线。他时时凝神听察堡外远处女人的尖细歌声，又时时望天空。黄的日头照到他一身，使他身上做春天温暖。天是蓝天，在蓝天做底的景致中，常常有雁鹅排成八字或一字写在那虚空。龙朱望到这些也不笑。

什么事把龙朱变成这样阴郁的人呢？白耳族、乌婆族、猓猓、花帕、长脚……每一族的年轻女人都应负责，每一对年轻情人都应致歉。妇女们，在爱情选择中遗弃了这样完全人物，是维纳斯神不许可的一件事，是爱的耻辱，是民族灭亡的先兆。女人们对于恋爱不能发狂，不能超越一切利害去追求，不能选她顶欢喜的一个人，不论是白耳族还是乌婆族，总之这民族无用，近于中国汉人，也很明显了。

龙朱正磨刀，一个矮矮的奴隶走到他身边来，伏在龙朱的脚边，用手攀他主人的脚。

龙朱瞥了一眼，仍然不作声，因为远处又有歌声飞过来了。

奴隶抚着龙朱的脚也不作声。

过了一阵，龙朱发声了，声音像唱歌，在揉和了庄严和爱的调子中挟着一点愤懑，说："矮子你又不听我话，做这个样子！"

"主，我是你的奴仆。"

"难道你不想做朋友吗？"

"我的主，我的神，在你面前我永远卑小。谁人敢在你面前平排？谁人敢说他的尊严在美丽的龙朱面前还有存在必须？谁人不愿意永远为龙朱做奴做婢？谁……"

龙朱用顿足制止了矮奴的奉承，然而矮奴仍然把最后一句"谁个女子敢想爱上龙朱？"恭维得不得体的话说毕，才站起。

矮奴站起了，也仍然和平常人跪下一般高。矮人似乎真适宜于做奴隶的。

龙朱说："什么事使你这样可怜？"

"在主面前看出我的可怜，这一天我真值得生存了。"

"你太聪明了。"

"经过主的称赞呆子也成了天才。"

"我问你，到底有什么事？"

"是主人的事，因为主在此事上又可见出神的恩惠。"

"你这个只会唱歌不会说话的人，真要我打你了。"

矮奴到这时，才把话说到身上。这个时候他哭着脸，表示自己的苦恼失望，且学着龙朱生气时顿足的样子。这行为，若在别人猜来，也许以为矮子服了毒，或者肚脐被山蜂所螫，所以做这样子，表明自己痛苦，至于龙朱，则早已明白，猜得出这样的矮子，不出赌输钱或失欢女人两事了。"

龙朱不作声，高贵地笑，于是矮子说：

"我的主，我的神，我的事瞒不了你的，在你面前的仆人，是又被一个女子欺侮了。"

"你是一只会唱谄媚曲子的鸟，被欺侮是不会有的事！"

"但是，主，爱情把仆人变蠢了。"

"只有人在爱情中变聪明的事。"

"是的，聪明了，仿佛比其他时节聪明了点，但在一个比自己更聪明的人面前，我看出我自己蠢得像猪。"

"你这土鹦哥平日的本事在什么地方去了？"

"平时哪里有什么本事呢，这只土鹦哥，嘴巴大，身体大，唱的歌全是学来的歌，不中用。"

"把你所学的全唱过，也就很可以打胜仗了。"

"唱过了，还是失败。"

龙朱就皱了一皱眉毛，心想这事怪。

然而一低头，望到矮奴这样矮；便了然于矮奴的失败是在身体，不是在咽喉了，龙朱失笑地说：

"矮东西，莫非是为你相貌把你事情弄坏了？"

"但是她并不曾看清楚我是谁。若说她知道我是在美丽无比的龙朱王子面前的矮奴，那她定为我引到老虎洞做新娘子了。"

"我不信你。一定是土气太重。"

"主，我赌咒。这个女人不是从声音上量得出我身体长短的人。但她在我歌声上,却把我心的长短量出了。"

龙朱还是摇头,因为自己是即或见到矮人在前,至于度量这矮奴心的长短,还不能够的。

"主,请你信我的话,这是一个美人,许多人唱枯了喉咙,还为她所唱败!"

"既然是好女人,你也就应把喉咙唱枯,为她吐血,才是爱。"

"我喉咙是枯了,才到主面前来求救。"

"不行不行,我刚才还听过你恭维了我一阵,一个真真为爱情绊倒了脚的人,他绝不会又能爬起来说别的话!"

"主啊,"矮奴摇着他的大的头颅,悲声地说道,"一个死人在主面前,也总有话赞扬主的完全的美,何况奴仆呢。奴仆是已为爱情绊倒了脚,但一同主人接近,仿佛又勇气勃勃了。主给人的勇气比何首乌补药还强十倍。我仍然要去了。让人家战败了我也不说是主的奴仆,不然别人会笑主用着这样的蠢人,丢了白耳族的光荣!"

矮奴就走了。但最后说的几句话,激起了龙朱的愤怒,把矮子叫着,问,到底女人是怎样的女人。

矮奴把女人的脸、身,以及歌声,形容了一次。矮奴的言语,正如他自己所称,是用一支秃笔与残余颜色,涂在一块破布上的。在女人的歌声上,他就把所有白耳族青石冈地方有名的出产比喻净尽。说到像甜酒,说到像枇杷,说到像三羊溪的鲫鱼,说到像狗肉,仿佛全是可吃的东西。矮奴用口作画的本领并不蹩脚。

在龙朱眼中，是看得出矮奴饿了，在龙朱心中，则所引起的，似乎也同甜酒狗肉引起的欲望相近。他因了好奇，不相信，就为矮奴设法，说同到矮奴一起去看。

正想设法使龙朱快乐的矮奴，见到主人要出去，当然欢喜极了，就着忙催主人快出砦门到山中去。

不到一会儿这白耳族的王子就到山中了。

藏在一积草后面的龙朱，要矮奴大声唱出去，照他所教的唱。先不闻回声。矮奴又高声唱，在对山，在毛竹林里，却答出歌来了。音调是花帕族中女子的音调。

龙朱把每一个声音都放到心上去，歌只唱三句，就止了。有一句留着待唱歌人解释。龙朱就告给矮奴答复这一句歌。又教矮奴也唱三句出去，等那边解释，歌的意思是：凡是好酒就归那善于唱歌的人喝，凡是好肉也应归善于唱歌的人吃，只是你好的美的女人应当归谁？

女人就答一句，意思是好的女人只有好男子才配。她且即刻又唱出三句歌来，就说出什么样男子是好男子的称呼。说好男子时，提到龙朱的名，又提到别的个人的名，那另外两个名字却是历史上的美男子名字，只有龙朱是活人，女人的意思是：你不是龙朱，又不是××××，你与我对歌的人究竟算什么人？

"主，她提到你的名！她骂我！我就唱出你是我的主人，说她只配同主人的奴隶相交。"

龙朱说:"不行,不要唱了。"

"她胡说,应当要让她知道是只够得上为主人擦脚的女子!"

然而矮奴见到龙朱不作声,也不敢回唱出去了。龙朱的心是深深沉到刚才几句歌中去了,他料不到有女人敢这样大胆。虽然许多女子骂男人时,都总说,"你不是龙朱"。这事却又当别论了。因为这时谈到的正是谁才配爱她的问题,女人能提出龙朱名字来,女人骄傲也就可知了。龙朱想既然是这样,就让她先知道矮奴是自己的用人,再看情形是如何。

于是矮奴照到龙朱所教的,又唱了四句。歌的意思是:吃酒糟的人何必说自己量大,没有根底的人也休想同王子要好,若认为掺了水的酒总比酒糟还行,那与龙朱的用人恋爱也就可以写意了。

谁知女子答得更妙,她用歌表明她的身份,说,只有乌婆族的女人才同龙朱用人相好,花帕族女人只有外族的王子可以论交,至于花帕苗中的自己,是预备在白耳族与男子唱歌三年,再来同龙朱对歌的。

矮子说:"我的主,她尊视了你,却小看了你的仆人,我要解释我这无用的人并不是你的仆人,免得她耻笑!"

龙朱对矮奴微笑,说:"为什么你不说应当说'你对山的女子,胆量大就从今天起来同我龙朱主人对歌'呢?你不是先才说到要她知道我在此,好羞辱她吗?"

矮奴听到龙朱说的话,还不很相信得过,以为这只是主人的笑话。他哪里会想到主人因此就会爱上这个狂妄大胆的女人。他以为女人不知对山有龙朱在，唐突了主人，主人纵不生气，自己也应当生气。告女人龙朱在此，则女人虽觉得羞辱了，可是自己的事情也完了。

龙朱见矮奴迟疑，不敢接声，就打一声吆喝，让对山人明白，表示还有接歌的气概，尽女人起头。龙朱的行为使矮奴发急，矮奴说："主，你在这儿我是没有歌了。"

"你照到意思唱，问她胆子既然这样大，就拢来，看看这个如虹如日的龙朱。"

"我当真要她来？"

"当真！要来我看是什么女人，敢轻视我们白耳族说不配同花帕族女子相好！"

矮奴又望了望龙朱，见主人情形并不是在取笑他的用人，就全答应下来了。他们于是等待着女子的歌声。稍稍过了些时间，女子果然又唱起来了。歌的意思是：对山的雀你不必叫了，对山的人你也不必唱了，还是想法子到你龙朱王子的奴仆前学三年歌，再来开口。

矮奴说："主，这话怎么回答？她要我跟龙朱的用人学三年歌，再开口，她还是不相信我是你最亲信的奴仆，还是在骂我白耳族的全体！"

龙朱告矮奴一首非常有力的歌，唱过去，那边好久好久不回。矮奴又提高喉咙唱。回声来了，大骂矮子，说矮奴偷龙朱的歌，不知羞，至于龙朱这个人，却是值得在走过的路上撒花的。矮子烂了脸，不知所答。年轻的龙朱，再也不能忍下去了。小小心心，压着了喉咙，平平地唱了四句，声音的低平仅仅使对山一处可以明白，龙朱是正怕自己的歌使其他男女听到，因此哑喉半天的。龙朱的歌意思就是说："唱歌的高贵女人，你常常提到白耳族一个平凡的名字使我惭愧，因为我在我族中是最无用的人，所以我族中男子在任何地方都有情人，独名字在你口中出入的龙朱却仍然是独身。"

不久，那一边像思索了一阵，也幽幽地唱和起来了，歌的是：你自称为白耳族王子的人我知道你不是，因为这王子有银钟的声音，本来拿所有花帕苗年轻的女子供龙朱做垫还不配，但爱情是超过一切的事情，所以你也不要笑我。所歌的意思，极其委婉谦和，音节又极其整齐，是龙朱从不闻过的好歌。因为对山的女人不相信与她对歌的是龙朱，所以龙朱不由得不放声唱了。

这歌是用白耳族顶精粹的言语，自白耳族顶纯洁的一颗心中摇着，从白耳族一个顶甜蜜的口中喊出，成为白耳族顶热情的音调，这样一来所有一切声音仿佛全哑了。一切鸟声与一切远处歌声，全成了这王子歌时和拍的一种碎声，对山的女人，从此沉默了。

龙朱的歌一出口，矮奴就断定了对山再不会有回答。这时等了一阵，还无回声，矮奴说："主，一个在奴仆当来是劲敌的女人，不在王的第二句歌已压倒了。这女人不久还说到大话，要与白耳族王子对歌，她学三十年还不配！"

矮奴问龙朱意见，许可不许可，就又用他不高明的中音唱道：

你花帕族中说大话的女子，
大话是以后不用再说了，
若你欢喜做白耳族王子仆人的新妇，
他愿意你过来见他的主同你的夫。

仍然不闻有回声。矮奴说，这个女人莫非害羞上吊了。矮奴说的只是笑话，然而龙朱却说出过对山看看的话了。龙朱说后就走，向谷里下去。跟到后面追着，两手拿了一大把野黄菊同山红果的，是想做新郎的矮奴。

矮奴常说，在龙朱王子面前，跛脚的人也能跃过阔涧。这话是真的。如今的矮奴，若不是跟了主人，这身长不过四尺的人，就绝不会像腾云驾雾一般地飞！

第三　唱歌过后一天

"狮子我说过你，永远是孤独的！"白耳族为一个无名勇士立碑，曾有过这样句子。

龙朱昨天并没有寻到那唱歌人。到女人所在处的毛竹林中时，不见人。人走去不久，只遗了无数野花。跟到各处追。还是不遇。各处找遍了，见到不少好女子，女人见到龙朱来，识与不识都立起来怯怯的如为龙朱的美所征服。见到的女子，问矮奴是不是那一个人，矮奴总摇头。

到后龙朱又重复回到女人唱歌地方。望到这个野花的龙朱，如同嗅到血腥气的小豹，虽按捺到自己咆哮，仍不免要憎恼矮奴走得太慢。其实则走在前面的是龙朱，矮奴则两只脚像贴了神行符，全不自主，只仿佛像飞。不过女人比鸟儿，这称呼得实在太久了，不怕白耳族王子主仆走得怎样飞快，鸟儿毕竟是先已飞到远处去了！

天气渐渐夜下来，各处有鸡叫，各处有炊烟，龙朱废然归家了。那想做新郎的矮奴，跟在主人的后面，把所有的花丢了，两只长手垂到膝下，还只说见到了她非抱她不可，万料不到自己是拿这女人在主人面前开了多少该死的玩笑。天气当时原是夜下来了。矮奴是跟在龙朱王子的后面，望不到主人的颜色。一个聪明的仆人，即或怎样聪明，总也不会闭了眼睛知道主人的心中事！

龙朱过的烦恼日子以昨夜为最坏。半夜睡不着，起来怀了宝刀，披上一件豹皮褂，走到堡墙上去外望。无所闻，无所见，入目的只是远山上的野烧明灭。各处村庄全睡尽了。大地也睡了。寒月凉露，助人悲思，于是白耳族的王子，仰天叹息，悲叹自己。且远处山下，听到有孩子哭，好像半夜醒来吃奶时情形，龙朱更难自遣。

龙朱想，这时节，各地各处，那洁白如羔羊温和如鸽子的女人，岂不是全都正在新棉絮中做那好梦？那白耳族的青年，在日里唱歌疲倦了的心，做工疲倦了的身体，岂不是在这时也全得到休息了吗？只是那扰乱了白耳族王子的心的女人，这时究竟在什么地方呢？她不应当如同其他女人，在新棉絮中做梦。她不应当有睡眠。她应当这时来思索她所歆慕的白耳族王子的歌声。她应当野心扩张，希望我凭空而下。她应当为思我而流泪，如悲悼她情人的死去……但是，这究竟是什么人的女儿？

烦恼中的龙朱，拔出刀来，向天作誓，说："你大神，你老祖宗，神明在左在右：我龙朱不能得到这女人做妻，我永远不与女人同睡，承宗接祖的事我不负责！若是爱要用血来换时，我愿在神面前立约，砍下一只手也不悔！"

立过誓的龙朱，回到自己的屋中，和衣睡了。睡了不久，就梦到女人缓缓唱歌而来，穿白衣白裙，头发披在身后，模样如救苦救难观世音。女人的神奇，使白耳族王子屈膝，倾身膜拜。但是女人却不理，越去越远了。白耳族王子就赶过去，拉着女人的衣裙，女人回过头就笑。女人一笑龙朱就勇敢了，这王子猛如豹子擒羊，把女人连衣抱起飞向一个最近的山洞中去。龙朱做了男子。龙朱把最武勇的力，最纯洁的血，最神圣的爱，全献给这梦中女子了。

白耳族的大神是能护佑于青年情人的，龙朱所要的，业已由神帮助得到了。

今日里的龙朱，已明白昨天一个好梦所交换的是些什么了，精神反而更充足了一点，坐到那大凳上晒太阳，在太阳下深思人世苦乐的分界。

矮奴走进院中来，仍复来到龙朱脚边伏下，龙朱轻轻用脚一踢，矮奴就乘势一个斤斗，翻然立起。

"我的主，我的神，若不是因为你有时高兴，用你尊贵的脚踢我，奴仆的斤斗绝不至于如此纯熟！"

"你该打十个嘴巴。"

"那大约是因为口牙太钝，本来是得在白耳族王子跟前的人，无论如何也应比奴仆聪明十倍！"

"唉，矮陀螺，你是又在做戏了。我告了你不知道有多少回，不许这样，难道全都忘记了吗？你大约似乎把我当作情人，来练习一精粹的谄媚技能吧。"

"主，惶恐！奴仆是当真有一种野心，在主面前来练习一种技能，便将来把主的神奇编成历史的。"

"你是近来赌博又输了，总是又缺少钱扳本。一个天才在穷时越显得是天才，所以这时的你到我面前时话就特别多。"

"主啊，是的，是输了。损失不少。但这个不是金钱，是爱情！"

"你肚子这样大，爱情总是不会用尽！"

"用肚子大小比爱情贫富，主的想象是历史上大诗人的想象。不过……"

矮奴从龙朱脸上看出龙朱今天情形不同往日，所以不说了。这据说爱情上赌输了的矮奴，看得出主人有出去的样子，就改口说：

"主，今天这样好的天气，是日神特意为主出游而预备的天气，不出去像不大对得起神的一番好意！"

龙朱说："日神为我预备的天气我倒好意思接受，你为我预备的恭维我可不要了。"

"本来主并不是人中的皇帝，要倚靠恭维而生存。主是天上的虹，同日头与雨一块儿长在世界上的，赞美形容自然是多余。"

"那你为什么还是这样唠唠叨叨？"

"在美的月光下野兔也会跳舞，在主的光明照耀下我当然比野兔聪明一点儿。"

"够了！随我到昨天唱歌女人那地方去，或者今天可以见到那个人。"

"主呵，我就是来报告这件事。我已经探听明白了。女人是黄牛寨寨主的姑娘。据说这寨主除会酿好酒以外就是会养女儿。据说姑娘有三个，这是第三个，还有大姑娘二姑娘不常出来。不常出来的据说生长得更美。这全是有福气的人享受的！我的主，当我听到女人是这家人的姑娘时，我才知道我是癞蛤蟆。这样人家的姑娘，为白耳族王子擦背擦脚，勉勉强强。主若是要，我们就差人抢来。"

龙朱稍稍生了气，说："滚了吧，白耳族的王子是抢别人家的女儿的吗？说这个话不知羞吗？"

矮奴当真就把身卷成一个球，滚到院的一角去。是这样，算是知羞了。然而听过矮奴的话以后的龙朱,怎么样呢?三个女人就在离此不到三里路的寨上,自己却一无所知,白耳族的王子真是怎样愚蠢!到第三的小鸟也能到外面来唱歌,那大姐二姐是已成了熟透的桃子多日了。让好的女人守在家中,等候那命运中远方大风吹来的美男子作配,这是神的意思。但是神这意见又是多么自私!白耳族的王子,如今既明白了,也不要风,也不要雨,自己马上就应当走去!

龙朱不再理会矮奴就跑出去了。矮奴这时正在用手代足走路,做戏法娱龙朱,见龙朱一走,知道主人脾气,也忙站起身追出去。

"我的主,慢一点,让奴仆随在一旁!在笼中畜养的雀儿是始终飞不远的,主你忙有什么用?"

龙朱虽听到后面矮奴的声音,却仍不理会,如飞跑向黄牛寨去。

快要到寨边,白耳族的王子是已全身略觉发热了,这王子,一面想起许多事,还是要矮奴才行,于是就蹲到一株大榆树下的青石墩上歇憩。这个地方再有两箭远近就是那黄牛寨用石砌成的寨门了。树边大路下,是一口大井。溢出井外的水成一小溪活活流着,溪水清明如玻璃。井边有人低头洗菜,龙朱望到这人的背影是一个女子,心就一动。望到一个极美的背影还望到一个大大的髻,髻上簪了一朵小黄花,龙朱就目不转睛地注意这背影转移,以为总可有机会见到她的脸。在那边,大路上,矮奴却像一只海豹匍匐气喘走来了。矮奴不知道路下井边有人，只望到龙朱，深恐怕龙朱冒冒失失走进寨去却一无所得，就大声嚷：

"我的主，我的神，你不能冒昧进去，里面的狗像豹子！虽说白耳族的王子原是山中的狮子，无怕狗道理，但是为什么让笑话留给这花帕族。"

龙朱也来不及喝止矮奴，矮奴的话却全为洗菜女人听到了。听到这话的女人，就哧地笑。且知道有人在背后了，才抬起头回转身来，望了望路边人是什么样子。

这一望情形全了然了。不必道名通姓，也不必再看第二眼，女人就知道路上的男子便是白耳族的王子，是昨天唱过了歌今天追跟到此的王子，白耳族王子也同样明白了这洗菜的女人是谁。平时气概轩昂的龙朱看日头不眨眼睛，看老虎也不动心，只略把目光与女人清冷的目光相遇，却忽然觉得全身缩小到可笑的情形中了。女人的头发能系大象，女人的声音能制怒狮，白耳族王子屈服到这寨主女儿面前，也是平平常常的一件事啊！

矮奴走到了龙朱身边，见到龙朱失神失态的情形，又望到井边女人的背影，情形明白了五分。他知道这个女人就是那昨天唱歌被主人收服的女人，且知道这时候无论如何女人也明白蹲在路旁石墩上的男子是龙朱，他不知所措对龙朱做呆样子，又用一手掩自己的口，一手指女人。

龙朱轻轻附到他耳边说："聪明的扁嘴公鸭，这时节，是你做戏的时节！"

矮奴于是咳了一声嗽。女人明知道了头却不回。矮奴于是把音调弄得极其柔和，像唱歌一样，说道：

"白耳族王子的仆人昨天做了错事，今天特意来当到他主人在姑娘面前赔礼。不可恕的过失是永远不可恕，因为我如今把姑娘想对歌的人引导前来了。"

女人头不回却轻轻说道：

"跟到凤凰飞的乌鸦也比锦鸡还好。"

"这乌鸦若无凤凰在身边，就有人要拔它的毛……"

说出这样话的矮奴，毛虽不被拔，耳朵却被龙朱拉长了。小子知道了自己猪八戒性质未脱，忙赔礼作揖。听到这话的女人，笑着回过头来，见到矮奴情形，更好笑了。

矮奴望到女人回了头，就又说道：

"我的世界上唯一良善的主人，你做错事了。"

"为什么？"龙朱很奇怪矮奴有这种话，所以问。

"你的富有与慷慨，是各苗族全知道的，所以用不着在一个尊贵的女人面前赏我的金银，那不要紧的。你的良善喧传远近，所以你故意这样教训你的奴仆，别人也相信你不是会发怒的人。但是你为什么不差遣你的奴仆，为那花帕族的尊贵姑娘把菜篮提回，表示你应当同她说说话呢？"

白耳族的王子与黄牛寨主的女儿，听到这话全笑了。

矮奴话还说不完，才责了主人又来自责。他说：

"不过白耳族王子的仆人，照理他应当不必主人使唤就把事情做好,是这样也才配说是好仆人——"

于是,不听龙朱发言,也不待那女人把菜洗好,走到井边去,把菜篮拿来挂到屈着的肘上,向龙朱眨了一下眼睛,却回头走了。

矮奴与菜篮,全像懂得事,避开了,剩下的是白耳族王子同寨主女儿。

龙朱迟了许久才走到井边去。

主妇

碧碧睡在新换过的净白被单上,一条琥珀黄绸面薄棉被裹着个温暖暖的身子。长发披拂的头埋在大而白的枕头中,翻过身时,现出一片被枕头印红的小脸,睡态显得安静和平。眼睛闭成一条微微弯曲的线。眼睫毛长而且黑,嘴角边还酿了一小窝微笑。

家中女用人打扫完了外院,轻脚轻手走到里窗前来,放下那个布帘子,一点声音把她弄醒了。睁开眼看看,天已大亮,并排小床上绸被堆起像个小山，床上人已不见（她知道他起身后到外边院落用井水洗脸去了）。伸手把床前小台几上的四方表拿起，刚六点整。时间还早，但比预定时间已迟醒了二十分。昨晚上多谈了些闲话，一觉睡去直到同房起身也不惊醒。天气似乎极好，人闭着眼睛，从晴空中时远时近的鸽子呼哨可以推测得出。

她当真重新闭了眼睛，让那点声音像个摇床，把她情感轻轻摇荡着。

一朵炫目的金色葵花在眼边直是晃，花蕊紫油油的，老在变动，无从捕捉。她想起她的生活，也正仿佛是一个不可把握的幻影，时刻在那里变化。什么是真实的，什么是最可信的，说不清楚。她很快乐。想起今天是个稀奇古怪的日子，她笑了。

今天八月初五。三年前同样一个日子里，她和一个生活全不相同性格也似乎有点古怪的男子结了婚。为安排那个家，两人坐车从东城跑到西城，从天桥跑到后门，选择新家里一切应用东西，从卧房床铺到厨房碗柜，一切都在笑着、吵着、商量埋怨着，把它弄到屋里。从上海来的姊姊，从更远南方来的表亲，以及两个在学校里念书的小妹妹，和三五朋友，全都像是在身上钉了一根看不见的发条，忙得轮子似的团团转。纱窗、红灯笼、赏下人用的红纸包封、收礼物用的洒金笺谢帖，全部齐备后，好日子终于到了。正同姐姐用剪子铰着小小红双喜字，预备放到糕饼上去，成衣人送来了一袭新衣。"是谁的？""小姐的。"拿起新衣跑进新房后小套间去，对镜子试换新衣。一面换衣一面胡胡乱乱地想着：

……一切都是偶然的，彼一时或此一时。想碰头大不容易，要逃避也枉费心力。一年前还老打量穿件灰色学生制服，扮个男子过北平去读书，好个浪漫的想象！谁知道今天到这里却准备扮新娘子，心甘情愿给一个男子做小主妇！

电铃响了一阵，外面有人说话，"东城陈公馆送礼，四个小碟子。"新郎忙匆匆地拿了那个礼物向新房里跑，"来瞧，宝贝，多好看的四个小碟子！你在换衣吗？赶快来看看，送力钱一块吧。美极了。"院中又有人说话，来了客人。一个表姐；一个史湘云二世。人在院中大喉咙嚷："贺喜贺喜，新娘子隐藏到哪里去了？不让人看看新房子，是什么意思？有什么机关布景，不让人看？""大表姐，请客厅坐坐，姐姐在剪花，等你帮帮忙！""新人进房，媒人跳墙；不是媒人，无忙可帮。我还有事得走路，等等到礼堂去贺喜，看王大娘跳墙！"花匠又来了。接着是王宅送礼，周宅送礼；一个送的是瓷瓶，一个送的是陶俑。新郎又忙匆匆地抱了那礼物到新房中来："好个花瓶，好个美人。碧碧，你来看！怎么还不把新衣穿好？不合身吗？我不能进来看看吗？""嗨，嗨，请不要来，不要来！"另一个成衣人又送衣来了。"新衣又来了。让我进来看看好。"

于是两人同在那小套间里试换新衣，相互笑着，埋怨着。新郎对于当前正在进行的一件事情，虽热心神气间却俨然以为不是一件真正事情，为了必须从一种具体行为上证实它，便想拥抱她一下，吻她一下。"不能胡闹！""宝贝，你今天真好看！""唉，唉，我的先生，你别碰我，别把我新衣揉皱，让我好好地穿衣。你出去，不许在这里捣乱！""你完全不像在学校里的样子了。""得了得了。不成不成。快出去，有人找你！得了得了。"外面一片人声，果然又是有人来了。新郎把她两只手吻吻，笑着跑了。

当她把那件浅红绸子长袍着好，轻轻地开了那扇小门走出去时，新郎正在窗前安放一个花瓶。一回头见到了她，笑眯眯地上下望着："多美丽的宝贝！简直是……""唉，唉，我的大王，你两只手全是灰，别碰我，别碰我。谁送那个瓶子？""周三兄的贺礼。""你这是什么意思？顶喜欢弄这些容易破碎的东西，自己买来不够，还希望朋友也买来送礼。真是古怪脾气！""一点不古怪！这是我的业余兴趣。你不欢喜这个青花瓶子？""唉，唉，别这样。快洗手去再来。你还是玩你的业余宝贝，让我到客厅里去看看。大表姐又嚷起来了。"

一场热闹过后，到了晚上。几人坐了汽车回到家里，从××跟踪来的客人陆续都散尽了。大姐姐表演了一出昆剧《游园》，哄着几个小妹妹到厢房客厅里睡觉去了。两人忙了一整天，都似乎十分疲累，需要休息。她一面整理衣物，一面默默地注意到那个朋友。朋友正把五斗橱上一对羊脂玉盒子挪开，把一个青花盘子移到上面去。

像是赞美盘子,又像是赞美她:"宝贝,你真好!你累了吗?一定累极了。"

她笑着,话在心里:"你一定比我更累,因为我看你把那个盘子搬了五六次。"

"宝贝,今天我们算是结婚了。"

她依然微笑着,意思像在说:"我看你今天简直是同瓷器结婚,一时叫我作宝贝,一时又叫那盘子罐子作宝贝。"

"一个人都得有点嗜好,一有嗜好,总就容易积久成癖,欲罢不能。收藏铜玉,我无财力,搜集字画,我无眼力,只有这些小东小西,不大费钱,也不是很无意思的事情。并且人家不要的我来要……"

她依然微笑着,意思像在说:"你说什么?人家不要的你要……"

停停,他想想,说错了话,赶忙补充说道:"我玩盘子瓶子,是人家不要的我要。至于人呢,恰好是人家想要而得不到的,我要终于得到。宝贝,你真想不到几年来你折磨我成什么样子?"

她依然笑着,意思像在说:"我以为你真正爱的,能给你幸福的,还是那些容易破碎的东西。"

他不再说什么了,只是莞尔而笑。话也许对。她可不知道他的嗜好原来别有深意。他似乎追想一件遗忘在记忆后的东西,过了一会儿,自言自语说:"碧碧,你今年二十三岁,就做了新嫁娘!当你二十岁时想不想到这一天?甜甜的眉眼,甜甜的脸儿,让一个远到不可想象的男子傍近身边来同过日子。他简直是飞来的。多稀奇古怪的事情！你说，这是个人的选择，还是机运的偶然？若说是命定的，倘若我不在去年过南方去，会不会有现在？若说是人为的，我们难道真是完全由自己安排的？"

她轻轻地呼了一口气。一切都不宜向深处走，路太远了。昨天或明天与今天，在她思想中无从联络。一切若不是命定的，至少好像是非人为的。此后料不到的事还多着哪。她见他还想继续讨论一个不能有结论的问题，于是说："我倦了。时间不早了。"

日子过去了。

接续来到两人生活里的，自然不外乎欢喜同负气，风和雨，小小的伤风感冒，短期的离别，米和煤价的记录，搬家，换厨子，请客或赴宴，红白喜事庆吊送礼。本身呢，怀了孕又生产，为小孩子一再进出医院，从北方过南方，从南方又过北方。一堆日子一堆人事倏然而来且悠然而逝。过了三年。寄住在外祖母身边的小孩子，不知不觉间已将近满足两周岁。

这个从本身分裂出来的幼芽，不但已经会大喊大笑，且居然能够坐在小凳子上充汽车夫，知道嘟嘟嘟学汽车叫吼。有两条肥硕脆弱的小腿，一双向上飞扬的眉毛，一种大模大样无可不可的随和性情。一切身边的都证明在不断地变化，尤其是小孩子，一个单独生命的长成，暗示每个新的日子对人赋予一种特殊意义。她是不是也随着这川流不息的日子，变成了另外一个人呢？想起时就如同站在一条广泛无涯的湖边一样，有点茫然自失。她赶忙低下头去用湖水洗洗手。她爱她的孩子，为孩子笑哭迷住了。因为孩子，她忘了昨天，也不甚思索明天。母性情绪的扩张，使她显得更实际了一点。

当她从中学毕业，转入一个私立大学里做一年级学生时，接近她的同学都说她"美"。她觉得有点惊奇，不大相信。心想：什么美？少所见，多所怪罢了。有作用的阿谀不准数，她不需要。她于是谨慎又小心地回避同那些阿谀她的男子接近。到后她认识了他。他觉得她温柔甜蜜，聪明而朴素。到可以多说点话时，他告她他好像爱了她。话还是和其余的人差不多，不过说得稍稍不同罢了。当初她还以为不过是"照样"的事，也自然照样搁下去。人事间阻，使她觉得对他应特别疏远些，特别不温柔甜蜜些，不理会他。她在一种谦退逃遁情形中过了两年。在这些时间中自然有许多同学不得体的殷勤来点缀她的学生生活。她一面在沉默里享用这份不大得体的殷勤，一面也就渐成习惯，用着一种期待，去接受那个陌生人的来信。信中充满了谦卑的爱慕，混合了无望无助的忧郁。她把每个来信从头看到末尾，随后便轻轻地叹一口气，把那些信加上一个记号，收藏到一个小小箱子里去了。毫无可疑，那些冗长的信是能给她一点秘密快乐，帮助她推进某种幻想的。间或一时也想回个信，却不知应当如何措辞。生活呢，相去太远；性情呢，不易明白。说真话，印象中的他瘦小而羞怯，似乎就并不怎么出色。两者之间，好像有一种东西间隔，也许时间有这种能力，可以把那种间隔挪开，那谁知道。然而她已慢慢地从他那长信习惯于看到许多微嫌鲁莽的字眼。她已不怕他。一点爱在沉默里生长了。她依然不理睬他，不曾试用沉默以外任何方式鼓励过他，很谨慎地保持那个距离。她其所以这样做，与其说是为他，不如说是为另外一些不相干的人。她怕人知道，怕人嘲笑，连自己姐姐也不露一丝儿风。然而这是可能的吗？

自然是不可能的。她毕了业，出学校后便住在自己家里，他知道了，计算她对待他应当不同了一点，便冒昧乘了横贯南北的火车，从北方一个海边到她的家乡来看她。一种十分勉强充满了羞怯情绪的晤面，一种不知从何说起的晤面。到临走时，他问她此后作何计划。她告他说得过北京念几年书，看看那个地方大城大房子。到了北京半年后，他又从海边来北京看她。依然是那种用微笑或沉默代替语言的晤面。临走时，他又向她说，生活是有各种各样的，各有好处也各有是处的，此后是不是还值得考虑一下？看她自己。一个新问题来到了她的脑子里，此后是到一个学校里去还是到一个家庭里去？她感觉徘徊。末了她想：一切是机会，幸福若照例是孪生的，昨天碰头的事，今天还会碰头。三年都忍受了，过一年也就不会飞，不会跑——且搁下吧。如此一来当真又搁了半年。另外一个新的机会使她和他成为一个学校的同事。

同在一处时，他向她很蕴藉地说，那些信已快写完了，所以天就让他和她来在一处做事。倘若她不十分讨厌他，似乎应当想一想，用什么方法使他那点痴处保留下来，成为她生命中一种装饰。一个女人在青春时是需要这个装饰的。

为了更谨慎起见，她笑着说，她实在不大懂这个问题，因为问题太艰深。倘若当真把信写完了，那么就不必再写，岂不省事？他神气间有点不高兴，被她看出了。她随即问他，为什么许多很好看的女人他不麻烦，却老缠住她。她又并不是什么美人。事实上她很平凡，老实而不调皮。说真话，不用阿谀，好好地把道理告给她。

他的答复很有趣，美是不固定无界限的名词，凡事凡物对一个人能够激起情绪引起惊讶感到舒服就是美。她由于聪明和谨慎，显得多情而贞洁，容易使人关心或倾心。他觉得她温和的眼光能驯服他的野心，澄清他的杂念。他认识了很多女子，征服他，统一他，唯她有这种魔力或能力。她觉得这解释有意思。不十分诚实，然而美丽，近于阿谀，至少与一般阿谀不同。她还不大了解一个人对于一个人狂热的意义，却乐于得人信任，得人承认。虽一面也打算到两人再要好一点，接近一点，那点"惊讶"也许就会消失，依然同他订婚而且结婚了。

结婚后她记着他说的一番话，很快乐地在一份新的生活中过日子。两人生活习惯全不相同，她便尽力去适应。她一面希望在家庭中成一个模范主妇，一面还想在社会中成一个模范主妇。为人爱好而负责，谦退而克己。她的努力，并不白费，在戚友方面获得普遍的赞颂和同情，在家庭方面无事不井井有条。然而恰如事所必至，那贴身的一个人，因相互之间太密切，她发现了他对她那点"惊讶"，好像被日常生活在腐蚀，越来越少，而另外一种因过去生活已成习惯的任性处，粗疏处，却日益显明。她已明白什么是狂热，且知道他对她依然保有那种近于童稚的狂热，但这东西对日常生活却毫无意义，不大需要。这狂热在另一方面的滥用或误用，更增加她的戒惧。她想照他先前所说的征服他，统一他，实办不到；于是间或不免感到一点幻灭，以及对主妇职务的厌倦。也照例如一般女子，以为结婚是一种错误，一种自己应负一小半责任的错误。她爱他又稍稍恨他。他看出两人之间有一种变迁，他冷了点。

这变迁自然是不可免的。她需要对于这个有更多的了解，更深的认识。明白"惊讶"的消失，事极自然，惊讶的重造，如果她善于调整或控制，也未尝不可能。由于年龄或性别的限制，这事她做不到。既昧于两性间在情绪上自然的变迁，当然就在欢乐生活里掺入一点眼泪。因此每月随同周期而来短期的悒郁、无聊以及小小负气，几乎成为固定的一份。她才二十六岁，还不到能够静静地分析自己的年龄。她为了爱他，退而从容忍中求妥协，对他行为不图了解但求容忍。这容忍正是她厚重品德的另一面。然而这有个限度，她常担心他的行为有一时会溢出她容忍的限度。

他呢，是一个血液里铁质成分太多，精神里幻想成分太多，生活里任性习惯太多的男子。是个用社会做学校，用社会做家庭的男子。也机智，也天真。为人热情而不温柔，好事功，却缺少耐性。虽长于观察人事，然拙于适应人事。爱她，可不善于媚悦她。忠于感觉而忽略责任。特别容易损害她处，是那个热爱人生富于幻想忽略实际的性格，那性格在他个人事业上能够略有成就，在家庭方面就形成一个不可救药的弱点。他早看出自己那毛病，在预备结婚时，为了适应另外一个人的情感起见，必须改造自己。改造自己最具体方法，是搁下个人主要工作，转移嗜好，制止个人幻想的发展。他明白玩物丧志，却想望收集点小东小西，因此增加一点家庭幸福。婚后他对于她认识得更多了一点，明白她对他的希望是"长处保留，弱点去掉"。她的年龄，还不到了解"一个人的性格，在某一方面是长处，于另一方面恰好就是短处"。他希望她对他多有一分了解，与她那容忍美德更需要。到后他明白这不可能。他想：人事常常得此则失彼，有所成必有所毁，服从命定未必是幸福，但也未必是不幸。如今既不能超凡入圣，成一以自己为中心的人，就得克制自己，尊重一个事实；既无意高飞，那必须剪除翅翼。三年来他精神方面显得有点懒惰，有点自弃，有点衰老，有点俗气，然而也就因此，在家庭生活中显得多有一点幸福。

　　她注意到这些时，听他解释到这些时，自然觉得有点矛盾。一种属于独占情绪与纯理性相互冲突的矛盾。她相信他解释的一部分。对这问题思索向深处走，便感到爱怨的纠缠，痛苦与幸福平分，十分惶恐，不知所向。所以明知人生复杂，但图化零为整，力求简单。善忘而不追究既往，对当前人事力图尽责。删除个人理想，或转移理想成为对小孩关心。易言之，就是尽人力而听天命，当两人在熟人面前被人称谓"佳偶"时，就用微笑表示"也像冤家"的意思；又或从人神气间被目为"冤家"时，仍用微笑表示"实是佳偶"的意思。在一般人看来她很快乐，她自己也就不发掘任何愁闷。她承认现实，现实不至于过分委屈她时，她照例是愉快而活泼，充满了生气过日子的。

　　过了三年。他从梦中摔碎了一个瓶子，醒来时数数所收集的小碟小碗，已将近三百件。那是压他性灵的沙袋，铰他幻想的剪子。他接着记起了今天是什么日子，面对着尚在沉睡中的她，回想起三年来两人的种种过去。因性格方面不一致处，相互调整的努力，因力所不及，和那意料以外的情形，在两人生活间发生的变化。且检校个人在人我间所有的关系，某方面如何种下了快乐种子，某方面又如何收获了些痛苦果实。更无怜悯地分析自己，解剖自己，爱憎取予之际，如何近于笨拙，如何仿佛聪明。末后便想到那种用物质嗜好自己剪除翅翼的行为，看看三年来一些自由人的生活，以及如昔人所说"跛者不忘履"，情感上经常与意外的斗争，脑子渐渐有点糊涂起来了。觉得应当离开这个房间，到有风和阳光的院子里走走，就穿上衣，轻轻地出了卧房。到她醒来时，他已在院中水井边站立一点钟了。

　　他在井边静静地无意识地觑着院落中那株银杏树，看树叶间微风吹动的方向。辨明风向哪方吹，应向哪方吹，俨然就可以借此悟出人生的秘密。他想，一个人心头上的微风，吹到另外一个人生活里去时，是偶然还是必然？在某种人常受气候年龄环境所控制，在某种人又似乎永远纵横四溢，不可范围。谁是最合理的？人生的理想，是情感的节制恰到好处，还是情感的放肆无边无涯？生命的取予，是昨天的好，当前的好，还是明天的好？

注目一片蓝天，情绪做无边岸的游泳，仿佛过去未来，以及那个虚无，他无往不可以自由前去。他本身就是一个抽象。直到自觉有点茫然时，他才知道自己原来还是站在一个葡萄园的井水边。他摘了一片叶子在手上，想起一个贴身的她，正同葡萄一样，紧紧地植根泥土里，那么生活贴于实际。他不知为什么对自己忽然发生了一点怜悯，一点混合怜悯的爱。"太阳的光和热给地上万物以生命悦乐，我也能够这样做去，必须这样做去。高空不是生物所能住的，我因此还得贴近地面。"

躺在床上的她稍稍不同。

她首先追究三年来属于物质环境的变迁，因这变迁而引起的轻微惆怅与轻微惊讶。旋即从变动中的物质的环境，看出有一种好像毫不改变的东西。她觉得稀奇（似乎稀奇）。原来一切在寒暑交替中都不同了，可是个人却依然和数年前在大学校里读书时差不多。这种差不多的地方，从一些生人熟人眼色语言里可以证明,从一面镜子中也可以证明。

她记起一个朋友提起关于她的几句话,说那话时朋友带着一种可笑的惊讶神气。"你们都说碧碧比那新娘子表妹年纪大,已经二十六岁,有了个孩子。二十六岁了,谁相信?面貌和神气,都不像个大人,小孩子已两岁,她自己还像个孩子!"

一个老姑母说的笑话更有意思:"碧碧,前年我见你,年纪像比大弟弟小些;今年我看你,好像比五弟弟也小些了。你做新娘子时比姐姐好看,生了孩子,比妹妹也好看了。你今年二十六岁,我看只是二十二岁。"

想起这些话,她觉得好笑。人已二十六岁,再过四个足年就是三十,一个女子青春的峰顶,接着就是那一段峻急下坡路;一个妇人,一个管家婆,一个体质日趋肥硕性情日变随和的中年太太,再下去不远就是儿孙绕膝的老祖母。一种命定的谁也不可避免的变化。虽然这事在某些人日子过得似乎特别快,某些人又稍慢一些,然而总得变化!可是如今看来,她却至少还有十个年头才到三十岁关口。在许多人眼睛里因为那双眼睛同一张甜甜的脸儿,都把她估计作二十二到二十四岁。都以为她还是在大学里念书。都不大相信她会做了三年主妇,还有了个两岁大孩子。算起来,这是一个如何可笑的错误!这点错误却俨然当真把她年龄缩小了。从老姑母戏谑里,从近身一个人的狂热里,都证明这错误是很自然的,且将继续下去的。仿佛虽然岁月在这个广大人间不息地成毁一切,在任何人事上都有新和旧的交替,但间或也有例外，就是属于个人的青春美丽的常驻。这美丽本身并无多大意义，尤其是若把人为的修饰也称为美丽的今日。好处却在过去一时，它若曾经激动过一些人的神经，缠缚着一些人的感情，当前还好好保存，毫无损失。那些陌生的熟悉的远远近近的男子因她那青春而来的一点痴处，一点鲁莽处，一点从淡淡的友谊而引起的忧郁或沉默，一点从微笑或一瞥里新生的爱，都好好保存，毫无损失。她觉得快乐。她很满意自己那双干净而秀气浅褐颜色的小手。她以为她那眉眼耳鼻，上帝造做时并不十分马虎。她本能地感觉到她对于某种性情的熟人，能够煽起他一种特别亲切好感，若她自愿，还可给予那些陌生人一点烦恼或幸福（她那对于一个女子各种德行的敏感，也就因为从那各种德行履行中，可以得到旁人对她的赞颂，增加旁人对她的爱慕）。她觉得青春的美丽能征服人，品德又足相符，不是为骄傲，不是为虚荣，只为的是快乐；美貌和美德，同样能给她以快乐。

其时她正想起一个诗人所说的"日子如长流水逝去，带走了这世界一切，却不曾带走爱情的幻影，童年的梦，和可爱的人的笑和颦"，有点害羞，似乎因自己想象的荒唐处而害羞。他回到房中来了。

她看他那神色似乎有点不大好。她问他说：

"怎么的？不记得今天是什么日子了吗？为什么一个人起来得那么早，悄悄跑出去？"

他说："为了爱你，我想起了许多我们过去的事情。"

"我呢，也想起许多过去的事情。吻我。你瞧我多好！我今天很快乐，因为今天是我们两个人最可纪念的一天！"

他勉强微笑着说："宝贝，你是个好主妇。你真好，许多人都觉得你好。"

"许多人，许多什么人？人家觉得我好，可是你却不大关心我，不大注意我。你不爱我！至少是你并不整个属于我。"她说的话虽挺真，却毫无生气意思。故意装作不大高兴的神气，把脸用被头蒙住，暗地里咕咕笑着。

一会儿猛然把绸被掀去，伸出两条圆圆的臂膀搂着他的脖子，很快乐地说道："宝贝，你不知道我如何爱你！"

一缕新生忧愁侵入他的情绪里。他不知道自己应当如何来努力，就可以使她高兴一点，对生活满意一点，对他多了解一点，对她自己也认识清楚一点。他觉得她太年轻了，精神方面比年龄尤其年轻。因此她当前不大懂他，此后也不大会懂他。虽然她爱他，异常爱他。他呢，愿意如她所希望的"完全属于她"，可是不知道如何一来，就能够完全属于她。

廿五年作于北平
廿六年五月改

月下小景

　　初八的月亮圆了一半,很早就悬到天空中。傍了××省边境由南而来的横断山脉长岭脚下,有一些为人类所疏忽历史所遗忘的残余种族聚集的山砦。他们用另一种言语,用另一种习惯,用另一种梦,生活到这个世界一隅,已经有了许多年。当这松杉挺茂嘉树四合的山砦,以及砦前大地平原,整个为黄昏占领了以后,从山头那个青石碉堡向下望去,月光淡淡地洒满了各处,如一首富于光色和谐雅丽的诗歌。山砦中,树林角上,平田的一隅，各处有新收的稻草积，以及白木做成的谷仓。各处有火光，飘扬着快乐的火焰，且隐隐地听得着人语声，望得着火光附近有人影走动。官道上有马项铃清亮细碎的声音，有牛项下铜铎沉静庄严的声音。从田中回去的种田人，从乡场上回家的小商人，家中莫不有一个温和的脸儿，等候在大门外，厨房中莫不预备有热腾腾的饭菜，与用瓦罐炖热的家酿烧酒。

薄暮的空气极其温柔，微风摇荡，大气中有稻草香味，有烂熟了山果香味，有甲虫类气味，有泥土气味。一切在成熟，在开始结束一个夏天阳光雨露所及长养生成的一切。一切光景具有一种节日的欢乐情调。

柔软的白白月光，给位置在山岨上石头碉堡，画出一个明明朗朗的轮廓，碉堡影子横卧在斜坡间，如同一个巨人的影子。碉堡缺口处，迎月光的一面，倚着本乡寨主独生儿子傩佑；傩神所保佑的儿子，身体靠定石墙，眺望那半规新月，微笑着思索人生苦乐。

"……人实在值得活下去，因为一切那么有意思，人与人的战争，心与心的战争，到结果皆那么有意思，无怪乎本族人有英雄追赶日月的故事。因为日月若可以请求，要它停顿在那儿时，它便停顿，那就更有意思了。"

这故事是这样的：第一个××人，用了他武力同智慧得到人世一切幸福时，他还觉得不足，贪婪的心同天赋的力，使他勇往直前去追赶日头，找寻月亮，想征服主管这些东西的神，勒迫它们在有爱情和幸福的人方面，把日子去得慢一点，在失去了爱心为忧愁失望所啮蚀的人方面，把日子又去得快一点。结果这贪婪的人虽追上了日头，却被日头的热所烤炙，在西方大泽中就渴死了。至于日月呢，虽知道了这是人类的欲望，却只是万物中之一的欲望，故不理会。因为神是正直的，不阿其所私的，人在世界上并不是唯一的主人，日月不单为人类而有。日头为了给一切生物的热和力，月亮为了给一切虫类唱歌，用这种歌声与银白光色安息劳碌的大地。日月虽仍然若无其事地照耀着整个世界，看着人类的忧乐，看着美丽的变成丑恶，又看着丑恶的称为美丽，但人类太进步了一点，比一切生物智慧较高，也比一切生物更不道德。既不能用严寒酷热来困苦人类，又不能不将日月照及人类，故同另一主宰人类心之创造的神，想出了一个办法，就是使此后快乐的人越觉得日子太短，使此后忧愁的人越觉得日子过长，人类既然凭感觉来生活，就在感觉上加给人类一种处罚。

这故事有作为月神与恶魔商量结果的传说，就因为恶魔是在夜间出世的。人皆相信这是月亮做成的事，与日头毫无关系。凡一切人讨论光阴去得太快，或太慢时，却常常那么诅咒："日子，滚你的去吧。"痛恨日头而不憎恶月亮，土人的解释，则为人类性格中，慢慢地已经神性渐少，恶性渐多。另外就是月光较温柔、和平，给人以智慧的冷静的光，却不给人以坦白直率的热，因此普遍生物皆欢喜月光，人类中却常常诅咒日头。约会恋人的，走夜路的，做夜工的，皆觉得月光比日光较好。在人类中讨厌月光的只是盗贼，本地方土人中却无盗贼，也缺少这个名词。

这时节，这一个年纪还刚只满二十一岁的砦主独生子，由于本身的健康，以及从另一方面所获得的幸福，对头上的月光正满意地会心微笑，似乎月光也正对了他微笑。傍近他身边，有一堆白色东西。这是一个女孩子，把她那长发散乱的美丽头颅，靠在这年轻人的大腿上，把它当作枕头安静无声地睡着。女孩子一张小小的尖尖的白脸，似乎被月光漂过的大理石，又似乎月光本身。一头黑发，如同用冬天的黑夜作为材料，由盘踞在山洞中的女妖亲手纺成的细纱。眼睛、鼻子、耳朵，同那一张产生幸福的泉源的小口，以及颊边微妙圆形的小窝，如本地人所说的接吻之巢窝，无一处不见得是神所着意成就的工作。一微笑，一眼，一转侧，都有一种神性存乎其间。神同魔鬼合作创造了这样一个女人，也得用侍候神同对付魔鬼的两种方法来侍候她，才不委屈这个生物。

女人正安安静静地躺在他的身边，一堆白色衣裙遮盖到那个修长丰满柔软溢香的身体，这身体在年轻人记忆中，只仿佛是用白玉、奶酥、果子同香花，调和削筑成就的东西。两人白日里来此，女孩子在日光下唱歌，在黄昏里与落日一同休息，现在又快要同新月一样苏醒了。

一派清光洒在两人身上，温柔地抚摩着睡眠者全身。山坡下是一部草虫清音繁复的合奏。天上那半规新月，似乎在空中停顿着，长久还不移动。

幸福使这个孩子轻轻地叹息了。

他把头低下去，轻轻地吻了一下那用黑夜搓成的头发，接近那魔鬼手段所成就的东西。

远处有吹芦管的声音。有唱歌声音。身近旁有班背萤，带了小小火把，沿了碉堡巡行，如同引导的有小仙人来参观这古堡的神气。

当地年轻人中唱歌圣手的傩佑，唯恐惊了女人，惊了萤火，轻轻地轻轻地唱：

龙应当藏在云里，
你应当藏在心里。
…………

女孩子在迷糊梦里，把头略略转动了一下，在梦里回答着：

我灵魂如一面旗帜，
你好听歌声如温柔的风。

他以为女孩子已醒了，但听下去，女人把头偏向月光又睡去了。于是又接着轻轻地唱道：

人人说我歌声有毒，

一首歌也不过如一升酒使人沉醉一天，
　　你那傅了蜂蜜的言语，
　　一个字也可以在我心上甜香一年。

女孩子仍然闭了眼睛在梦中答着：

　　不要冬天的风，不要海上的风，
　　这旗帜受不住狂暴大风。
　　请轻轻地吹，轻轻地吹；
　　（吹春天的风，温柔的风，）
　　把花吹开，不要把花吹落。

小砦主明白了自己的歌声可作为女孩子灵魂安宁的摇篮，故又接着轻轻地唱道：

　　有翅膀鸟虽然可以飞上天空，
　　没有翅膀的我却可以飞入你的心里。
　　我不必问什么地方是天堂，
　　我业已坐在天堂门边。

女孩又唱：

> 身体要用极强健的臂膀搂抱，
> 灵魂要用极温柔的歌声搂抱。

砦主的独生子傩佑，想了一想，在脑中搜索话语，如同宝石商人在口袋中搜索宝石。口袋中充满了放光炫目的珠玉奇宝，却因为数量太多了一点，反而选不出那自以为极好的一粒，因此似乎受了一点儿窘。他觉得神祇创造美和爱，却由人来创造赞誉这神工的言语。向美说一句话，为爱下一个注解，要适当合宜，不走失感觉所及的式样，不是一个平常人的能力所能企及。

"这女孩子值得用龙朱的爱情装饰她的身体，用龙朱的诗歌装饰她的人格。"他想到这里时，觉得有点惭愧了，口吃了，不敢再唱下去了。

歌声做了女孩子睡眠的摇篮，所以这女孩子才在半醒后重复入梦。歌声停止后，她也就惊醒了。

他见到女孩子醒来时，就装作自己还在睡眠，闭了眼睛。女孩从日头落下时睡到现在，精神已完全恢复过来，看男子还依靠石墙睡着，担心石头太冷，把白披肩搭到男子身上去后，傍了男子靠着。记起睡时满天的红霞，望到头上的新月，便轻轻地唱着，如母亲唱给小宝宝听催眠歌。

> 睡时用明霞做被，

醒来用月儿点灯。

砦主独生子哧地笑了。

"……"

"……"

四只放光的眼睛互相瞅定,各安置一个微笑在嘴角上,微笑里却写着白日中两个人的一切行为,两人似乎皆略略为先前一时那点回忆所羞了,就各自向身旁那一个紧紧地挤了一下,重新交换了一个微笑,两人发现了对方脸上的月光那么苍白,于是齐向天上所悬的半规新月望去。

远远的有一派角声与锣鼓声,为田户巫师禳土酬神所在处,两人追寻这快乐声音的方向,于是向山下远处望去。远处有一条河。

"没有船舶不能过那条河,没有爱情如何过这一生?"

"我不会在那条小河里沉溺,我只会在你这小口上沉溺。"

两人意思仍然写在一种微笑里,用的是那么暧昧神秘的符号,却使对面一个从这微笑里明明白白,毫不含糊。远处那条长河,在月光下蜿蜒如一条带子,白白的水光,薄薄的雾,增加了两人心上的温暖。

女孩子说到她梦里所听的歌声,以及自己所唱的歌,还以为他们两人皆在梦里。经小砦主把刚才的情形说明白时,两人笑了许久。

女孩子天真如春风，快乐如小猫，长长的睡眠把白日的疲倦完全恢复过来，因此在月光下，显得如一尾鱼在急流清溪里。

只想说话，全是说那些远无边际的，与梦无异的，年轻情人在狂热中所能说的糊涂话蠢话皆完全说到了。

小砦主说：

"不要说话，让我好在所有的言语里，找寻赞美你眉毛头发美丽处的言语！"

"说话呢，是不是就妨碍了你的谄谀？一个有天分的人，就是谄谀也显得不缺少天分！"

"神是不说话的。你不说话时像……"

"还是做人好！你的歌中也提到做人的好处！我们来活活泼泼地做人，这才有意思！"

"我以为你不说话就像何仙姑的亲姊妹了。我希望你比你那两个姐姐还稍呆笨一点。因为得呆笨一点，我的言语字汇里，才有可以形容你高贵处的文字。"

"可是，你曾同我说过，你也希望你那只猎狗敏捷一点。"

"我希望它灵活敏捷一点，为的是在山上找寻你比较方便，为我带信给你时也比较妥当一点。"

"希望我笨一点，是不是也如同你希望羚羊稍笨一样，好让你嗾使那只猎狗咬我时，不至于使我逃脱？"

"好的音乐常常是复音，你不妨再说一句。"

"我记得到你也希望羚羊稍笨过。"

"羚羊稍笨一点，我的猎狗才可以赶上它，把它捉回来送你。你稍笨一点，我才有相当的话颂扬你！"

"你口中体面话够多了，你说说你那些感觉给我听听，说谎若比真实更美丽，我愿意听你那些美丽的谎话。"

"你占领我心上的空间，如同黑夜占领地面一样。"

"月亮起来时，黑暗不是就只占领地面空间很小很小一部分了吗？"

"月亮照不到人心上的。"

"那我给你的应当也是黑暗了。"

"你给我的是光明，但是一种炫目的光明，如日头似的逼人熠耀。你使我糊涂。你使我卑陋。"

"其实你是透明的，从你选择谄谀时，证明你的心现在还是透明的。"

"清水里不能养鱼，透明的心也一定不能积存辞藻。"

"江中的水永远流不完，心中的话永远说不完：不要说了。一张口不完全是说话用的！"

两人为嘴唇找寻了另外一种用处，沉默了一会儿。两颗心同一地跳跃，望着做梦一般月下的长岭、大河、砦堡、田坪。芦管声音似乎为月光所湿，音调更低郁沉重了一点。砦中的角楼，第二次擂了转更鼓，女孩子听到时，忽然记起了一件事。把小砦主那颗年轻聪慧的头颅捧到手上，眼眉口鼻吻了好些次数，向小砦主摇摇头，无可奈何低低地叹了一声气，把两只手举起，跪在小砦主面前来梳理头上散乱了的发辫，意思想站起来，预备要走了。

小砦主明白那意思了，就抱了女孩子，不许她站起身来。

"多少萤火虫还知道打了小小火炬游玩，你忙些什么？走到什么地方去！"

"一颗流星自有它来去的方向，我有我的去处。"

"宝贝应当收藏在宝库里，你应当收藏在爱你的那个人家里。"

"美的都用不着家：流星、落花、萤火、最会鸣叫的蓝头红嘴绿翅膀的王母鸟，也都没有家的。谁见过人畜养凤凰呢？谁能束缚着月光呢？"

"狮子应当有它的配偶，把你安顿到我家中去，神也十分同意！"

"神同意的人常常不同意。"

"我爸爸会答应我这件事，因为他爱我。"

"因为我爸爸也爱我，若知道了这件事，会把我照××人规矩来处置。若我被绳子缚了沉到地眼里去时，那地方接连四十八根箩筐绳子还不能到底，死了做鬼也找不出路来看你，活着做梦也不能辨别方向。"

女孩子是不会说谎的，××族人的习气，女人同第一个男子恋爱，却只许同第二个男子结婚。若违反了这种规矩，常常把女子用石磨捆到背上，或者沉入潭里，或者抛到地窟窿里。习俗的来源极古，过去一个时节，应当同别的种族一样，有认处女为一种有邪气的东西，地方酋长既较开明，巫师又因为多在节欲生活中生活，故执行初夜权的义务，就转为第一个男子的恋爱。第一个男子因此可以得到女人的贞洁，就不能够永远得到她的爱情。若第一个男子娶了这女人，似乎对于男子也十分不幸。迷信在历史中渐次失去了本来的意义，习俗保持了古代规矩下来，由于××守法的天性，故年轻男女在第一个恋人身上，也从不做那长远的梦。"好花不能长在，明月不能长圆，星子也不能永远放光"，××人歌唱恋爱，因此也多忧郁感伤气氛。常常有人在分手时感到"芝兰不易再开，欢乐不易再来"，两人悄悄逃走的。也有两人携了手沉默无语地一同跳到那些在地面张着大嘴，死去了万年的火山孔穴里去的。再不然，冒险地结了婚，到后被查出来时，就应当把女的向地狱里抛去那个办法了。

当地女孩子因为这方面的习俗无法除去，故一到成年家庭即不大加以拘束，外乡人来到本地若喜悦了什么女子，使女子献身总十分容易。女孩子明理懂事一点的，一到了成年时，总把自己最初的贞操，稍加选择就付给了一个人，到后来再同第二个钟情的男子结婚。男子中明理懂事的，业已爱上某个女子，若知道她还是处女，也将尽这女子先去找寻一个尽义务的爱人，再来同女子结婚。

但这些魔鬼习俗不是神所同意的。年轻男女所做的事，常常与自然的神意合一，容易违反风俗习惯。女孩子总愿意把自己整个交付给一个所倾心的男孩子，男子到爱了某个女孩时，也总愿意把整个的自己换回整个的女子。风俗习惯下虽附加了一种严酷的法律，在这法律下牺牲的仍常常有人。

女孩子遇到了这砦主独生子，自从春天山坡上黄色棣棠花开放时，即被这男子温柔缠绵的歌声与超人壮丽华美的四肢所征服，一直延长到秋天，还极其纯洁地在一种节制的友谊中恋爱着。为了狂热的爱，且在这种有节制的爱情中，两人皆似乎不需要结婚，两人中谁也不想到照习惯先把贞操给一个人蹂躏后再来结婚。

但到了秋天，一切皆在成熟，悬在树上的果子落了地，谷米上了仓，秋鸡伏了卵，大自然为点缀了这大地一年来的忙碌，还在天空中涂抹华丽的色泽，使溪涧澄清，空气温暖而香甜，且装饰了遍地的黄花，以及在草木枝叶间傅上与云霞同样的炫目颜色。一切皆布置妥当以后，便应轮到人的事情了。

秋成熟了一切，也成熟了两个年轻人的爱情。

两人同往常任何一天相似，在约定的中午以后，在这古碉堡上见面了。两人共同采了无数野花铺到所坐的大青石板上，并肩地坐在那里，山坡上开遍了各样草花，各处是小小蝴蝶，似乎对每一朵花皆悄悄嘱咐了一句话。向山坡下望去，入目远近皆异常恬静美丽。长岭上有割草人的歌声，村砦中有为新生小犊做栅栏的斧斤声，平田中有拾穗打禾人快乐的吵骂声。天空中白云缓缓地移，从从容容地动，透蓝的天底，一阵候鸟在高空排成一线飞过去了，接着又是一阵。

两个年轻人用山果山泉充了口腹的饥渴,用言语微笑喂着灵魂的饥渴。对日光所及的一切唱了上千首的歌,说了上万句的话。

日头向西掷去,两人对于生命感觉到一点点说不分明的缺处。黄昏将近以前,山坡下小牛的鸣声,使两人的心皆发了抖。

神的意思不能同习惯相合,在这时节已不许可人再为任何魔鬼做成的习俗加以行为的限制。理智即或是聪明的,理智也毫无用处。两人皆在忘我行为中,失去了一切节制约束行为的能力,各在新的形式下,得到了对方的力,得到了对方的爱,得到了把另一个灵魂互相交换移入自己心中深处的满足。到后来,于是两个人皆在战栗中昏迷了,喑哑了,沉默了,幸福把两个年轻人在同一行为上皆弄得十分疲倦,终于两人皆睡去了。

男子醒来稍早一点,在回忆幸福里浮沉,却忘了打算未来。女孩子则因为自身是女子,本能地不会忘却当地人对于女子违反这习俗的赏罚,故醒来时,也并未打算到这砦主的独生子会要她同回家去,两人的年龄还皆只适宜于生活在夏娃亚当所住的乐园里,不应当到这"必须思索明天"的世界中安顿。

但两人业已到了向所生长的一个地方一个种族的习俗负责时节了。

"爱难道是同世界离开的事吗?"新的思索使小砦主在月下沉默如石头。

女孩子见男子不说话了,知道这件事正在苦恼到他,就装成快乐的声音,轻轻地喊他,恳切地求他,在应当快乐时放快乐一点。

××人唱歌的圣手
请你用歌声把天上那一片白云拨开。
月亮到应落时就让它落去，
现在还得悬在我们头上。

天上的确有一片薄云把月亮拦住了，一切皆朦胧了。两人的心皆比先前黯淡了一些。砦主独生子说：

我不要日头，可不能没有你。
我不愿做帝称王，却愿为你做奴当差。

女孩子说：
"这世界只许结婚不许恋爱。"
"应当还有一个世界让我们去生存，我们远远地走，向日头出处远远地走。"
"你不要牛，不要马，不要果园，不要田土，不要狐皮褂子同虎皮坐褥吗？"
"有了你我什么也不要了。你是一切；是光，是热，是泉水，是果子，是宇宙的万有。为了同你接近，我应当同这个世界离开。"
两人就所知道的四方各处想了许久，想不出一个可以容纳两人的地方。南方有汉人的大国,汉人见了他们就当生番杀戮,他不敢向南方走。向西是通过长岭无尽的荒山,虎豹所踞的地面,他不敢向西方走。向北是本族人的地面,每一个村落皆保持同一魔鬼所颁的法律,对逃亡人可以随意处置。只有东边是日月所出的地方,日头既那么公正无私,照理说来日头所在处也一定和平正直了。

但一个故事在小砦主的记忆中活起来了,日头曾炙死了第一个××人,自从有这故事以后,××人谁也不敢向东追求习惯以外的生活。××人有一首历史极久的歌,那首歌把求生的人所不可少的欲望,真的生命意义却结束在死亡里,都以为若贪婪这"生"只有"死"才能得到。战胜命运只有死亡,克服一切唯死亡可以办到。最公平的世界不在地面,却在空中与地底:天堂地位有限,地下宽阔无边。地下宽阔公平的理由,在××人看来是可靠的,就因为从不听说死人愿意重生,且从不闻死人充满了地下。××人永生的观念,在每一个人心中皆坚实地存在。孤单地死,或因为恐怖不容易找寻他的爱人,有所疑惑,同时去死皆是很平常的事情。

砦主的独生子想到另外一个世界,快乐地微笑了。

他问女孩子,是不是愿意向那个只能走去不再回来的地方旅行。

女孩子想了一下,把头仰望那个新从云里出现的月亮。

水是各处可流的,
火是各处可烧的,
月亮是各处可照的,
爱情是各处可到的。

说了,就躺到小砦主的怀里,闭了眼睛,等候男子决定了死的接吻。砦主的独生子,把身上所佩的小刀取出,在镶了宝石的空心刀靶上,从那小穴里取出如梧桐子大小的毒药,含放到口里去,让药融化了,就渡送了一半到女孩子嘴里去。两人快乐地咽下了那点同命的药,微笑着,睡在业已枯萎了的野花铺就的石床上,等候药力发作。

月儿隐在云里去了。

黄罗寨故事二十一年九月二十二在青岛写成

媚金·豹子·与那羊

不知道麻梨场麻梨的甜味的人，告他白脸的女人唱的歌是如何好听也是空话。听到摇橹的声音觉得很美是有人。听到雨声风声觉得美的也有人。听到小孩子半夜哭喊，以及芦苇在小风中说梦话那样细细地响，以为美，也总不缺少那呆子。这些是诗。但更其是诗，更其容易把情绪引到醉里梦里的，就是白脸族苗女人的歌。听到这歌的男子，把流血成为自然的事，这是历史上相传下来的魔力了。一个熟悉苗中掌故的人，他可以告你五十个有名美男子被丑女人的好歌声缠倒的故事，他又可以另外告你五十个美男子被白脸苗女人的歌声唱失魂的故事。若是说了这些故事的人，还有故事不说，那必定是他还忘了把媚金的事情相告。

媚金的事是这样。她是一个白脸苗中顶美的女人，同到凤凰族相貌极美又顶有一切美德的一个男子，因唱歌成了一对。两方面在唱歌中把热情交流了。于是女人就约他夜间往一个洞中相会。男子答应了。这男子名叫豹子。豹子答应了女人夜里到洞中去，因为是初次，他预备牵一匹小山羊去送女人，用白羊换媚金贞女的红血，所做的纵是罪恶，似乎神也许可了。谁知到夜豹子把事情忘了，等了一夜的媚金，因无男子的温暖，就冷死在洞中。豹子在家中睡到天明才记起，赶即去，则女人已死了，豹子就用自己身边的刀自杀在女人身旁。尚有一说则豹子的死，为此后仍然常听到媚金的歌，因寻不到唱歌人，所以自杀。

但是传闻全为人所撰拟，事情并不那样。看看那遗传下来据说是豹子临死前用树枝画在洞里地面沙上最后的一首诗，那意思，却是媚金有怨豹子爽约的语气。媚金是等候豹子不来，以为自己被欺，终于自杀了。豹子是因了那一只羊的缘故，爽了约，到时则媚金已死，所以豹子就从媚金胸上拔出那把刀来，陷到自己胸里去，也倒在洞中。至于羊此后的消息，以及为什么平时极有信用的豹子，却在这约会上成了无信的男子，是应当问那一只羊了。都因为那一只羊，一件喜事变成了一件悲剧，无怪乎白脸族苗人如今有不吃羊肉的理由。

但是问羊又到什么地方去问？每一个情人送他情妇的全是一只小小白山羊，而且为了表示自己的忠诚，与这恋爱的坚固，男人总说这一只羊是当年豹子送媚金姑娘那一只羊的血族。其实说到当年那一只羊，究竟是公山羊或母山羊，谁也还不能够分明。

让我把我所知道的写来吧。我的故事的来源是得自大盗吴柔。吴柔是当年承受豹子与媚金遗下那只羊的后人，他的祖先又是豹子的拳棍师傅，所传下来的事实，可靠的自然较多。后面是那故事。

媚金站在山南，豹子站在山北，从早唱到晚。山就是现在还名为唱歌山的山。当年名字是野菊，因为菊花多，到秋来满山一片黄。如今还是一样黄花满山，名字是因为媚金的事而改了。唱到后来的媚金，承认是输了，是应当把自己交把与豹子，尽豹子如何处置了，就唱道：

　　红叶过冈是任那九秋八月的风，
　　把我成为妇人的只有你。

豹子听到这歌，欢喜得踊跃。他明白他胜利了。他明白这个白脸族中最美丽风流的女人，心归了自己所有，就答道：

白脸族一切全属第一的女人,
请你到黄村的宝石洞里去。
天上大星子能互相望到时,
那时我看见你你也能看见我。

媚金又唱:

我的风,我就照到你的意见行事。
我但愿你的心如太阳光明不欺,
我但愿你的热如太阳把我融化。
莫让人笑凤凰族美男子无信,
你要我做的事自己也莫忘记。

豹子又唱:

放心,我心中的最大的神。
豹子的美丽你眼睛曾为证明。
豹子的信实有一切人做证。
纵天空中到时落的雨是刀,
我也将不避一切来到你身边与你亲嘴。

天是渐渐夜了。野猪山包围在紫雾中如今日黄昏景致一样。天上剩一些起花的红云,送太阳回地下,太阳告别了。到这时打柴人都应归家,看牛羊人应当送牛羊归栏,一天已完了。过着平静日子的人,在生命上翻过一页,也不必问第二页上面所载的是些什么,他们这时应当从山上,或从水边,或从田坝,回到家中吃饭时候了。

豹子打了一声呼哨,与媚金告别,匆匆赶回家,预备吃过饭时找一只新生的小羊到宝石洞里去与媚金相会。媚金也回了家。

回到家中的媚金,吃过了晚饭,换过了内衣,身上擦了香油,脸上擦了宫粉,对了青铜镜把头发挽成了个大髻,缠上一匹长一丈六尺的绉绸首帕,一切已停当,就带了一个装满了酒的长颈葫芦,以及一个装满了钱的绣花荷包,一把锋利的小刀,走到宝石洞去了。

宝石洞当年,并不与今天两样。洞中是干燥,铺满了白色细沙,有用石头做成的床同板凳,有烧火地方,有天生凿空的窟窿,可以望星子,所不同,不过是当年的洞供媚金豹子两人做新房,如今变成圣地罢了。时代是过去了。好的风俗是如好的女人一样,都要渐渐老去的。一个不怕伤风,不怕中暑,完完全全天生为少年情人预备的好地方,如今却供奉了菩萨,虽说菩萨就是当年殉爱的两人,但媚金豹子若有灵,都会以为把这地方盘踞为不应当吧。这样好地方,既然是两个情人死去的地方,为了纪念这一对情人，除了把这地方来加以人工，好好布置，专为那些唱歌互相爱悦的少男少女聚会方便外，真没有再适当的用处了。不过我说过，地方的好习惯是消灭了，民族的热情是下降了，女人也慢慢地像中国女人，把爱情移到牛羊金银虚名虚事上来了，爱情的地位显然是已经堕落，美的歌声与美的身体同样被其他物质战胜成为无用的东西了，就是有这样好地方供年轻人许多方便，恐怕媚金同豹子，也见不惯这些假装的热情与虚伪的恋爱，倒不如还是当成圣地，省得来为现代的爱情脏污好！

如今且说媚金到宝石洞的情形。

她是早先来，等候豹子的。她到了洞中，就坐到那大青石做成的床边。这是她行将做新妇的床。石的床，铺满了干麦秆草，又有大草把做成的枕头，干爽的穹形洞顶仿佛是帐子，似乎比起许多床来还合用。她把酒葫芦挂到洞壁钉上，把绣花荷包放到枕边（这两样东西是她为豹子而预备的），就在黑暗中等候那年轻壮美的情人。洞口微微的光照到外面，她就坐着望到洞口有光处，期待那黑的巨影显现。

她轻轻地唱着一切歌，娱悦到自己。她用歌去称赞山中豹子的武勇与人中豹子的美丽，又用歌形容到自己此时的心情与豹子的心情。她用手揣自己身上各处，又用鼻子闻嗅自己各处，揣到的地方全是丰腴滑腻如油如脂，嗅到的气味全是一种甜香气味。她又把头上的首巾除去，把髻拆松，比黑夜还黑的头发一散就拖地。媚金原是白脸族极美的女人，男子中也只有豹子，才配在这样女人身上做一切撒野的事。

这女人，全身发育到成圆形，各处的线全是弧线，整个的身材却又极其苗条相称。有小小的嘴与圆圆的脸，有一个长长的鼻子。有一个尖尖的下巴。还有一对长长的眉毛。样子似乎是这人的母亲，照到何仙姑捏塑成就的，人间绝不应当有这样完全的精致模型。请想想，再过一点钟，两点钟，就应当把所有衣衫脱去，做一个男子的新妇，这样的女人，在这种地方，略为害着羞，容纳了一个莽撞男子的热与力，是怎样动人的事！

生长于二十世纪，一九二八年，在中国上海地方，善于在朋友中刺探消息，各处造谣，天生一张好嘴，得人怜爱的文学家，聪明伶俐为世所惊服，但请他来想想媚金是如何美丽的一个女人，仍然是很难的一件事。

白脸族苗女人的秀气清气，是随到媚金减了多日了。这事是谁也能相信的。如今所见的女人，只不过是下品中的下品，还足使无数男子倾心，使有身份的汉人低头，媚金的美貌也就可以仿佛得知了。

爱情的字眼，是已经早被无数肮脏的虚伪的情欲所玷污，再不能还到另一时代的纯洁了。为了说明当时媚金的心情，我们是不愿再引用时行的话语来装饰，除了说媚金心跳着在等候那男子来压她以外，她并不如一般天才所想象的叹气或独白！

她只望豹子快来，明知是豹子要咬人她也愿意被吃被咬。

那一只人中豹子呢？

豹子家中无羊,到一个老地保家买羊去了。他拿了四吊青钱,预备买一只白毛的小母山羊,进了地保的门就说要羊。

地保见到豹子来问羊,就明白是有好事了,问豹子说:

"年轻的标致的人,今夜是预备做什么人家的新郎?"

豹子说:

"在伯伯眼中,看得出豹子的新妇所在。"

"是山茶花的女神,才配为豹子屋里人。是大鬼洞的女妖,才配与豹子相爱。人中究竟是谁,我还不明白。"

"伯伯,人人都说凤凰族的豹子相貌堂堂,但是比起新妇来,简直不配为她做垫脚蒲团!"

"年轻人,不要太自谦卑。一个人投降在女人面前时,是看起自己来本就一钱不值的。"

"伯伯说的话正是!我是不能在我那个人面前说到自己的。得罪伯伯,我今夜里就要去做丈夫了。对于我那人,我的心,要怎样来诉说呢?我来此是为伯伯匀一只小羊,拿去献给那给我血的神。"

地保是老年人,是预言家,是相面家,听豹子在喜事上说到血,就一惊。这老年人似乎就有一种预兆在心上明白了,他说:

"年轻人,你神气不对。"

"伯伯呵!今夜你的儿子是自然应当与往日两样的。"

"你把脸到灯下来我看。"

豹子就如这老年人的命令,把脸对那大青油灯。地保看过后，把头点点，不作声。

豹子说：

"明于见事的伯伯，可不可以告我这事的吉凶？"

"年轻人，知识只是老年人的一种消遣，于你们是无用的东西！你要羊，到栏里去拣选，中意的就拿去吧。不要给我钱。不要致谢。我愿意在明天见到你同你新妇的……"

地保不说了，就引导豹子到屋后羊栏里去。豹子在羊群中找取所要的羔羊，地保为掌灯相照。羊栏中，羊数近五十，小羊占一半，但看去看来却无一只小羊中豹子的意。毛色纯白又嫌稍大，较小的又多脏污。大的羊不适用那是自然的事，毛色不纯的羊又似乎不配送给媚金。

"随随便便吧，年轻人，你自己选。"

"选过了。"

"羊是完全不合用吗？"

"伯伯，我不愿意用一只驳杂毛色的羊与我那新妇洁白贞操相比。"

"不过我愿意你随随便便选一只，赶即去看你那新妇。"

"我不能空手，也不能用伯伯这里的羊，还是要到别处去找！"

"我是愿意你随便点。"

"道谢伯伯，今天是豹子第一次与女人取信的事，我不好把一只平常的羊充数。"

"但是我劝你不要羊也成。使新妇久候不是好事。新妇所要的并不是羊。"

"我不能照伯伯的忠告行事，因为我答应了我的新妇。"

豹子谢了地保，到别一人家去看羊。送出大门的地保，望到这转瞬即消失在黑暗中的豹子，叹了一口气，大数所在这预言者也无可奈何，只有关门在家等消息了。他走了五家，全无合意的羊，不是太大就是毛色不纯。好的羊在这地方原是如好的女人一样，使豹子中意全是偶然的事！

当豹子出了第五家养羊人家的大门时，星子已满天，是夜静时候了。他想，第一次答应了女人做的事，就做不到，此后尚能取信于女人吗？空手地走去，去与女人说羊是找遍了全个村子还无中意的羊，所以空手来，这谎话不是显然了吗？他于是下了决心，非找遍全村不可。

凡是他所知道的地方他都去拍门，把门拍开时就低声柔气说出要羊的话。豹子是用着他的壮丽在平时就使全村人皆认识了的，听到说要羊，送女人。所以人人无有不答应。像地保那样热心耐烦地引他到羊栏去看羊，是村中人的事。羊全看过了，很可怪的事是无一只合适的小羊。

在洞中等候的媚金着急情形，不是豹子所忘记的事。见了星子就要来的临行嘱托，也还在豹子耳边停顿。但是，答应了女人为抱一只小羔羊来，如今是羊还不曾得到，所以豹子这时着急的，倒只是这羊的寻找，把时间忘了。

想在本村里找寻一只净白小羊是办不到的事，若是一定要，那就只有到离此三里远近的另一个村里询问了。他看看天空，以为时间尚早。豹子为了守信，就决心一气跑到另一村里去买羊。

到别一村去道路在豹子走来是极其熟悉的，离了自己的村庄，不到半里，大路上，他听到路旁草里有羊叫的声音。声音极低极弱，这汉子一听就明白这是小羊的声音。他停了。又详细地侧耳探听，那羊又低低地叫了一声。他明白是有一只羊掉在路旁深坑里了，羊是独自留在坑中有了一天，失了娘，念着家，故在黑暗中叫着哭着。

豹子借到星光拨开了野草，见到了一个地口。羊听到草动，就又叫，那柔弱的声音从地口出来。豹子欢喜极了。豹子知道近来天气晴明，坑中无水，就溜下去。坑只齐豹子的腰，坑底的土已干硬了，豹子下到坑中以后稍过一阵，就见到那羊了。羊知道来了人便叫得更可怜，也不走拢到豹子身边来，原来羊是初生不到十天的小羔，看羊人不小心，把羊群赶走，尽它掉下了坑，把前面一只脚跌断了。

豹子见羊已受了伤，就把羊抱起，爬出坑来，以为这羊无论如何是用得着了，就走向媚金约会的宝石洞路上去。在路上，羊却仍然低低地喊叫。豹子悟出羊的痛苦来了，心想只有抱它到地保家去，请地保为敷上一点药，再带去。他就又反向地保家走去。

到了地保家，拍门时，正因为豹子事无从安睡的老人，还以为是豹子的凶信来了。老人隔门问是谁。

"伯伯,是你的侄儿。羊是得到了,因为可怜的小东西受了伤,跌坏了脚,所以到伯伯处求治。"

"年轻人,你还不去你新妇那里吗?这时已半夜了,快把羊放到这里,不要再耽搁一分一秒吧。"

"伯伯,这一只羊我断定是我那新妇所欢喜的。我还不能看清楚它的毛色,但我抱了这东西时,就猜得这是一只纯白的羊!它的温柔与我的新妇一样,它的……"

那地保真急了,见到这汉子对于无意中拾来一只受伤的羊,像对这羊在作诗,就把门闩抽去砰地把门打开。一线灯光照到豹子怀中的小羊身上,豹子看出了小羊的毛色。

羊的一身白得像大理的积雪。豹子忙把羊抱起来亲嘴。

"年轻人,你这是做什么?你忘记了你是应当在今夜做新郎了。"

"伯伯,我并不忘记!我的羊是天赐的。我请你赶紧为设法把脚搽一点药水,我就应当抱它去见我的新人了。"

地保只摇头,把羊接过手来在灯下检视,这小羊见了灯光再也不喊了,只闭了眼睛,鼻孔里咻咻地出气。

过了不久豹子已在向宝石洞的一条路上走着了。小羊在他怀中得了安眠。豹子满心希望到宝石洞时见到了媚金,同到媚金说到天赐这羊的事。他把脚步放宽,一点不停,一直上了山,过了无数高崖,过了无数水涧,走到宝石洞。

到得洞外时东方的天已经快明了。这时天上满是星,星光照

到洞门,内中冷冷清清不见人。他轻轻地喊:

"媚金,媚金,媚金!"

他再走进一点,则一股气味从洞中奔出,全无回声,多经验的豹子一嗅便知道这是血腥气。豹子愕然了。稍稍发痴,即刻把那小羊向地下一掼,奔进洞中去。

到了洞中以后,向床边走去,为时稍久,豹子就从天空星子的微光返照下望到媚金倒在床上的情形了。血腥气也就从那边而来。豹子扑拢去,摸到媚金的额,摸到脸,摸到口;口鼻只剩了微热。

"媚金!媚金!"

喊了两声以后,媚金微微地嘤地应了一声。

"你做什么了呢?"

先是听嘘嘘地放气,这气似乎并不是从口鼻出,又似乎只是在肚中响,到后媚金转动了,想爬起不能,就幽幽地继续地说道:

"喊我的是日里唱歌的人不?"

"是的,我的人!他日里常常是忧郁地唱歌,夜里则常是孤独地睡觉;他今天这时却是预备来做新郎的……为什么你是这个样子了呢?"

"为什么?"

"是!是谁害了你?"

"是那不守信实的凤凰族年轻男子,他说了谎。一个美丽的完人,总应当有一些缺点,所以菩萨就给他一点说谎的本能。我不愿在说谎人前面受欺,如今我是完了。"

"并不是!你错了!全因为凤凰族男子不愿意第一次对一个女人就失信,所以他找了一整夜才无意中把那所答应的羊找到,如今是得了羊倒把人失了。天啊,告我应当在什么事情上面守着那信用!"临死的媚金听到这语,知道豹子迟来的理由是为了那羊,并不是故意失约了,对于自己在失望中把刀陷进胸膛里的事是觉得做错。她就要豹子扶她起来,把头靠到豹子的胸前,让豹子的嘴放到她额上。

女人说:

"我是要死了……我因为等你不来,看看天已快亮,心想自己是被欺了……所以把刀放进胸膛里了……你要我的血我如今是给你血了。我不恨你……你为我把刀拔去,让我死……你也乘天未大明就逃到别处去,因为你并无罪。"

豹子听着女人断断续续地说到死因,流着泪,不作声。他想了一阵,轻轻地去摸媚金的胸,摸着了全染了血的媚金的奶,奶与奶之间则一把刀柄浴着血。豹子心中发冷,打了一个战。

女人说:

"豹子,为什么不照到我的话行事呢?你说是一切为我所有,那么就听我的命令,把刀拔去了,省得我受苦。"

豹子还是不作声。

女人过了一阵,又说:

"豹子,我明白你了,你不要难过。你把你得来的羊拿来我看。"

豹子就好好把媚金放下，到洞外去捉那只羊。可怜的羊是无意中被豹子掼得半死，也卧在地下喘气了。

豹子望一望天，天是完全发白了。远远地有鸡在叫了。他听到远处的水车响声，像平常做梦日子。

他把羊抱进洞去给媚金，放到媚金的胸前。

"豹子，扶我起来，让我同你拿来的羊亲嘴。"

豹子把她抱起，又把她的手代为抬起，放到羊身上。"可怜这只羊也受伤了，你带它去了吧……为我把刀拔了，我的人。不要哭……我知道你是爱我，我并不怨恨。你带羊逃到别处去好了……呆子，你预备做什么？"

豹子是把自己的胸也坦出来了，他去拔刀。陷进去很深的刀是用了大的力才拔出的。刀一拔出血就涌出来了，豹子全身浴着血。豹子把全是血的刀扎进自己的胸脯，媚金还能见到就含着笑死了。

天亮了，天亮了以后，地保带了人寻到宝石洞，见到的是两具死尸，与那曾经自己手为敷过药此时业已半死的羊，以及似乎是豹子临死以前用树枝在沙上写着的一首歌。地保于是乎把歌读熟，把羊抱回。

白脸苗的女人，如今是再无这种热情的种子了。她们也仍然是能原谅男子，也仍然常常为男子牺牲，也仍然能用口唱出动人灵魂的歌，但都不能做媚金的行为了！

© 中南博集天卷文化传媒有限公司。本书版权受法律保护。未经权利人许可,任何人不得以任何方式使用本书包括正文、插图、封面、版式等任何部分内容,违者将受到法律制裁。

图书在版编目(CIP)数据

湘西故事集 / 沈从文著 . -- 长沙 : 湖南文艺出版社 , 2024.12. --ISBN 978-7-5726-1932-8

Ⅰ. I246.7

中国国家版本馆 CIP 数据核字第 2024AF9483 号

上架建议:文学·名家经典

XIANGXI GUSHI JI
湘西故事集

著　　者:沈从文
出 版 人:陈新文
责任编辑:张子霏
出 品 方:好读文化
出 品 人:姚常伟
监　　制:毛闽峰
策划编辑:罗　元　张　翠
特约策划:张若琳
营销编辑:刘　珣　焦亚楠
封面设计:陈绮清
出　　版:湖南文艺出版社
　　　　　(长沙市雨花区东二环一段 508 号　邮编:410014)
网　　址:www.hnwy.net
印　　刷:北京美图印务有限公司
经　　销:新华书店
开　　本:875 mm×1230 mm　1/32
字　　数:189 千字
印　　张:9.375
版　　次:2024 年 12 月第 1 版
印　　次:2024 年 12 月第 1 次印刷
书　　号:ISBN 978-7-5726-1932-8
定　　价:49.80 元

若有质量问题,请致电质量监督电话:010-59096394
团购电话:010-59320018